KB237267

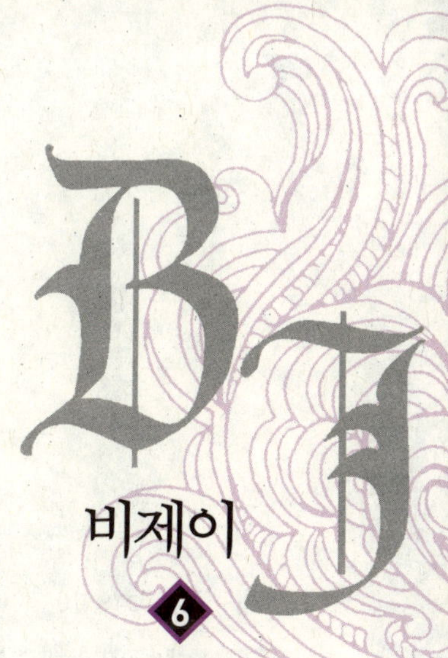

비제이

6

백묘 판타지 장편소설

FANTASY STORY & ADVENTURE

dream
books
드림북스

비제이(B.J) 6 (완결)

초판 1쇄 인쇄 / 2011년 8월 29일
초판 1쇄 발행 / 2011년 9월 8일

지은이 / 백묘

발행인 / 오영배
편집팀장 / 신동철
책임편집 / 신동철
편집디자인 / 신경선
펴낸 곳 / (주)삼양출판사 · 드림북스

주소 / 서울특별시 강북구 송천동 322-10호
대표 전화 / 02-980-2112 팩스 / 02-983-0660
편집부 전화 / 02-980-2116 팩스 / 02-983-8201
블로그 / blog.naver.com/dreambookss

등록번호 / 제9-00046호
등록일자 / 1999년 3월 11일

ⓒ 백묘, 2011

값 8,000원

ISBN 978-89-542-4348-3   04810
ISBN 978-89-542-4141-0   (세트)

비제이

백묘 판타지 장편소설

FANTASYSTORY & ADVENTURE

6

dream
books
드림북스

BJ
비제이
6

Contents

1장

배후

퍼엉!

둔탁한 충격이 레이를 강타했다. 두 발로 버티고 섰지만 온몸을 휘감는 폭풍의 힘을 이길 수 없었다. 지지익 발이 땅에 끌려 뒤로 밀려났다. 레이는 검을 꽉 움켜쥐었다. 비제이에게 받은 검이다. 떨어뜨려선 안 된다.

"레이!"

이곳에서 들릴 리 없는 비제이의 목소리에 레이는 눈을 부릅떴다. 흙먼지가 따끔하게 눈동자를 후려쳤다.

"검을 던져."

목소리는 뒤에서 들렸다.

돌아서 확인할 필요도 없이 흑마법사의 술수일 거라 생각했
다.

"레이, 어서! 검을 뒤로 던져!"

퍼어엉!

또 한 차례의 굉음과 폭풍이 일었다.

'무슨 일이 벌어지는 거지?'

"나 바스티안 폰 제르디가 명한다! 레이, 그 검을 나한테 던
져!"

휘몰아치는 폭풍 속에서도 또렷하게 들리는 우렁우렁한 음
성은 비제이가 가진 공명의 돌의 힘이 분명했다. 그제야 레이
는 안심하고 검을 뒤로 던졌다. 공명의 돌의 명령으로 인해 던
졌기에 검은 정확히 비제이가 있는 곳으로 날아갔다.

퍼어어엉!

레이의 옆으로 거대한 불덩어리가 쏘아져 나갔다. 검은색이
아닌 일반적으로 보는 주홍색 불덩어리였다. 루빈이 쏘아 보
냈다고 보기엔 너무 거대했다. 불덩어리가 내뿜는 열기만으로
근처에 폭풍이 생길 정도였다.

문득 비제이가 드래곤과 함께 다니고 있다는 사실이 떠올랐
다.

'아주 적절할 때 왔군, 비제이.'

레이는 씩 웃으며 보이지 않는 적을 노려봤다.

동료가 곁에 있다는 것이 이렇게 큰 안도를 가져올 줄은 몰

랐다. 긴장하고 있던 다리에 힘이 풀렸지만, 주저앉는 대신 마차를 향해 달려갔다. 타이진을 마저 처리하고 왕세자를 구해야만 했다.

비제이가 타이진을 본다면 아마 못 죽이게 할 것이다. 비제이가 검붉은 눈동자로 자신을 올려다보며 죽이지 말아달라고 부탁하면 자신은 그 말을 들어줄 수밖에 없으리라는 걸 알고 있었다.

비제이는 그녀의 동생. 눈동자 색깔이 달라도 그녀를 떠오르게 만드는 얼굴을 가지고 있었다. 오래전 레이는 절대로 그녀의 청을 거부하지 못했다.

휘몰아치는 먼지 사이로 쓰러진 기사들과 흔들거리는 마차가 보였다. 마차를 둘러싸고 있던 검은 불꽃은 사라지고 없었다. 아마 카오스의 힘이리라.

레이는 마차 위에 타이진이 없다는 걸 확인하고 훌쩍 마차 위로 뛰어올랐다. 적은 그 기회를 놓치지 않고 레이를 향해 검은 불덩어리를 쏘아 보냈지만 레이는 피하지 않았다. 레이의 뒤에서 날아온 주홍색 불덩어리가 검은 불덩어리를 상쇄시켰다. 굉음과 폭풍이 일자 레이는 비틀거리며 마차 아래로 뛰어내렸다.

그곳에 타이진이 있었다.

타이진은 한 팔로 몸뚱이를 질질 끌며 도망치고 있었다. 그 뒤로 질척한 피 웅덩이가 생겼다.

불쌍한 모양새였지만 동정 같은 건 하지 않았다. 어떤 이유가 있었든 타이진은 소중한 사람을 너무 많이 죽였다.

레이는 타이진의 허리를 콱 짓밟았다.

"끄윽……."

타이진의 입에서 공기 새는 소리가 흘러나왔다. 레이는 허리를 굽혀 타이진의 단검을 뽑아냈다. 이미 한 팔과 두 다리를 잃은 타이진은 레이에게 공격을 가하지 못했다.

"ㅋㅋㅋㅎㅎㅎㅎㅋㅋ큭."

타이진이 웃음인지, 흐느낌인지 알 수 없는 소리를 내며 말했다.

"네 손에 죽게 되네. 뭐, 날 죽이는 건 너일 거라고 늘 생각했어. 넌 날 마음에 들어 하지 않았잖아."

레이는 말없이 단검을 타이진의 뒷목에 겨눴다. 이곳을 찌르면 한 번에 죽을 것이다.

"하나 묻고 싶은 게 있어."

"……."

레이는 대답하지 않았다. 침묵을 동의라고 생각했는지 타이진이 물었다.

"있잖아, 레이."

타이진의 음성은 예전처럼 밝고 유쾌했다.

"만약 지금 여기 쓰러져 있는 게 비제이였더라도 넌 이렇게 단번에 죽였을까? 조금도 망설이지 않고?"

푹.

날카로운 단검의 끝이 타이진의 목을 깊숙이 찔렀다. 피도 흐르지 않았다. 허리를 들려고 애쓰던 타이진의 몸에서 단번에 힘이 빠져나갔다.

"당연하지."

레이는 생명의 빛이 꺼져가는 타이진에게 속삭이듯 말했다.

"그리고 지금도 충분히 망설인 거다."

잘못 본 게 확실하겠지만 타이진의 입가에 희미한 미소가 떠오른 것 같았다. 그와 동시에 뿌연 안개가 그곳을 점령했다.

:

"저기, 레이. 나한테도 검술을 가르쳐 주면 안 될까?"

타이진이 물었다.

"나, 그러니까…… 베스가 배울 때 구석에서 따라 할 정도라도 괜찮거든. 그냥 옆에서 구경하면서 배워도 되니까…… 나도…… 검술을 좀 익히게 해주면 안 될까?"

간절한 음성이었다.

"난 베스 한 명 감당하기도 힘들다."

그에 비해 자신의 음성은 냉혹할 정도로 차가웠다.

"아, 그렇지."

타이진은 울 것 같은 눈을 하고 싱긋 웃었다.

"베스가 좀 감당하기 힘들긴 하지."

:

그 후에 어떻게 되었는지는 모르겠다. 아주 짧은 환상이었다. 뒤늦게라도 사과를 하고 싶은데 누군가 어깨를 치는 바람에 잠에서 깨듯 환상에서 벗어났다.

흐릿한 시야로 두 개의 검붉은 달이 보였다. 밤과 피에 물든 것 같은 달이었다.

"레이, 괜찮아?"

"아, 응. 난 괜찮다."

사실은 괜찮지 않다. 불쾌한 기억이 떠올라버렸다. 그날 아마도 타이진은 도망치듯 사라졌던 것 같다.

왜 그런 식으로 말해버렸을까? 좀 더 부드럽게 말할 수도 있었는데.

"타이진이 죽었다."

레이가 타이진의 시체를 내려다보며 말했다.

타이진의 목을 찌른 건 환상이 아니었다. 분명 현실이다. 그 증거로 팔다리가 잘린 타이진이 꼼짝도 않고 엎어져 있었다.

비제이가 무슨 말이든 해주기를 바랐지만 그는 아무 말도 없었다. 그저 묵묵히 타이진의 시체를 응시할 뿐이다.

레이는 문득 비제이가 조금 달라졌다고 느꼈다. 무엇보다 감정의 동요라든가 흐름 같은 것이 조금도 전해지지 않았다. 다른 때라면 비제이가 무슨 생각을 하는지 대충은 짐작할 수 있었기 때문이다.

"비제이, 너……."

"끝이 아냐."

"뭐?"

비제이가 검을 돌려줬다.

"이게 끝이 아냐."

비제이의 말투는 소름을 돋게 하는 무언가가 있었다. 레이는 오싹함을 느끼며 주위를 둘러봤다. 비제이와 함께 다닌다고 보고된 황금빛 여우를 제외하곤 움직이는 것이 없었다. 기사들은 전부 무언가에 홀린 듯 허공을 응시한 채 서 있었다. 아마 하더 왕의 검이 보여주는 환각 때문이리라.

부스럭.

숲에서 뭔가 움직였다. 레이가 검을 들려고 하자 비제이가 한 손을 들어 말렸다.

숲에서 나타난 건 루빈과 카오스였다. 카오스는 한 남자의 목덜미를 잡아끌고 오고 있었다. 축 늘어져 반항하지 않는 걸로 봐선 죽거나 기절한 것처럼 보였다. 아마 숨어서 공격을 하던 흑마법사인 모양이다.

그 남자는 타이진과 똑같은 차림새를 하고 있었다. 덜렁거리는 머리에서 흔들리는 다갈색 머리카락과 군살 없는 가느다란 체구가 누군가를 떠오르게 했다.

오싹, 소름이 끼쳤다.

풀썩.

카오스가 두 사람 앞에 그것을 던져놨을 때 레이는 자신의 터무니없는 상상이 들어맞았다는 걸 깨달았다.

타이진이었다.

"내가 지금…… 환상을 보고 있는 건가?"

레이가 중얼거렸다.

"아니, 이건 환상이 아냐. 현실이야."

비제이가 또 다른 타이진의 옆에 쭈그리고 앉았다.

"실제하는 거야."

"하지만 타이진은 쌍둥이가 아니었어."

"응, 알아."

비제이가 차게 식은 타이진을 응시했다. 죽은 게 분명했다. 핏기 없는 얼굴, 온기가 빠져나가는 육체.

"쌍둥이 같은 게 아냐. 이건 타이진이 맞지만 또 아니기도 해."

비제이는 타이진의 흩어진 앞머리를 위로 쓸어 올려주었다. 반듯한 이마가 드러난 타이진은 평온해 보였다. 고통을 받다가 죽은 것처럼 보이진 않았다.

"이것도 트레저의 소행이냐? 타이진이 자기를 복제하게 된 건가?"

"그렇기도 하고 또 아니기도 해."

비제이는 속 시원한 대답을 해주지 않았다. 레이는 답답했지만 더는 묻지 않았다. 지금 바닥에 쓰러진 두 구의 시체가 진짜 타이진이든 아니든 비제이에겐 소중한 존재였다. 레이 자신도 비제이나 글로리아가 이런 식으로 죽어 있다면 그것의 진실 여부를 떠나서 괴로울 것이다.

비제이는 조용히 타이진을 응시했다.

똑같이 생긴 두 개의 얼굴.

"타이진."

비제이가 빙긋 미소를 지었다. 짧고 슬픈 미소였다.

"잘 자."

비제이가 일어났다.

"기사들은 한 시간쯤 후에 환각에서 벗어날 거야. 그리고 왕세자는……."

비제이가 설명을 바라듯 카오스를 쳐다봤다. 카오스는 어깨를 으쓱하며 말했다.

"휙까닥 돌았을 거다."

"뭐?"

"블랙 파이어는 사람을 냉기 속에 가두고 정신을 혼란스럽게 만들어."

루빈이 불친절한 카오스를 대신해서 설명했다.

"왕세자처럼 마법에 문외한이라면 죽었거나 정신이 나갔을 거야."

레이는 마차의 문을 열었다. 왕세자가 침을 질질 흘리며 쓰러져 있었다. 비열하긴 해도 총명한 눈을 가졌던 왕세자는 이제 없었다.

“전하!”

레이가 왕세자의 몸을 끌어내 흔들었다.

“전하! 정신 차리십시오!”

“소용없다, 이 자식아.”

카오스가 냉랭하게 말했다.

“그렇게 해서 정신 차릴 거였으면 흑마법이 괜히 흑마법이 겠냐? 그놈의 정신은 흑마법이 만들어낸 공간 속을 영원히 떠돌다가 그놈이 죽을 때 같이 사라질 거다. 뭐, 그렇게 생각하면 지금 죽여버리는 게 그놈에게 좋은 일일지도 모르겠지. 내가 대신 죽여주랴?”

“그럴 수는…… 없습니다.”

카오스가 드래곤이기 때문인지 레이는 카오스에게 정중하게 대꾸했다. 카오스는 오랜만에 인간에게 듣는 존댓말이 나쁘지 않은 듯 흥 하고 콧방귀를 뀌면서도 즐거운 표정이었다.

“비제이, 방법 없겠냐?”

레이의 질문에 비제이가 침통한 표정으로 고개를 저었다.

“그럼 왕세자 전하를 이대로 두고 가라고?”

“모시고 가면 왕세자 전하는 더 위험해질 거야.”

“……”

레이는 조용히 비제이를 응시했다.

“어이, 비제이. 그놈은 자기가 누명을 뒤집어쓴 게 억울한 모양인데?”

카오스가 빈정거리듯 말했다. 레이는 카오스를 노려보다가
고개를 저었다.

"그런 게 아닙니다."

"그럼 뭔데?"

카오스가 건들거렸다.

그런 카오스를 쳐다보던 레이가 말했다.

"카오스 님은…… 제가 상상했던 드래곤이랑 다르시군요."

"그게 뭔 뜻이야!"

카오스가 버럭 성질내자 엘라임이 카오스의 바짓자락을 물
었다.

"카오스 님이 상상 이상으로 멋있다는 뜻일 거예요. 화 좀
내지 마세요."

"뭐야? 정말 그런 뜻이냐?"

레이가 잠시 망설이다 대답했다.

"네."

"후후후, 이거 괜찮은 인간이군."

"헤레이스입니다. 레이라고 부르십시오."

"좋아, 레이. 네놈은 특별히 이름을 기억해주마."

레이와 카오스가 친밀한 대화를 나누는 동안 비제이는 쓰러
진 왕세자를 응시했다.

"레이, 올타 국으로 가는 길이었지?"

"응."

"왜?"

"어? 아……."

문득 레이의 머리에 떠오른 게 있었다. 올타 국으로 간다는 말은 누구에게도 하지 않았다. 후딘이나 루빈에게도 말하지 않았다. 그런데 비제이는 어떻게 이곳을 알고 왔을까.

'그러고 보니 타이진도 저 마차에 왕세자가 있다는 걸 알고 있었지. 어떻게 안 거지?'

레이가 비제이를 물끄러미 쳐다봤다. 비제이가 씩 웃었다.

"앗! 그 시선은 너무 뜨거운데?"

"내가 여기에 있다는 건 어떻게 알았냐?"

"흐음."

비제이의 표정이 굳었다.

"심오한 질문이군."

"장난치지 말고."

"음, 어디서부터 설명을 해야 할지……."

비제이는 고개를 왼쪽으로 기울이며 말을 이었다.

"그러니까 레이, 나는 수련을 하려고 했어."

"응, 그래서?"

"그런데 실패했어."

"실패했다고? 그럼 지금까지 뭘 하다가 온 건데?"

"생각지도 못한 곳에 갔다가 왔어. 뭐라고 해야 하나…… 카오스 말로는 시공간의 틈새래."

비제이는 카오스에게 들었던 시공간의 틈새에 대한 것을 설명했다. 레이가 고개를 끄덕였다.

"거길 갔었다고?"

"응, 확실히 시공간이 뒤틀린 곳이었어. 내가 누군지, 어디에 있는지도 확실하지 않았고. 그냥 계속 시간이 흐르고 공간이 바뀌었어. 미래일지도 모르는 황량한 벌판에 서 있기도 했고, 전쟁터에 서 있기도 했어. 그리고…… 과거로 돌아가기도 했어."

"과거로?"

레이는 자신이 좀 전에 봤던 환각을 떠올렸다.

"저기, 레이. 나한테도 검술을 가르쳐 주면 안 될까?"

"아, 레이. 일단 가면서 얘기하자. 기사들이 곧 깨어날 테니까."

"기사들을 두고 가자고?"

"어쩔 수 없어. 지금 상황에선 네가 왕세자를 배신한 거고, 기사들이 쉽게 오해를 풀지 않을 거 아냐."

"왕세자 전하를 두고 갈 순 없다. 폐하가 계신 곳까지 모셔다 주기로 약속했어."

"폐하? 아, 지금 가는 게 폐하께 가는 거였어? 폐하께서 왜 올타 국에 계신 거야?"

"사정은 나도 잘 모르겠다. 그런데 폐하께서 왕세자 전하를
은밀하게 부르신 것 같더군."

"그랬군."

"잘은 모르겠지만 폐하께서 위험에 처하신 것 같다."

"라트 연합 정보국의 귀에도 들어가지 않을 정도의 위험이
란 거지?"

"그래. 그런데 도대체 타이진이랑 넌 왕세자 전하께서 가시
는 길을 어떻게 안 거냐?"

"추측."

"추측?"

"올타 국이 곧 폐쇄된다면서? 아마 많은 사람이 죽겠지."

"……."

"너나 후딘이라면 사람들이 죽는 걸 막으려고 올타 국에 갈
거라고 생각했어. 뭐, 네가 올타 국으로 향하는 이유는 달랐지
만 어쨌든 맞춘 거지?"

"그래. 하지만 내가 올타 국보다 왕세자 전하를 먼저 선택한
건……."

"알아, 레이. 출세 때문에 그런 거 아니잖아. 신분 때문에 그
런 것도 아니고."

레이는 입을 꾹 다물었다.

"더 큰 사건이 벌어질 것 같아서 왕세자 전하께서 가시는 길
을 선택한 거지? 뭐, 사실 난 네가 신분이나 출세 때문에 그랬

어도 할 말 없지. 지금까지 나란 놈을 데리고 지내줬으니."

비제이답지 않은 자기비하적인 말이었다. 레이가 인상을 찌푸렸다.

"어쨌든 올타 국으로 가보자. 폐하께서 정말 거기 계신다면 여쭐 것도 있고……."

마지막에 '살아 계신다면 좋겠는데.' 라는 말이 덧붙은 것 같았지만 레이는 애써 무시했다.

"끄응……"

가느다란 신음소리가 들려서 돌아보니 제이콥이 꿈틀거리는 게 보였다. 제이콥은 나무에 부딪쳐서 머리를 다친 듯 이마에 피가 흐르고 있었다.

"아이고야, 깨어나려고 하네. 이럴까 봐 얼른 떠나려고 했던 건데."

비제이가 수면향을 꺼냈다.

"일단 이걸로 재우고……."

수면향의 뚜껑을 열자 연기가 흘러나왔다. 레이는 무의식적으로 뒤로 물러났다. 저번에 수면향에 당했던 게 떠올랐기 때문이다.

하지만 비제이는 트레저를 다루는 것에 서투르지 않았다. 연기는 정확하게 목표한 곳으로만 흘러갔다. 희뿌연 연기가 기사들을 덮쳤다.

몸을 일으키려던 제이콥이 축 늘어졌다. 수면향 때문에 깊은 잠에 빠진 것이다.

이로써 다른 기사들이 깨어날 염려도 사라졌지만 비제이는 서둘렀다.

"일단 왕세자 전하를 말에 태우고 올타로 가자. 폐하께서 위험에 빠져 계시는데 더 늦어지면 안 돼."

레이는 아직도 허덕거리는 왕세자를 조심스럽게 안아 말 등에 태웠다. 비제이는 잠깐 망설이다가 왕세자에게도 수면향을 사용했다. 왕세자가 자꾸 움직여서 말에서 떨어질 것 같았기 때문이다.

"이대로 쭉 가면 넉넉잡아 하루 정도 걸리나?"

"그래. 내일 저녁쯤엔 도착하겠지."

"응, 또 카오스한테 태워달라고 하기도 미안하니까."

"뭐야, 너 드래곤을 타고 다녔던 거냐?"

"굉장하지? 히히."

레이의 부러운 기색을 보며 비제이가 얄밉게 웃었다. 카오스는 지금까지 만난 인간들 중에서 가장 정중하게 자신을 대하는 레이가 꽤 마음에 드는지,

"저 녀석이라면 태워도 좋겠군."

하고 중얼거렸다.

"드래곤이든 인간이든, 칭찬엔 약하다니까."

옆에 있던 루빈이 투덜거렸다. 카오스가 루빈을 태우고 오는 내내,

"이런 잘난 척하는 꼬마 따위는 태우고 싶지 않았어!"

라고 호소했었기 때문이다.

"아무튼 아까 하던 얘기 계속할게."

비제이가 이야기를 시작했다. 호기심이 왕성한 루빈이 바짝 다가오질 않는 걸 보면 이곳에 오는 동안 이야기를 들은 모양이다.

"거긴 정말 굉장한 곳이었어, 레이. 난 거기서 수백 년을 있었던 것 같은데, 틈새를 빠져나왔을 땐 고작 몇 시간이 흘렀을 뿐이더라."

"수백 년?"

"응. 미쳐버리는 줄 알았어, 난. 핑이 아니, 헤라가 날 꺼내주지 않았다면 난 거기서 영원히 부유했을 거야."

"헤라?"

"응, 헤라가 핑이야."

레이는 어째서 헤라가 핑이 되는지 궁금했지만 그보다는 비제이의 설명을 더 듣고 싶었기에 되묻지 않았다.

핑은 루빈의 어깨에 앉아 발끝을 흔들며 루빈과 재잘재잘 떠들고 있었다. 반짝반짝 빛이 날리는 날개라든가, 은빛의 머리카락은 평소의 핑과 다를 바가 없었다.

"나는 거기서 시간과 공간을 넘나드는 것 말고도 이상한 경험을 했어. 또 내가 아닌 다른 사람이 되기도 했거든. 전혀 모르는 사람이 될 때도 있었고, 또……."

비제이의 표정이 일그러졌다.

"타이진이 되기도 했어."

"타이진?"

"응, 타이진."

레이는 이해할 수가 없었다. 비제이의 말을 못 믿는 건 아니다. 단지 시간과 공간을 넘나들고, 자신이 아닌 타인이 될 수도 있다는 기이한 현상을 받아들이기 힘들었다.

그게 어떤 기분인지, 어떤 경험인지 도무지 이해할 수가 없었다.

"확실하냐? 어쩌면 그냥 환상 같은 걸지도 모르잖아."

"환상이 뭐라고 생각해?"

"뭐……냐니?"

"환상도, 환각도 결국 당사자가 상상하는 만큼만 보이게 되어 있어. 딱 그만큼만. 나는 하더 왕의 검을 잘 사용해도 당하는 사람이 상상하는 것 이상의 것을 보여주진 못해. 공포도, 절망도, 희망도 결국은 당사자가 한 번쯤은 상상해본 그런 걸 보여주는 거야."

"그런데?"

"난 거기서 내가 단 한 번도 상상하지 못한 걸 봤어. 내가 시공간의 틈새로 들어갔을 땐, 난 나 이외의 그 어떤 것도 보려고 하지 않았을 때야. 전혀 변하지 않았을 때. 뭐, 지금도 마찬가지지만."

비제이가 씁쓸하게 웃었다. 비제이와는 어울리지 않는 미소였기에 레이는 기분이 나빠졌다.

"뭘 봤냐?"

"레이, 나는……."

비제이가 레이를 올려다봤다.

"타이진이 나에게 열등감을 느끼는 걸 봤어."

비제이의 대답에 레이는 기분이 묘해졌다.

단 한 번도 타이진이 비제이에게 열등감을 느낄 거라고는 생각해보지 못했다. 비제이 역시 그랬을 것이다.

지금은 적이지만 그때의 타이진만 놓고 보자면 타이진은 굉장히 매력적인 소년이었다.

타이진이 웃으면 여자들이 홀린 듯 타이진을 쳐다봤고, 마음을 얻기 힘들다는 어린아이들까지도 타이진을 잘 따랐다. 평민인데도 아는 게 많고, 삶이 고단해도 밝게 웃는 모습이 보기 좋았다. 아무 혜택도 못 받으면서 티 없이 웃는 얼굴을 볼 땐 가끔 부러워질 정도였다.

누군가 상처를 받고 있으면 조용한 목소리로 다정하게 달래주고, 괴로워하는 사람을 보듬어 안아주는 사람. 진지한 듯하지만 농담도 잘하는 사람.

타이진은 그런 사람이었다.

타고난 신분을 제외하곤 타이진이 비제이를 부러워할 이유가 없었다. 트레저 헌터의 재능은 어떤지 몰라도 다른 면들은 모두 타이진이 훨씬 뛰어났다.

"타이진이 너한테 열등감을 느꼈다고?"

"엄청 놀랍지? 걔가 나한테 열등감을 느끼고 있었어. 아는 것도 타이진이 더 많고, 검술도 나보다 더 뛰어나고, 인기도 훨씬 많고, 노래도 나보다 더 잘했었는데…… 그런데 타이진이 나한테 열등감을 느꼈던 거야."

비제이의 음성에도 믿을 수 없다는 기색이 묻어나왔다.

"그럴 때 깨진대."

"뭐가?"

"우정이."

"……."

"우정이 깨지는 순간은 친구 아버지가 자기 가족을 죽였을 때도, 친구가 자신을 찔렀을 때도 아니래. 친구한테 열등감을 느낄 때, 그때 우정이 깨진대."

열등감을 느껴본 적이 없는 레이로서는 이해할 수 없는 논리였다.

"나는 거기서 타이진이 됐어. 그리고 타이진의 마음으로 우리랑 놀았어. 너랑 후딘이랑 또 다른 나랑. 그런데 내가 우리랑 같이 있으면서 어떤 기분이었는지 알아?"

듣고 싶지 않았다.

"외롭더라."

"……."

"내가 타이진이 됐을 때, 난 너무 외롭고 고독했어. 같이 있어도 소외된 기분이……."

"그만해."

레이가 차갑게 말을 끊었다.

"소외감을 느끼고 열등감을 느끼는 모든 사람들이 친구를 찌르는 건 아냐. 그런 기분을 느끼는 모든 사람들이 친구의 가족을 찢어 죽이는 건 아냐. 타이진이 그때 느꼈던 기분 따위는 아무래도 좋아. 나한테까지 말할 필요 없다."

"매정하긴."

해가 져서 주위가 어둑해졌다. 길게 늘어졌던 그림자들도 어둠에 묻혀 사라졌다. 빛 한 점 없는 어둠 속을 그들은 조용히 걸어갔다.

서벅서벅.

루빈의 발자국 소리만 쓸쓸하게 울렸다.

기사인 레이와 도적에 가까운 활동만 하는 비제이는 원래 발소리를 잘 내지 않고, 드래곤인 카오스는 반쯤 몸을 띄우고 나는 상태, 엘라임은 여우 모습으로 변하긴 했지만 땅에 발을 딛고 걷진 않았다.

레이가 말고삐를 잡고 비제이와 함께 앞서 걸었고 카오스와 루빈, 엘라임은 뒤에서 호위하듯 따라오고 있었다.

매정하다는 말을 한 후 잠시 침묵을 지키던 비제이가 엉뚱한 질문을 했다.

“레이, 너 필렌트 후작님이 한때 트레저 헌터였던 거 알아?”

“응, 하지만 그건 젊은 시절에 몇 년뿐이었다고 알고 있는데. 실적도 별로 없고, 찾아온 트레저라고는 C급 몇 개뿐이라서 간신히 스몰 메달을 땄다고 들었고.”

필렌트 후작이 트레저 헌터를 했던 건 상급 헌터들 사이에선 공공연한 비밀이었지만, 대부분 사람들에겐 알려져 있지 않았다. 필렌트 후작이 신분을 감추고 헌터를 했었기 때문이다.

“그리고 후작님은 헌터를 했던 경험 때문에 길드장이 될 수 있었던 거고. 그런데 그건 갑자기 왜 묻지?”

“레이, 트레저 헌터 중에 자기가 찾은 트레저를 전부 길드에 등록하는 헌터는 없어. 대부분 A급이나 S급은 자기가 갖거나 돈 많은 사람한테 팔지.”

“그럼 필렌트 후작님이 뒷거래를 했다는 말이냐?”

“후작 가문에서 태어났는데 뒷거래를 하실 만큼 돈이 궁하진 않으셨겠지.”

“그럼……”

“후작님은 트레저 중에 몇 개를 길드에 등록하지 않았을 거야. 아마 언젠가 쓰기 위해 숨겨두셨겠지.”

레이는 비제이가 왜 이런 이야기를 꺼내는 건지 가늠할 수가 없었다. 실 끝이 잡힐 듯하면서도 잡히지 않는 답답함이 느껴졌다.

비제이가 레이를 쳐다봤다. 레이는 평소보다 인상을 쓰고 있었다. 레이가 답답해한다는 걸 알면서도 비제이는 전부 다 말해줄 생각이 없는 듯 다시 침묵으로 돌아갔다.

레이는 궁금하게 만들어놓고 입을 다문 비제이의 뒤통수를 한 대 쳐주고 싶었지만 꾹 참았다.

"필렌트 후작님이 필렌트 후작 부인이랑 사랑에 빠진 것도 트레저 헌터를 할 때래."

루빈이 뒤에서 조잘거리는 소리가 들렸다. 핑에게 들려주는 말이었는데 레이는 그 말을 듣고 뭔가가 떠올랐다.

"비제이, 설마 후작님께서 반역을……."

"어어, 아냐, 아냐. 아, 맞다고 해야 하나?"

비제이는 화가 날 정도로 느긋하게 말했다. 레이는 걸음을 멈추고 비제이의 팔을 거칠게 잡았다.

"비제이! 똑바로 말해. 필렌트 후작님이 폐하의 안전을 위협하는 거냐?"

"그런 건 아냐, 레이. 만약 그런 거라면 내가 이렇게 천천히 가겠어? 그런 거 아니니까 걱정 마."

"그럼 뭔데?"

어둠 속을 헤매는 기분이다. 뭔가 급한 상황이 벌어진 건 틀림없는데 비제이는 지금까지 제대로 된 이야기를 해주지 않았다. 띄엄띄엄 해주는 이야기는 아무 관련이 없는 것들이었다. 그것만 가지고는 모자랐다.

"속 시원히 좀 말해봐라."

“알겠어, 레이.”

비제이는 고개를 끄덕이곤 물었다.

“기억에서 사라진 신에 대해 어떻게 생각해?”

“비제이!”

레이가 결국 참지 못하고 고함을 쳤다.

푸드덕.

숲에 잠들어 있던 새들이 일제히 날아올랐다. 나무 그림자가 살아 있는 듯 흔들리고, 나뭇잎이 눈처럼 떨어져 어깨에 내려앉았다.

레이는 비제이를 노려봤다.

“너 도대체 왜 똑바로 말을 안 해주는 건데.”

“어이구, 헤레이스 경. 왜 그렇게 조급해하는 거야? 헤레이스 경답지 않게.”

“지금 농담할 때냐?”

“농담하는 거 아냐. 진정해, 레이. 너 아까부터 너무 긴장해 있어. 왕세자 전하가 당해서 그래? 아니면 정보국 국장인데도 아는 게 없어서 그러는 거야?”

아픈 곳을 찔렸다.

최근 레이는 여유가 사라졌다.

정보국 국장을 맡은 후 이렇게까지 막막한 건 처음이다. 하울 3세가 키리반을 떠난 것도 전혀 몰랐고, 왕세자가 하울 3세에게 전언을 받아 이동하게 된 것도 뒤늦게 알게 되었다.

게다가 추적자에게 뒤를 밟혀 공격까지 당했다. 지켜주겠다고, 하울 3세에게 무사히 데려다 주겠다고 약속했는데 왕세자가 저 모양이 됐다.

자신을 향한 신뢰의 눈빛을 생생하게 기억하고 있다. 그런 신뢰를 받았는데, 결국 지키지 못했다.

레이는 착잡하고 절망적이었다.

자신의 무능력이 이토록 절절하게 느껴진 건 처음이다.

"어차피 올타에 도착해서 폐하를 뵐 때까진 우리가 할 수 있는 게 없어. 그러니까 너무 조급해하지 마, 레이. 괜찮아. 응?"

비제이가 달래듯 말하자 레이는 아랫입술을 꽉 깨물었다.

"알겠다."

이 사이로 신음같이 흘러나온 대답을 듣는 비제이의 표정도 밝진 않았다.

"그럼 레이, 기억에서 사라진 신에 대해 어떻게 생각해?"

이번 질문엔 아까보다 침착하게 고민할 수 있었다. 레이는 잠시 생각해본 후 답했다.

"솔직히 기억에서 사라진 신에 대해선, 루빈한테 신의 왼쪽 눈, 신의 오른쪽 눈에 대한 트레저에 대해 듣기 전까진 생각해본 적도 없다. 알려진 바도 없고. 기억에서 사라진 신을 숭배하는 집단이 남아 있긴 한데, 전에 한번 몰살당했다는 건 알고 있지. 그중에 필렌트 후작 부인이 있었고. 내가 아는 건 그뿐이다."

"루빈, 이리 와봐."

비제이의 부름에 루빈이 쪼르르 달려왔다.

"루빈, 아까 기억에서 사라진 신에 대해 했던 말 있잖아. 그거 레이한테 다시 한 번 설명해주라."

"응."

진지한 표정의 루빈은 어린 소년처럼 보이지 않았다. 지식으로 가득 찬 녹색 눈동자가 반짝반짝 빛났다.

"기억에서 사라진 신이 남긴 걸로 추정되는 신의 왼쪽 눈과 오른쪽 눈에 대해서 먼저 설명을 할게. 신의 왼쪽 눈은 부귀와 평화를 주고, 신의 오른쪽 눈은 부활을 준다고 알려져 있어. 오른쪽 눈의 힘에 대해선 확실하게 확인되지 않았지만 어쨌든 그래. 여기까진 알고 있지?"

"응."

"자, 그럼 우리 세계에 있는 다른 신들을 한번 봐봐. 우리 라트 대륙의 신인 아티멘은 세상의 진실을 보여주고, 또 죽음을 주는 신이야. 아펠론은 태양과 빛을 주고, 크아든은 어둠을, 테레리스는 운명을 관장해. 하지만 또 빛의 신이 따로 있고, 운명을 인도하는 신이 따로 있어. 진실의 신도 있고, 죽음의 신도 아티멘 이외에 또 있어. 그런 식으로 신들은 하나씩 맡은 것이 있지만, 그게 신들의 고유한 능력은 아니야. 다른 신과 겹쳐지는 능력도 있고, 하위 신들에게 나눠준 힘도 있어. 신학에 대해선 어느 정도 알고 있지?"

“응.”

“그럼 이해하기 빠르겠네. 죽음, 운명, 빛, 아름다움, 바다, 물, 땅, 대지, 식물…… 세상 모든 것에 신이 깃들어 있잖아.”

“음.”

“그런데 딱 하나, 그 어떤 신도 갖지 못한 능력이 있어. 그게 뭘까?”

“글쎄.”

루빈이 눈을 빛내며 레이를 올려다봤다.

“창조.”

“……!”

“생명의 신 소리아튼이 있어. 하지만 소리아튼은 생명을 만들어내진 않아. 죽어가는 생명에 힘을 불어넣어서 살려줄 뿐이야. 레이, 들어본 적 있어? 생명을 만들어내고, 이미 죽은 생물에 부활을 주는 신이 있다는 걸?”

루빈의 말대로였다.

라트 대륙의 신들 중에 부활을 주고 창조를 하는 신은 없었다.

“그거야, 레이. 기억에서 사라진 신은 창조와 부활의 신. 나는 그 신이 다른 모든 신을 만들어냈고, 또 세상을 만들었다고 생각해. 그렇기 때문에 그 신이 남긴 오른쪽 눈이 인간에게 부활을 줄 수 있는 거야. 물론! 확인하진 못했지만.”

“그럼…… 그 창조와 부활의 신이 지금 이 일과 무슨 관련이 있단 거지?"

"그건……."

루빈이 갑자기 움직임을 멈췄다. 루빈의 눈은 놀란 듯 동그래졌다.

"어…… 레이? 나 몸이 안 움직이는데? 왜 이러지?"

레이는 그 질문에 대답해줄 수 없었다. 레이 역시 움직일 수 없었고, 그 이유를 알지 못했기 때문이다. 레이는 비제이를 불렀다.

"비제이."

하지만 비제이는 레이와 루빈의 바로 뒤에 서 있어서 그의 표정을 확인할 수가 없었다.

"응, 괜찮아."

뒤에서 유쾌한 목소리가 들려왔다. 모습을 보여주지 않는 걸 보니 비제이 역시 움직일 수 없는 모양이다.

"빌어먹을! 이건 또 뭐냐?"

카오스가 욕설을 내뱉었다.

"카오스 님, 진정하세요."

"그래, 진정해. 이거 아마 트레저의 힘일 거야."

갑작스러운 힘에 가둬졌는데도 비제이의 음성은 쾌활했다.

방금 전 기습을 당해 왕세자를 지키지 못했던 레이는 불안함을 감출 수가 없었다.

이래서 트레저를 가진 상대와 맞붙으면 곤란하다. 이쪽의 공격이 먼저 박히지 않는 이상, 트레저의 힘에 사로잡히면 옴짝달싹 못 하는 경우가 많다.

레이는 '트레저 따위 전부 사라졌으면 좋겠다.' 고 생각했다.

'아니, 그러면 비제이가 직업이 없어져서 곤란한가?'

상황에 어울리지 않는 생각을 하는 자신이 이상했다. 문득 자신이 비제이를 믿고 있다는 걸 깨달았다. 비제이가 특별히 더 강해진 것도 아닌데 어째서인지 비제이가 알아서 해줄 거라는 확신이 생겼다.

'뭐지, 이건?'

평소에도 비제이의 실력을 의심했던 건 아니지만 비제이가 '듬직' 하게 느껴지는 건 처음이다.

여전히 상대는 모습을 드러내지 않았다. 루빈이 움직이려고 끙끙거리는 소리와 간간이 들려오는 카오스의 욕설만 고요함을 깨뜨렸다.

상대가 누군진 몰라도 꽤나 똑똑하다.

움직일 수 없는 상태에서 아무도 나타나지 않는 시간이 길어지니 초조함과 답답함, 보이지 않는 적에 대한 분노와 살의가 뒤범벅이 되어 마음이 혼란스러워졌다.

레이는 천천히 심호흡을 하며 흐트러지는 마음을 가다듬었다. 상대는 잘 숨어 있어서 보이지 않았다. 눈을 감고 기척을 느끼려 애썼다.

바스락거리는 소리가 사방에서 들려왔다.

"온다."

비제이의 나직한 경고.

바스락거리는 소리가 커졌다.

"루빈, 괜찮아."

비제이가 루빈에게 다정하게 말했다.

"내가 알아서 할 테니까 겁먹을 거 없어."

그러고 보니 바스락거리는 소리가 커진 후부터 숨을 멈추고 있는 듯 루빈의 숨소리가 들리지 않았다. 대신에 누군가의 심장박동 소리가 커진 걸 느꼈는데 그게 루빈의 것이었던 모양이다.

문득 루빈이 아모드 시에서 겪었던 일과 충격이 떠올랐다.

'설마…… 상대는 카인이란 마스터 헌터 놈인가?'

더 고민할 필요도 없었다.

카인이 가진 트레저 '크로타의 메달'의 힘이 겉으로 드러났기 때문이다.

지금까지 어디에 숨어 있었는지, 무수히 많은 짐승과 벌레 떼가 한꺼번에 나무 그림자 사이에서 튀어나왔다. 아무 힘없어 보이는 자그마한 토끼와 사슴, 어딘가에서 사육되던 양 떼까지 끼어 있었다.

이빨을 드러내고 덤벼드는 커다란 야수들보다 이빨도, 손톱도 없는 작은 짐승의 수가 더 많았다.

'루빈이 충격을 받을 만도 했겠군.'

짐승들의 눈엔 살기가 없었다. 자신의 마음대로 움직이지 않는 몸뚱이에 대한 두려움만 가득했다. 그건 커다란 야수들도 마찬가지여서 레이 역시 그들을 베는 데 망설일 것 같았다.

'비제이는 어쩔 생각이지?'

몸이 안 움직여지는 것은 모두 마찬가지인데 비제이가 무슨 짓을 하려는 건지 예상할 수가 없었다.

"있잖아, 카인. 나는 말이지, 네가 별로 마음에 안 들어."

당장이라도 덮쳐올 것 같은 짐승 떼는 어느 순간부터인가 주춤거리고 있었다. 절대로 범접하지 못할 무언가에 어쩔 수 없이 끌려가는 것처럼 다리가 무겁게 움직였다.

그건 벌레들도 마찬가지였다. 하늘을 나는 벌레도, 땅을 기는 벌레도 미는 힘과 당기는 힘을 동시에 받는 것처럼 아까보다 다가오는 속도가 느려졌다.

"너 때문에 루빈이 많이 힘들어했거든."

비제이의 목소리는 결코 크지 않았다. 그러나 웅웅거림과 크르릉거림이 섞인 소란을 뚫고 어둠을 울렸다.

'비제이가 못 다가오게 하는 건가? 아, 혹시……'

잠시 잊고 있었는데 그들 일행 중엔 드래곤이 있었다. 인간의 모습으로 변했어도 드래곤은 드래곤. 무엇보다 본능에 충실한 짐승들이 드래곤의 기운을 알아채지 못할 리 없었다.

기사들과 함께 숲길을 걸을 때는 몇 분마다 한 번씩 짐승들을 목격했다. 그러나 비제이와 합류하고부터는 짐승들을 한 번도 보지 못했다. 짐승들이 드래곤의 존재를 알아채고 숲으로 숨어들어 갔던 것이다.

비제이는 카오스 때문에 짐승들이 빨리 덮치지 못하리라는 걸 예상했다. 다음에 할 것은 카인의 위치를 파악하는 것.

비제이는 까맣게 모여 있는 벌 떼 뒤로 보이는 숲을 노려봤다.

'이 앞에 있을 수도, 아니면 내 뒤쪽에 있을 수도 있어. 어디냐, 카인.'

카인은 짐승들이 생각처럼 빨리 덮치지 않아서 당황했을 게 틀림없다. 그렇다면 카인이 선택할 수단은 두 가지다.

도망치거나, 아니면 공격을 해오거나.

'얼른 위치를 알려줘.'

비제이 역시 선택할 방법이 많진 않았다. 지금 움직이지 못하는 일행을 지키려면 단숨에 카인의 위치를 파악해서 그를 무력화시키는 방법밖에 없었다.

'카인도 내가 뭘 하는지 정확하게 볼 순 없을 거야.'

사물을 꿰뚫어 볼 수 있는 진실의 눈이 있다면 모를까, 이 많은 짐승 떼를 뚫고 비제이의 행동을 정확하게 파악할 수 있을 리는 없다.

비제이는 조심스럽게 손을 움직였다.

바지 주머니에 손을 찔러 넣고 걷기를 잘했다. 손 위치가 허리에 있는 가죽 주머니와 가까워서 주머니 속의 수면향을 꺼내기 수월했다.

'만세를 하고 걸었으면 어쩔 뻔했어.'

비제이 역시 카인이 사용한 '캐드라인의 반지'의 힘에 걸려 움직일 수 없었다. 그러나 캐드라인의 반지의 힘보다 강한 스콜피언 대거의 힘이 잠재해 있었기에 금방 풀려났다.

'이게 좋아해야 할 일인지.'

비제이는 수면향의 뚜껑을 열어 수면향을 조심스럽게 흘려보냈다. 수면향에 잠들 대상은 짐승들. 안 그래도 저번의 사건 때문에 큰 상처를 받은 루빈에게 짐승들이 죽어나가는 모습을 보여주고 싶진 않았다.

'천천히 흘러가라.'

비제이는 수면 연기의 농도와 흘러가는 속도를 조절했다.

짐승들은 드래곤에 대한 두려움 때문에 속도가 늦어지긴 했지만 그래도 조금씩 다가오고 있었다. 카인이 나서기 전에 짐승들이 먼저 잠들면 안 된다. 비제이가 행동하고 있다는 걸 눈치채면 카인이 도망칠 가능성이 있었기 때문이다.

'사로잡아야 돼.'

카인에게 물어볼 게 있었다.

수면향이 흘려보낸 연기와 제일 앞줄에 선 짐승들이 거의 근접했다.

"도망쳐, 카인."

카인 정도 되는 인물이 걸려들지는 모르겠지만 비제이는 빈정거리듯 말했다.

"네가 뭘 사용해서 날 묶어뒀는지는 모르겠지만, 이거 풀려나는 순간 내가 널 죽일 거거든."

아직 반응이 없다. 앞줄의 짐승들과 연기가 닿았다. 몇 마리가 수면향의 기운에 사로잡혀 풀썩 쓰러졌다. 아직은 괜찮다. 이 정도는 카인도 눈치채지 못했을 것이다.

"너도 알잖아. 너랑 난 기본적인 능력의 차이가 있어. 같은 마스터 헌터라도 네가 날 이길 수 없다는 건……."

쏴아아악!

짐승들을 뚫고 검은색 불꽃 화살이 날아왔다. 아까 타이진이 사용했던 흑마법과 비슷한 기운이었다.

날카로운 화살 끝은 정확하게 비제이의 목줄을 노리고 달려들었다.

'됐다.'

비제이는 씩 웃으며 손바닥을 넓게 펼쳤다.

위치를 알았으니 움직여도 상관없다.

"쉴드!"

비제이의 앞에 단단한 방패가 생긴 것과 블랙 에로우가 방패에 꽂힌 것은 거의 동시였다.

파창!

날카로운 소리와 함께 블랙 에로우에 뭉쳐 있던 검은 기운이 흩어졌다. 비제이는 수면향의 기운을 넓게 흩뿌렸다. 뿌연 연기가 순식간에 퍼져나갔다. 어쩔 줄 몰라 하며 다가오던 짐승들이 풀썩풀썩 쓰러졌다.

비제이는 블랙 에로우가 날아온 방향을 향해 몸을 날렸다.

'카인도 흑마법을 사용할 수 있는 건가?'

비제이는 숲의 어둠을 뚫고 내달리며 생각했다.

'블랙 에로우 정도면 상대할 수 있지만, 그보다 강하면 좀 힘들지도 모르는데. 카오스가 도와줄 수 있는 상태면 좋았을 텐데.'

"블랙 화이어!"

이번엔 카인의 목소리가 정확하게 들렸다. 세 번째에 있는 커다란 나무 위쪽이었다.

검은 불덩어리가 쏟아져 내렸다.

"쉴드!"

비제이는 손바닥을 하늘로 향하며 외쳤다.

파차앙!

검은 불덩어리들과 방패가 부딪치며 시끄러운 소리를 냈다. 투명한 방패에 쩍쩍 금이 가는 게 보였다.

'아이고야, 나보다 강한가?'

그렇다면 공격이다.

카인이 훨씬 강한 마법을 사용한다면 계속 막는 것도 한계가 있다. 차라리 모든 마나를 쏟아내 생각지 못한 공격을 퍼붓는 게 낫다.

쉴드를 유지한 채로 마나를 끌어모으기는 힘들었다. 아직 그럴 만한 수준이 아니기 때문이다.

'루빈이라도 도와줄 수 있으면 좋을 텐데.'

간신히 두세 번의 마법을 사용할 수 있을 만큼의 마나를 모았다. 쉴드는 거의 깨지기 직전이었다. 카인도 비제이에게 다른 수가 없다고 생각했는지 한곳에 집중해서 블랙 에로우를 쏘아댔다.

'쉴드를 없애는 거랑 동시에 몸을 굴리면서 정확하게 날려야 돼.'

비제이는 심호흡을 하며 정신을 가다듬었다.

조금이라도 오차가 생기면 블랙 에로우에 맞게 된다. 만약 저게 블랙 화이어랑 같은 기능을 갖고 있다면 죽지도 못한 채 미쳐버린 상태로 살아가게 된다.

한 차례 더 블랙 에로우가 쉴드와 부딪친 후, 비제이는 쉴드를 없애며 몸을 옆으로 굴렸다.

"화이어 에로우즈! 화이어 볼! 화이어 에로우즈!"

무수히 많은 불화살과 불공이 동시에 비제이의 손에서 쏘아져 나갔다. 그것은 나무 위, 정확하게 카인이 있는 장소를 노렸다.

하지만 카인도 당하고만 있진 않았다.

"블랙 쉴드!"

카인의 앞에 커다란 검은 방패가 생겼다. 방패는 카인을 노리고 날아온 불화살과 불공을 흡수했다.

빛이 사라지는 걸 보며 비제이는 절망했다.

'이런……!'

마나를 너무 많이 쏟아부었다. 몸에 힘이 쏙 빠져서 다리가 후들거릴 지경이다. 그러나 누워 있을 순 없었다. 카인이 두 번째 공격을 해올 것이다.

카인의 모습이 잘 보이진 않지만 웃고 있는 게 보이는 것 같은 착각이 들었다.

블랙 쉴드가 사라졌다.

"블랙 에로우!"

카인이 외쳤다. 비제이는 카인이 긴 막대기를 크게 흔드는 걸 봤다. 그 막대기에서 검은 화살이 만들어져 비제이를 노리고 날아왔다.

'뭐야, 저건?'

마지막 남은 마나를 끌어모았지만 쉴드를 만들기엔 부족했다.

'아이고!'

비제이는 잽싸게 몸을 옆으로 굴렸다. 비제이가 서 있던 바로 그 위치에 블랙 에로우가 꽂혔다.

위험했다.

카인은 비제이가 몸을 가눌 새를 주지 않았다. 다시 막대기를 크게 흔들며 '블랙 에로우!' 를 네 번 동시에 외쳤고, 네 개의 화살이 만들어졌다.

비제이가 도망칠 것을 대비해 만들어둔 화살인 게 분명했다.

'어느 쪽으로 피해도 날아오겠군. 이걸 어쩐다.'

비제이는 몸을 굴리면서 흩어졌던 마나를 다시 끌어모았다. 숨이 벅찼지만 힘들어하는 모습을 드러내진 않았다.

카인이 막대기를 흔들었다.

검은 화살 하나가 비제이가 서 있는 장소로 날아왔다. 비제이는 몸을 옆으로 굴렸다. 일단은 피하는 수밖에 없다. 두꺼운 나무 뒤로 몸을 숨겼지만 그렇다고 해서 블랙 에로우를 피할 수 있는 건 아니다. 블랙 에로우는 시전자가 원하는 목적지로 날아간다. 나무를 우회해서 비제이를 맞출 가능성이 충분히 있는 것이다.

비제이가 일어서기 전 카인은 다시 막대기를 휘둘렀고, 블랙 에로우는 나무를 우회해 아직 몸을 일으키지 못한 비제이의 가슴으로 향했다.

점점 커지는 블랙 에로우를 보며 비제이는 숨을 삼켰다.

2장

올타 국

“쉴드!”

쨍쨍한 음성이 들린 건 그 순간이었다.

파차앙!

비제이가 만든 것과는 비교할 수 없을 만큼 두껍고 견고한 방패가 비제이의 앞을 보호했다. 블랙 에로우는 방패에 흔적 조차 남기지 못하고 부서졌다.

“화이어 메가 스톤!”

나무가 작아 보일 만큼 거대한 불덩어리가 카인이 있는 나무 밑동을 향해 날아갔다.

“루빈!”

비제이의 옆에 버티고 선 사람은 다름 아닌 루빈이었다. 루빈은 비제이가 모든 마나를 끌어올려도 사용할 수 없을 만큼 거대한 마법을 사용했으면서도 여유 있는 모습이었다.

"죽여? 아니면 살려둬?"

루빈이 돌아보지 않고 물었다.

비제이의 눈에 루빈의 다리가 달달 떨리는 게 보였다. 루빈은 아직 그때의 충격에서 완전히 헤어나오지 못했다. 그래서 그 일을 겪게 한 카인의 앞에 선 것 때문에 두려워하는 게 틀림없었다. 하지만 루빈은 물러서지도, 주저앉지도 않았다.

비제이는 씩 웃으며 말했다.

"살려둬."

펑!

불덩어리가 나무를 강타했다. 그러자 나무 밑동이 산산조각 났다.

"우왓!"

생각지 못한 공격에 가지 위에 서 있던 카인이 낮은 비명을 토해내며 아래로 추락했다. 그러나 그대로 당하진 않았다.

카인은 공중제비를 돌며 막대기를 흔들었다.

"블랙 화이어!"

"쉴드."

루빈은 여유롭게 자신의 앞에 방패를 만들며 동시에 공격 주문을 외쳤다.

“화이어 볼, 화이어 볼, 화이어 볼.”

“브, 브, 블랙 쉴드!”

카인이 당황하며 주문을 외웠다. 즉시 그 앞에 만들어진 검은 방패가 간신히 화이어 볼을 막아냈다.

“저거 꽤 단단해.”

“그래?”

루빈이 빙긋 웃으며 카인을 노려봤다. 땅에 착지한 카인은 막대기 아니, 지팡이를 들고 루빈을 노려보고 있었다.

“화이어 메가 스톤.”

또다시 거대한 불덩어리가 검은 방패를 향해 날아갔다.

파차아앙!

검은 방패와 불덩어리가 부딪치며 굉음이 울려 퍼졌다. 땅이 흔들리고 나무가 쓰러졌다. 주변에 있던 나무들엔 불이 옮겨붙었다. 빨리 끄지 않으면 곧 큰불로 번지리라.

검은 방패는 뭐든 흡수할 것 같았지만 루빈이 만들어낸 화이어 메가 스톤을 먹어치우진 못했다. 검은 방패에 금이 가기 시작했다.

“브, 블랙 쉴드!”

카인이 다시 지팡이를 흔들었다. 검은 방패는 아까보다 더 두꺼워지긴 했지만 아주 미세한 차이였다. 그에 반해 루빈은 아직도 마법을 쓸 수 있는 것처럼 보였다.

카인은 안 되겠다 싶었는지 블랙 쉴드를 쳐둔 채 몸을 돌렸다. 하지만 도망칠 순 없었다. 몸을 추스른 비제이가 어느새 카인의 퇴로를 막고 있었기 때문이다.

"여어, 흑마법사 카인."

"비……제이……."

"말했잖아. 넌 날 못 이긴다니까."

수면향의 연기가 카인을 덮쳤다.

*　　　*　　　*

"루빈, 넌 어떻게 풀려난 거야?"

비제이는 카인이 끼고 있던 캐드라인의 반지를 빼 동료들을 풀어줬다. 크로타의 메달과 지팡이, 바라 링, 그 외에 갖고 있던 다른 트레저도 모두 빼앗았다.

카인이 갖고 있는 건 대부분 덴저 트레저였다.

"핑 아니, 헤라가 풀어줬어. 계속 같이 있었잖아."

"아, 헤라의 힘이었어?"

"내가 도움이 됐어?"

루빈이 걱정스러운 듯 물었다. 반짝거리는 녹색 눈동자를 보며 비제이는 부드럽게 웃었다.

"응, 너 아니었으면 나 죽었을 거야. 굉장했어, 루빈."

비제이의 솔직한 칭찬에 루빈의 얼굴이 빨개졌다.

"고생했다."

레이가 루빈의 머리를 쓰다듬었다.

"꼬마 주제에 마법을 꽤 잘 사용하는군."

"꼬마 아니거든!"

루빈이 발끈 성질을 내자 카오스는 껄껄 웃었다. 카오스는 루빈이 마법을 사용하는 모습을 보고 나니 루빈이 귀엽게 느껴지는 듯했다.

"이놈도 흑마법사였던 거냐?"

레이가 카인을 내려다보며 물었다. 비제이는 밧줄을 꺼내 카인을 꽁꽁 묶으며 턱으로 옆에 있는 검은색 지팡이를 가리켰다.

"저거야. 저걸로 흑마법을 사용한 거야."

"이것도 트레저냐?"

"코우트라의 지팡이야."

"그…… 흑마법사였던?"

"응, S급 덴저 트레저인데 카인이 갖고 있었나 봐. 그거 꽤 위험하거든."

"위험하다고?"

"여길 봐봐."

비제이가 카인을 빙글 돌려 등 뒤로 결박되어 있는 손을 가리켰다.

"손이 잿빛으로 변했군."

"아마 손 말고도 여기저기 잿빛으로 변한 곳이 있을 거야."

"왜 그렇게 되는데?"

"석화되는 거야."

"석화가 된다고?"

루빈이 쪼르르 달려와 코우트라의 지팡이를 집어들었다. 레이가 빼앗으려 하자 루빈은 지팡이를 뒤로 쏙 숨기며 말했다.

"사용하지만 않으면 괜찮아, 레이."

"흠."

"근원자는 코우트라 박센 피크로. 알다시피 흑마법으로 라트 대륙을 공포에 떨게 하다가, 그 당시에 대마법사였던 브로인 님이랑 한판 붙었어. 그리고 브로인 님이 사용한 석화 마법에 걸려서 영원히 돌로 남아 있게 됐고."

"그래서 석화가 된다는 거냐?"

"그런 것 같아. 코우트라가 돌로 변할 때도 손에 쥐고 있었고, 이 지팡이도 돌로 변했었잖아. 그러다가 석상이 부서지고 지팡이만 사라져서 덴저 트레저가 됐을지도 모른다는 이야기가 있었어. 실제로도 흑마법을 전혀 모르는 사람이 갑자기 흑마법을 사용하다가, 어느 날 돌이 돼서 부서져 버린다는 소문도 있었고. 꼭 한번 보고 싶었는데 이런 데서 보게 되네."

루빈은 진귀한 것을 보듯 지팡이를 이리저리 돌리며 살펴봤다.

짐승을 잠재우는 데는 독한 수면향을 쓰지 않아서인지 짐승들이 하나둘씩 잠에서 깨어나 숲으로 도망쳤다. 몇몇 육식 동물들은 이를 드러내고 으르렁거리긴 했지만 공격까진 하지 않고 흩어졌다.

"확실히 마스터 헌터는 마스터 헌터인가 봐. 이 지팡이로 그렇게 흑마법을 많이 사용했는데도 저 정도만 석화된 걸 보면."

루빈이 말했다. 이젠 카인에 대한 두려움이 사라진 듯했다.

"그럼 그놈은 자기 몸이 석화된다는 걸 알고 그 지팡이를 사용한 건가?"

"알고 있었겠지. 하지만 대부분 알면서도 사용하게 되니까."

찰싹, 찰싹.

비제이가 카인의 뺨을 때렸다.

"으……."

카인이 신음을 토해내며 눈을 떴다. 자신을 둘러싸고 있는 비제이 일행의 모습에 놀란 듯했지만, 곧 비릿한 미소를 띠며 비제이를 노려봤다.

"죽이지 않고 살려뒀다는 건 나한테 묻고 싶은 게 있어서냐?"

"오, 똑똑하네."

비제이가 카인 옆에 쭈그리고 앉았다.

"네놈이 묻는다고 대답할 의리는 없다는 걸 알 텐데."

"왜 이래, 카인. 우린 같은 트레저 헌터잖아. 게다가 빛나는 마스터 메달을 갖고 있고."

"푸핫, 재미있는 소리를 하는군. 그렇게 동지애가 느껴지면

이 밧줄이나 풀고 말하시지?"

"에이, 무슨 소리야. 널 믿진 못해."

"그럼 죽이든가."

"뭐야. 살려달라고, 살려주기만 하면 뭐든 다 말해주겠다고 애원은 해봐야지."

농담 반, 진담 반인 비제이의 말에 카인이 입술을 핥으며 웃었다.

"이래 봬도 꽤나 후회 없는 삶을 살았거든. 죽이고 싶은 놈들도 다 죽여봤고. 네놈을 죽이지 못한 게 딱 하나의 한이라면 한이라고 할 수 있다마는…… 뭐, 개인적인 원한은 없으니 이대로 죽어도 상관없을 것 같은데, 난?"

"그럼 널 협박해서 궁금증을 풀려는 내 계획이 틀어지잖아. 좀 더 삶에 집착해주면 안 될까?"

카인이 비제이를 뚫어져라 응시했다.

"도대체 어디까지가 진심인 거냐?"

"전부 다."

비제이가 싱긋 웃었다. 레이는 이런 상황에서 농담 따먹기나 해대는 비제이를 때려줄까 하다가, 검집을 꽉 움켜쥐는 걸로 참았다. 대신 카오스가 벌컥 성질을 냈다.

"비제이! 저 인간 놈, 내가 잡아 뜯어도 되겠냐?"

"어이, 카오스. 진정해. 난 아직 궁금한 게 있단 말이야."

"저 인간 놈이 날 못 움직이게 만든 거 맞지? 엉?"

  카오스의 붉은 눈동자가 카인을 태워 죽일 듯 노려봤다. 카오스와 시선이 마주친 카인은 노골적으로 다가오는 공포에 침을 꿀꺽 삼키며 눈을 피했다.
  "우와, 저 남잔 뭐냐? 뭐가 저렇게 무서워?"
  "성격이 많이 안 좋은 친구야. 카인, 너 타이진이랑 손잡았었지? 많이 친했어?"
  "비제이, 난 말이다. 너한테도 한번 말했었지만……."
  카인의 눈동자가 잔인하게 빛났다.
  "사람 죽는 걸 보는 게 진짜 즐겁거든. 사람이 자기가 곧 죽을 거라는 걸 알게 되면 뭐랄까, 눈에 공포가 가득 차오르면서 비굴해져. 어떻게든 목숨을 부지해보려고. 그러다가 칼에 찔리고 베이면 고통이랑 증오가 뒤범벅이 돼서 날 노려보는데…… 크흐! 그래, 난 그게 미치도록 좋아."
  카인의 얼굴이 발갛게 상기됐다. 카인은 이 상황을 즐기고 있었다.
  "내가 죽을 때도 그런 표정을 지을까, 비제이?"
  "……."
  "아무래도 좋아. 하지만 내가 느끼는 끔찍한 고통이 널 즐겁게 해줄 수 있으면 좋겠는데? 앙? 너도 내가 왜 그런 걸 즐겼는지 알 수 있었으면 좋겠다고, 이 자식아! 퉤엣!"
  카인이 비제이의 얼굴에 침을 뱉었다. 비제이 일행의 입장에서 봤을 때 카인은 제정신이 아니었다.

비제이는 얼굴에 묻은 침을 쓱 닦으며 말했다.

"남이 고통받는 걸 보면서 즐거워할 일은 없을 거야. 타이진이 날 죽이라고 보냈어?"

"넌 도대체 타이진이랑 무슨 관계냐?"

"친구."

비제이의 대답에 레이의 표정이 굳었다. 카인이 그걸 보고 낄낄 웃었다.

"글쎄, 네 옆에 서 있는 놈은 그렇게 생각하지 않는 모양인데? 만약 타이진이랑 네놈이 진짜 친구 관계라면 그거 정말 걸작이군."

친구끼리 서로 죽이려고 하는 상황이 마음에 들어서인지 카인은 한참 동안 기분 좋게 웃었다.

"그만 웃어!"

루빈이 빽 소리를 쳤다. 카인이 킥킥 웃으며 루빈을 올려다봤다.

"여어, 이게 누구야? 나한테 당했던 그 꼬마 아니신가? 무서워서 오줌도 지렸었지, 아마?"

"우, 웃기지 마! 난 그때……."

비제이가 변명하려는 루빈을 막았다.

"넌 그 꼬마한테 당한 거야, 카인. 너에게 거대한 불덩어리를 쏘아 보낸 마법사가 누구라고 생각하는 거야?"

"……."

"넌 마스터 헌터에 S급 트레저를 갖고 있었으면서도 네가 말한 그 꼬마를 못 이겼어. 그럼 누가 더 강한 게 되는 거지?"

루빈이 어깨를 으쓱하며 카인을 내려다봤다. 카인은 코를 씰룩거리다가 킥킥 웃었다.

"그래. 니들 강하고, 니들 우정 아주 뜨겁다. 그 꼴 눈꼴 시려서 못 봐주겠으니까 물어볼 게 있으면 얼렁 물어봐."

"대답해줄 마음이 생겼어?"

"아니."

카인이 놀리듯 말했다.

"대답 안 해주고 얼렁 죽어버리려구. 너도 날 죽이고 싶잖아, 비제이. 안 그래?"

"……"

"부정하려고 하지 마. 원래 인간은 다 그렇거든. 평소엔 온화하다가도 누가 자기 성질 건드리고, 자기 마음대로 안 되는 꼴을 보면 휘까닥 돌아서 죽여버리고 싶어지는 거야. 거기 옆에 있는 붉은 기사님께서도 날 죽이고 싶어 하는 것 같은데? 니들이 나한테 잔인하네, 살인자네 욕할 순 없는 거 아냐? 그리고 죽인 걸로 따지자면 거기 붉은 기사님이 죽인 사람이 더 많지 않나? 아항, 그건가? 명분이 있었으니까 사람을 죽여도 괜찮다고?"

카인은 묻지도 않은 말을 제멋대로 내뱉어 상대의 마음을 혼란스럽게 만들었다. 하지만 비제이는 표정 변화 없이 카인에게 되물었다.

"타이진은 몇 명이야?"

정곡을 찔린 듯 카인의 입가에서 웃음이 사라졌다.

"타이진이 너한테 날 죽이라고 했을 리는 없어. 넌 타이진의 뒤를 따라온 걸 거야. 아니면 타이진을 도우러 왔을지도 모르고. 넌 분명 우리가 두 명의 타이진을 붙잡은 걸 봤을 거야. 그건 모르는 사람이 보면 크게 놀랄 일이야. 그런데 넌 그 일에 대해서 일언반구도 없었어."

"……"

"알고 있었던 거지? 타이진이 한 사람이 아니라는 걸."

"그래, 알았다. 그건 감출 것도 아니지. 그런데 비제이, 내가 너한테 타이진이 몇 명인지 말해줘야 할 의리가 있나?"

"그럼 넌 타이진이 몇 명인지 감춰줘야 할 의리가 있어?"

"안 가르쳐 주는 편이 더 재미있을 것 같거든."

"타이진한테 푹 빠졌구나."

비제이는 카인을 지그시 응시하다가 중얼거렸다. 비제이의 말에 카인이 눈을 부릅떴다.

"뭐?"

"아무리 생각해도 네가 우릴 공격한 게 이해가 안 돼. 난 너보다 강해. 게다가 우리 중엔 마법사가 있고, 붉은 기사까지 있어. 그런데도 넌 우리를 공격했어. 네가 단지 사람을 죽이는 걸 좋아할 뿐이라면 굳이 우릴 공격할 필요가 없잖아."

"그건 네놈이 고통스러워하는 걸 보고 싶어서……."

"그래, 내가 고통스러운 게 보고 싶은 거라면 내가 일행이랑 떨어졌을 때 공격을 했어도 됐어. 아무리 트레저를 잘 다루고, S급 트레저를 손에 쥐고 있어도 상대가 많아. 같은 트레저 헌터인 나까지 있고. 그런데 공격을 했다는 건 둘 중 하나겠지. 타이진의 부탁을 받았거나, 아니면…… 우리 손에 죽은 타이진의 복수를 하기 위해서거나."

카인은 대꾸하지 못했다.

"타이진은 정말 대단해. 너처럼 아무도 못 믿는 살인마의 마음까지 얻어냈잖아. 그런데 왜……."

비제이의 표정이 어두워졌다. 레이가 쭈그리고 앉은 비제이의 엉덩이를 발끝으로 툭 쳤다.

"주제에서 벗어났잖아. 갈 길이 멀다. 이런 곳에서 시간 때울 틈 없어."

"응. 미안, 레이. 아무튼 카인, 말해줄 생각 없는 거지?"

"엉, 죽이려면 죽여라."

"안 죽여."

"그래?"

비제이의 말에 대꾸한 건 카인이 아닌 카오스였다. 그리고 비제이가 뭐라 할 틈도 없이 카인의 머리를 잡아 들어올렸다. 카오스가 놀라운 힘으로 카인의 몸을 반으로 뜯어내 버린 것은 순식간에 일어난 일이었다.

우둑, 찌이익, 꽈드득.

불쾌한 소리와 함께 상체와 하체가 둘로 쪼개졌다.

후두둑.

뜯겨나간 몸에서 내장이 흘러내렸다. 스멀스멀 움직이듯 떨어진 내장. 땅바닥이 카인의 몸에서 흘러내린 핏물로 금세 흥건해졌다.

"우, 우욱!"

루빈이 토악질을 했다.

"카오스!"

비제이가 악을 썼다.

아직 완전히 죽지 않은 카인의 입가에 희미한 미소가 떠올랐다. 카인의 눈동자가 비제이를 향했다. 고통, 그리고 즐거움이 담긴 눈빛에 비제이는 등골이 서늘해졌다.

카인은 무슨 말을 하고 싶은지 입을 뻐끔거렸지만 목소리는 나오지 않았다. 카오스가 들고 있기도 귀찮다는 듯 둘로 나뉜 카인의 몸을 휙 던져버렸다.

떨어진 다리가 꿈틀거렸다.

카인의 눈동자가 비제이를 찾아 움직이다가 결국 찾지 못하고 움직임을 멈췄다. 서서히 꺼져 들어가는 빛.

비제이는 참담함을 금치 못하고 카오스를 쳐다봤다.

이게 실제로 벌어진 일이라는 걸 받아들이기도 힘들었다. 비현실적이다. 이렇게 쉽게 한 인간이 죽어버리다니.

"뭘 그렇게 봐?"

카오스는 방금 한 사람을 반으로 찢어 죽였으면서도 표정의 변화가 없었다. 손에 묻은 피를 마법으로 없애면서 루빈을 쳐다봤다. 루빈은 아직도 허리를 굽히고 토하고 있었다.

"쯧쯧, 그렇게 심약해서야."

"카오스, 너! 무슨 짓을 한 거야!"

비제이가 카오스의 멱살을 잡았다. 카오스의 피 같은 눈동자가 비제이를 냉랭하게 응시했다.

"뭘 그렇게 열을 내?"

"너…… 왜 카인을 죽인 거야? 카인은 전투불능 상태였어!"

"그래서 살려두라고? 너, 저 자식이 무슨 짓을 하고 다녔는지 잊은 거냐?"

"그래도……."

"이 정도면 참은 거다, 비제이."

카오스가 멱살 잡은 비제이의 손 위에 자신의 손을 겹쳤다.

우둑.

뼈가 으스러질 정도로 세게 비제이의 손을 부여잡은 카오스가 천천히 비제이의 손을 떼어냈다.

"넌 날 뭐라고 생각하는 거냐? 인간? 내가 이런 모습을 하고 있으니까 네놈이랑 같은 인간으로 보이냐?"

팍!

카오스가 밀쳐내는 바람에 기우뚱하는 비제이를 레이가 뒤에서 받쳐줬다.

"저 자식은 날 이렇게 만든 타이진이란 놈이랑 손을 잡았지. 그런데 내가 왜 저 자식을 살려둬야 하지? 난 타이진도, 그놈과 뜻을 같이하는 놈들도 전부 죽일 생각이다. 그럴 생각으로 널 선택한 거고. 내가 인간을 죽이지 않길 바랐나?"

"……."

"네놈은 맹수가 네놈의 목줄을 물어도 죽이지 않고 살려두나?"

"……."

"같이 다녀서 잊은 모양인데, 네놈들은 내게 있어 버러지만도 못한 존재다. 그나마 널 선택했으니 네가 저놈한테 물어볼 게 있다고 해서 이만큼 참은 거야. 그런데……."

크르릉.

카오스의 눈이 분노를 표했다.

"감사 인사는 하지 못할망정, 감히 내 멱살을 잡아? 내가 네놈을 죽일 수 없을 거라고 생각하는 거냐?"

"그만해, 카오스. 뭘 그렇게 열을 내?"

보다 못한 헤라가 카오스를 말렸다. 그러자 카오스는 헤라를 노려봤다.

"너도 똑같아, 인간 계집!"

"어머, 난 이미 죽어서 또 죽일 수 없을걸."

헤라가 비제이와 카오스의 사이를 막아섰다.

"그리고 난 비제이를 좋아해. 비제이를 죽이려면 날 먼저 상대해야 될 거야."

상황이 심각해지자 루빈이 구토를 참으며 슬금슬금 걸어와 비제이의 앞에 섰다.

"나, 나도 상대해야 될 거야."

초롱초롱 빛나는 녹색 눈동자를 보며 카오스가 차갑게 웃었다.

"웃기는구만. 내가 스콜피언 대거에 찔렸다고 해서 네놈들을 상대 못 할 것 같냐?"

"물론 상대할 수 있겠지. 아니, 네 마법 한 번이면 우린 다 죽겠지. 하지만 그래서 어쩔 건데? 우리 다 죽이고, 너 혼자 복수하러 떠나게? 타이진이 어디에 있는지 알고?"

헤라는 카오스를 겁내지 않았다. 엘라임이 카오스의 발등을 핥았다.

"카오스 님, 그만하세요. 진짜로 죽일 생각도 없으시면서."

"넌 닥쳐, 엘라임!"

"어휴, 카오스 님 무서워서 요샌 말도 제대로 못 하고 있거든요."

"제길!"

평소와 다름없는 엘라임의 말투 때문인지 카오스는 분노를 가라앉혔다.

비제이는 허리를 펴고 똑바로 서서 카오스를 쳐다봤다. 카오스가 망설이지 않고 카인을 죽였다는 사실 때문에 받았던 충격도 어느 정도 가셨다.

카오스의 말이 맞았다. 카오스는 인간이 아닌 드래곤, 같은 종족이 아니었다. 인간들이 고블린이나 오크를 죽여도 살인범이라고 손가락질 받지 않는 것처럼, 카오스도 인간을 죽인다고 해서 살인범이 되는 게 아니다.

잠깐 카오스가 인간이라고 착각하고 있었다. 카오스에게 인간의 규칙을 적용시킬 수 없다는 걸 항상 염두에 뒀어야 했는데 그 사실마저 잊고 있었다.

"미안해, 카오스. 내가 생각이 짧았어."

비제이가 솔직하게 사과했다. 카오스는 인간을 상대로 열냈다는 것이 민망해 콧방귀를 끼는 걸로 사과를 받아들였다.

그들은 가던 길을 계속 가기 시작했다. 계획에 없던 싸움 때문에 많이 늦어졌다. 말 위에 쓰러져 있던 왕세자가 깨려고 하기에 비제이는 얼른 수면향을 열어 왕세자를 다시 재웠다. 그 틈을 타 레이가 카오스에게 작은 목소리로 말했다.

"죽여주셔서 감사합니다."

오렌지빛 선이 가늘게 늘어지는가 싶더니 어느새 해가 떠올랐다. 카인과의 싸움 때문에 원래 가려던 길의 반 정도밖에 못 갔다. 서둘러 가지 않으면 늦은 밤이 되어야 올타 국 성문에 도착할 것 같았다.

"좀 쉬자아."

평소에 많이 움직이지 않는 루빈은 말을 타고 가면서도 힘이 드는지 칭얼거렸다.

"그럼 좀 쉴까?"

"그래. 밥도 먹어야 하고."

"인간의 몸은 귀찮구만."

카오스가 중얼거리는 소리를 들으며 비제이는 쉴 만한 곳을 찾아 두리번거렸다. 레이가 햇빛을 가리기에 충분한 나무 하나를 가리키며 말했다.

"기억에서 사라진 신에 대해선 왜 물어본 건데?"

"맞다. 그 얘기를 하다 말았지. 일단 물 좀 떠오고, 앉아서 얘기하자."

비제이는 물을 뜨러 가고, 레이는 왕세자를 평평한 바닥에 편하게 눕혔다. 왕세자는 아직도 깊이 잠들어 있다. 영특하던 왕세자가 이렇게 되어버려서 마음이 안 좋았다.

"카오스 님, 정말 방법이 없는 겁니까?"

"그 정신 나간 놈 말이냐? 불 속에 오래 갇혀 있으면 몸이 타버리는 것처럼, 블랙 화이어 속에 오래 갇혀 있으면 정신이 타버리거든."

유독 정중한 레이가 마음에 든 카오스는 평소답지 않게 진지하게 상대를 해주었다.

"치유 능력이 뛰어난 엘프나 하이엘프라면 어떻게든 건드려

볼 수도 있겠지만, 그것들은 통 나오려고 하질 않으니."

"엘프……라면 가능합니까?"

"뭐, 이것도 확실한 건 아냐. 인간 놈들 정신세계라는 것이 그렇게 단순무식하진 않잖냐."

"그래도 가능성은 있다는 거겠군요."

"뭐, 그렇지."

물을 떠온 비제이가 레이의 옆에 앉았다.

"이번 일이 끝나면 엘프를 찾아보자, 레이."

"그래."

'이번 일이 끝나면이라…….'

과연 끝이라는 게 있을지 모르겠다. 시간이 가면 갈수록 막막함만 느껴졌다. 비제이는 뭔가 알고 있는 듯했지만, 뭘 알고 있는 건지도 알 수 없었다.

자꾸만 불길한 예감이 들어서 기분이 착잡했다.

"기억에서 사라졌지만 그래도 몇몇 사람들은 그 신을 기억하고 섬기고 있었어. 지금도 그런 사람들이 있을지도 모르지. 게다가 우린 신의 왼쪽 눈이 가진 위력을 눈으로 직접 확인했고. 핀치, 대단하잖아."

비제이가 딱딱하게 말린 육포를 뜯으며 이야기를 시작했다.

"그렇다는 건 기억에서 사라진 신은 분명 존재했고, 그 흔적을 여기저기 남기고 갔다는 거야. 단지 너무 오래됐기 때문에 우리가 알지 못하는 것뿐이지."

“흐음.”

“그럼 여기서 문제!”

비제이가 검지를 바짝 세워 레이의 눈앞에 들이댔다. 레이는 인상을 찌푸리긴 했지만 손가락을 거둬내진 않았다.

“죽음과 진실의 신 아티멘의 성지는 리텐 제국 땅 안에 있지?”

“응.”

“미의 여신 아르티나의 성지는 올타 국 내에 있고, 운명의 여신 테레리스의 성지는 저 멀리 카페온에 있어. 그렇다면 진짜 문제! 과연 사라진 신의 성지는 어디였을까?”

“어딘데?”

“어우야, 그렇게 쉽게 물어보지 말고 네가 생각을 좀 해봐. 성지라고 하면 대부분 신이 머물다 간 땅을 말하잖아. 뭐, 진짜 머물다 갔는지, 말았는지는 모르겠지만. 어쨌든 그 지역에 가면 머물다 간 신이 갖고 있는 고유의 힘이 증폭되어 있잖아. 미의 여신의 성지에서 아름다운 여자들이 많이 태어나고, 죽음과 진실의 신 아티멘의 성지에서 죽으면 평온하게 죽는 것처럼.”

루빈은 입이 근질근질한 듯 입술을 달싹거렸다.

“도대체 어딘데 그래?”

“힌트 줄게.”

“대답을 줘.”

"가이안에 있어."

"가이안?"

가이안이라고 하면 떠오르는 게 딱 하나다.

끝없는 탑과 탑의 숲.

비제이의 반짝반짝 빛나는 눈동자를 보니 그곳인 모양이다.

"끝없는 탑이랑 탑의 숲……을 말하고 싶은 거냐?"

"역시 헤레이스 경은 똑똑하시다니까."

"거기가 기억에서 사라진 신의 성지라고?"

"레이, 넌 탑의 숲에 들어가 본 적 없지?"

"응."

"난 몇 번 들어가 봤잖아. 탑의 숲은 항상 변해. 들어갈 때마다 새로워서 난 가끔 길을 잃고 헤맨 적도 있어. 탑의 숲에 들어가면 몇 년씩 헤매는 사람들도 있고, 아예 행방불명 되어버리는 사람들도 있어. 그에 비하면 난 운이 좋은 거지."

"정말 운이 좋군."

비제이가 씩 웃었다.

"내가 이번에 시공간의 틈새를 경험한 후에 알게 된 건데, 탑의 숲에 들어갔을 때의 느낌이 시공간의 틈새에 들어갔을 때랑 비슷해. 내가 몇 년 전에 탑의 숲에 처음 들어갔을 때 거기서 전쟁터를 봤다고 했잖아."

"아아, 그랬었지."

그때 비제이는 여기저기 흩어져 있는 무기, 흥건한 피, 부서진 성문을 봤다고 했다. 놀랍게도 그 자리에 시체는 없었다며 흥분해서 떠들던 비제이가 떠올랐다.

"그땐 탑의 숲이 환상을 보여주는 거라고만 생각했어. 만질 수 있고, 냄새도 맡을 수 있는 진짜 같은 환상. 하더 왕의 검이 보여주는 환상보다 더 굉장한 환상. 그런데 지금 생각하면 그게 아니었던 것 같아."

"그럼 뭐라고 생각하는데?"

"다른 시간, 아니면 다른 공간을 보여준 게 아닐까?"

"그럴듯하군. 확실히 탑의 숲도 그렇고, 끝없는 탑도 그렇고 뭐가 뭔지 알 수 없는 곳이니까."

"응, 그렇지."

거기까지 말하고 비제이는 입을 다물었다. 레이는 비제이가 생각을 정리하기 위해 침묵을 지키는 거라고 생각했지만, 휴식을 다 취하고 일어날 때까지 비제이는 말이 없었다. 하지만 말을 걸기에도 애매한 분위기라서 결국 그렇게 휴식이 끝나고 말았다.

"레이, 넌 올타에 가면 누굴 만나게 될 것 같아?"

비제이가 다시 입을 연 건 해가 슬슬 저물어갈 무렵이었다. 루빈과 잡담을 나누던 레이는 갑자기 던져진 질문에 어리둥절했다.

"누굴 만나다니? 폐하를 뵈러 가는 길인데."

"그래, 거긴 폐하께서 계시지. 그럼 그곳까지 폐하를 모신 인물은 과연 누굴까?"

레이야말로 그 점이 궁금했다. 레이의 귀에 들어가지 않을 정도로 은밀하게 키리반의 국왕을 경계 지역까지 모신 인물. 보통 인물이 아님은 분명하다.

"잠깐, 베스. 너…… 누가 폐하를 모셨는지 알고 있는 거냐?"

다급해서 말실수를 깨닫지 못했다. 오랜만에 '베스'라고 불린 비제이는 레이를 향해 서글픈 시선을 던졌다. 검붉은 눈동자가 촉촉하게 젖어드는 것을 보고서야 레이는 자신의 실수를 깨달았다.

"아…… 미안하다."

"베스가 뭐야?"

레이의 옆에 있던 루빈이 고개를 갸웃하며 물었다.

"아, 그러니까 그건……."

"옛날에 날 그렇게 부르는 사람들이 있었어."

당황해하는 레이 대신 비제이가 대답했다.

"널 베스라고 불렀다고? 하지만 그건 여자 이름이잖아."

"그러게 말이야. 정말 작명 센스 꽝이지?"

"흐음, 하지만 좀 어울리는 것 같기도……."

"이 꼬마 자식이!"

"야, 나 꼬마 아니거든!"

루빈의 머리를 엉망으로 헝클어놓은 비제이가 다시 이야기로 돌아갔다.

"레이, 확실하진 않지만 짐작 가는 사람이 있어."

"폐하를 모신 인물?"

"응."

비제이가 단호한 표정을 지었다.

"혹시 그 인물이 타이진이나 그런 일들이랑도 관계가 있는 거냐?"

"어쩌면 그 인물이 이 모든 일을 시작한 인물일지도 몰라."

"누군데?"

"일단 가자. 가서 확인하고, 내 짐작이 맞으면 그때 말해줄 게. 아니면 그 인물한테 들어도 되고."

"우리가 도착했을 때 그 인물이 도망을 쳤다면?"

"내가 생각하는 그 인물이 맞으면, 그리고 내가 생각하는 그 이유 때문에 벌어진 일이라면…… 그 인물은 절대로 도망치지 않을 거야. 지켜야 할 것이 많으니까."

"만약 도망치면?"

"그럼…… 그 인물이 내가 생각하는 그런 사람이 아니었던 거겠지. 솔직한 마음을 말하자면…… 내 예상 자체가 아예 틀 렸으면 좋겠어."

위험 구역이 된 올타는 아직 학살 명령이 떨어진 것도 아닌 데 텅 비었다. 학살 명령이 떨어지기 전, 레이가 믿을 만한 사람을 보내 소문을 흘렸기 때문이다. 올타가 위험 구역으로 지정되었다는 것을 미리 알게 된 올타 국민들은 아무것도 챙기지 않고 나라를 떠났다.

그들의 선택은 당연한 것이었다.

학살 명령은 절대적이어서, 명령을 받고 온 군대는 이쪽이 싸울 의지가 없어도 모조리 죽인다. 항복을 하고 애원을 해도 소용이 없었다. 신앙이 인간을 눈멀게 만들어 결국은 아무것도 보지 못하고, 듣지 못한 채 일방적인 학살을 하도록 만들었다.

텅 빈 도시는 마치 유령 마을 같았다.

이맘쯤이면 들려올 술주정뱅이의 노랫소리와 고함소리, 아이들이 부모님 몰래 소곤소곤 떠들어대는 소리도 전혀 없다. 시간이 멈춘 것처럼 소리조차 사라진 길을 비제이 일행은 묵묵히 걸었다.

그들은 서로 의견을 나눈 것도 아닌데 당연하다는 듯 아카데미를 향해 걷고 있었다. 한 차례 신의 분노가 떨어져 폐쇄된 올타 왕립 아카데미는 신의 분노가 자신에게 향할지도 모른다는 두려움 때문에 폐쇄된 다음부터 가까이 가는 사람이 없었다. 그래서 몸을 숨기기에 이곳만큼 좋은 곳이 없었다.

아카데미는 부서진 채로 방치되어 있었고, 들어가는 입구의 문은 굳게 잠겨 있었다.

비제이는 가느다란 철사를 꺼내 입구의 자물쇠를 열었다.

끼이익.

그리 오랫동안 방치된 것도 아닌데 문에선 불쾌한 소리가 났다. 그들은 천천히 안으로 걸음을 옮겼다.

생각지 못한 인물을 마주치게 되리라는 것은 짐작하고 있었다. 그러나 교수 건물에서 천천히 걸어나오는 인물의 모습에 레이는 낮은 신음을 흘리고 말았다.

"왔는가?"

"……필렌트…… 후작님……."

비제이는 이곳에 있을 인물이 바로 이 모든 일의 근원일 거라고 말했다.

레이는 참담한 표정으로 후작을 응시했다. 후작은 딸 바보에 너그럽고 온화한 사람이었다. 융통성 있고 젊은이들과도 잘 어울려서 좋았다.

그런 후작이 이 모든 일의 원인이라니.

혹시 잘못된 게 아닌가 싶어 비제이를 쳐다봤다. 비제이는 주먹을 꽉 쥐고 후작을 쳐다보고 있었다. 굳게 다문 입술은 너무 세게 물어 핏기가 사라졌다. 두 눈동자는 슬픔에 젖어 흔들리고 있었다.

후작이 맞는 거다.

레이는 다시 후작 쪽으로 고개를 돌렸다.

후작 역시 형편없는 표정이었다. 절망, 괴로움, 슬픔, 인다까움, 미안함, 고통. 그 모든 것이 뒤범벅이 되어 후작의 얼굴을 흐릿하게 만들었다.

"왜들 그러고 서 있는가? 들어오지 않고."

후작의 말투는 평소와 다름없었다. 하지만 그 끝이 가늘게 떨리는 것을 레이는 알 수 있었다.

"들어가자."

비제이가 걸음을 옮겼다. 나머지 일행도 비제이의 뒤를 따랐다. 맨 앞에 선 것은 후작이었다. 후작은 오랫동안 이곳에 머물렀는지 익숙하게 복도를 걸어 휴게실로 향했다.

"차 들겠는가?"

레이는 긴 소파에 왕세자를 눕혔다. 다들 남은 소파에 대충 자리를 잡고 앉았다. 카오스는 후작을 한 번 노려보고는 인간을 상대하기 귀찮다는 듯 엘라임과 밖으로 나가버렸다.

"폐하께선 어디 계십니까?"

"주무시고 계시네. 요새 불안하신지 못 주무셔서 수면제를 좀 드렸지."

"무사하십니까?"

레이가 차갑게 물었다. 후작은 레이를 돌아보며 씁쓸한 미소를 지었다.

"헤레이스 백작, 나는 폐하를 다치게 할 생각이 없네."

"후작님이 아니길 바랐습니다."

라고 말한 것은 비제이였다. 비제이는 차를 타고 있는 후작의 등을 노려보고 있었다. 등 뒤에 느껴지는 시선이 상처를 입했는지 후작의 어깨가 떨렸다.

"그냥 제가 어리석어서 잘못 짚은 거라고, 그래서 여기 오면 후작님을 만날 수 없을 거라고, 그렇게 믿고 싶었습니다."

"비제이 경."

"그런데 후작님이 계시네요."

"도대체 무슨 말을 하는 겐가?"

"후작님, 변명하지 마세요."

무례한 언사였다. 그러나 후작은 비제이를 탓하지 않았다. 돌아보지도 않았다.

"많은 사람이 죽었습니다. 폐쇄 구역이 하나 더 늘었구요. 후작님께서 끔찍하게 여기시는 일이 다시 벌어졌습니다. 그런데 도망치실 생각입니까? 후작님과 메린 양, 두 사람만 무사하면 된다는 겁니까?"

그제야 필렌트 후작이 몸을 돌렸다.

"후작님은 후작님이 일으킨 일을 똑바로 마주 봐야 됩니다."

후작은 천천히 걸어와 비제이의 맞은편에 앉았다. 잠시 호흡을 고른 후작은 두 손으로 자신의 얼굴을 감쌌다.

"나는……."

듬직하게 넓었던 어깨가 한없이 움츠러들었다.

"나는 일이 이렇게 되기를 바라지 않았다네."

"그러셨겠지요."

"왜 일이 이렇게 되어버린 건지……."

레이는 자신의 앞에 앉아 있는 초라한 노인이 자기가 알고 있던 필렌트 후작이 맞는 건지 의심스러웠다. 움츠러든 어깨, 떨리는 손가락, 주름진 얼굴. 평소의 당당하고 젊어 보이던 후작의 모습과는 달랐다.

후작은 인생에 실패한 초라한 노인처럼 보였다.

"복수였습니까?"

비제이가 물었다.

"그렇기도…… 또 아니기도 하겠지."

"그럼 후작님은 세상을 바꾸시고 싶으셨던 겁니까?"

"같은 대답이네."

후작이 얼굴을 가리고 있던 손을 내렸다.

"나는 세상을 바꾸고 싶었고, 또 복수도 하고 싶었네."

"무슨 말씀이십니까?"

레이가 물었다. 레이는 두 사람의 선문답을 따라잡을 수가 없었다. 다른 소파에 쭈그리고 앉아 있는 루빈은 비제이에게 들어서 알고 있는 듯했지만 레이는 아직도 모르겠다. 후작이 이 모든 일의 근원이라는 것은 알겠는데, 어째서 후작이 그런 짓을 벌인 건지, 복수는 뭐고, 세상을 바꾸는 건 또 뭔지도 알 수 없었다.

"비제이 경이 설명을 안 해줬는가?"

후작이 씁쓸하게 묻자 레이는 비제이를 쳐다봤다.

"레이, 후작님은 아내를 사랑하셨어. 레이, 네가 우리 누나를 사랑했듯이."

"아……!"

그것으로 레이는 많은 것을 깨달을 수 있었다.

후작 부인은 이교도였다. 후작이 트레저 헌터를 할 당시에 먼 이국땅에서 만나 사랑에 빠졌다. 후작은 주위 사람들의 반대를 물리치고, 손가락질을 견디면서까지 후작 부인을 정부인으로 맞아들였다.

이국의 여자와 결혼을 한다는 것은 후작의 신분으로 봤을 때 여러 모로 불리한 점이 많았다. 그런데도 결혼을 감행했다는 것은 그만큼 사랑했기 때문이다.

후작 부인이 코산 학살 사건의 희생자가 되었을 때, 교황청은 후작을 요주 인물로 분류하고 감시했다. 후작이 무슨 짓을 벌일지 몰랐기 때문이다.

그러나 후작은 똑같이 교황청에 충성하고, 자신의 업무만 충실히 이행했다. 몇 년이 지나자 교황청의 의심도 풀렸다. 교황청에선 부인이 죽었는데도 여전한 충성을 보이는 후작에게 상을 내리기도 했다.

그 충성심과 평정이 사실은 거짓이었던 것이다.

후작은 부인의 복수를 하기 위해, 그리고 신앙 때문에 무자비하게 사람을 죽이는 세상을 바꾸기 위해 잠시 웅크리고 있었을 뿐이었다.

"후작님은 부인을 사랑하셨습니다. 사람들은 후작님이 아내를 죽인 교황청에 충성을 바치는 개라고들 떠들지만, 사실은 아니었죠. 후작님은 확실한 복수를 위해서 분노를 억누르고 계셨을 뿐이에요.”

비제이의 말에 후작은 아무 대답도 하지 않았다.

“하나 묻고 싶은 게 있습니다. 솔직하게 대답해주세요.”

“……”

“왜 타이진을 선택하신 겁니까?”

“……”

“왜 타이진과 우리 가족이었습니까, 후작님?”

비제이의 음성이 가늘게 떨렸다. 후작의 얼굴이 괴로운 듯 일그러졌다.

레이는 이 상황이 몹시 비현실적으로 느껴졌다. 물속에 빠진 것처럼 숨이 턱턱 막혔다.

“어떻게…… 알았는가?”

후작은 대답하는 대신 질문을 던졌다.

“내가 타이진 경을 선택했다는 걸 자네는 어떻게 알았는가? 타이진 경이 말해줬는가?”

“네, 타이진이 제게 보여줬습니다.”

“그랬는가.”

후작은 놀랍다는 듯 비제이를 쳐다봤다. 비제이가 시공간의 틈새에 다녀왔다는 것을 모르는 후작은 두 사람이 화해를 했다고 생각했다.

"후작님께선 왕년에 트레저 헌터였죠."

"자네에 비하면 별 볼 일 없는 헌터였네."

"글쎄요. 굉장한 헌터지만 단지 트레저를 등록하지 않았던 것뿐일 수도 있겠죠."

"……"

"타이진은 하루라도 빨리 마스터 메달을 받고 싶어 했어요. 저는 좋은 트레저를 발견하면 종종 등록하지 않고 갖고 다녔어요. 누군가에게 선물할 때도 있었구요. 하지만 타이진은 안 그랬어요. 찾아낸 건 전부 길드에 등록했죠. 그게 S급이든, D급이든. 타이진은 저보다 훨씬 실적이 좋았어요. 그런데도 제가 타이진보다 빨리 마스터 메달을 받았죠. 전 그게 이상했어요. 타이진도 그게 이상했겠죠. 하지만 타이진은 단 한 번도 저를, 그리고 아버지를 의심하지 않았어요."

"……"

"타이진이 트레저 헌터가 됐을 때부터, 후작님은 타이진을 눈여겨봐 두신 거겠죠? 복수를 위한 소모품으로."

"소모품으로 생각한 건 아니네."

"거짓말하지 마세요, 후작님."

비제이는 담담한 어조로 말을 이어갔다.

"저는 사랑을 해본 적이 없어서 잘 몰라요. 하지만 레이는 알겠죠. 사랑하는 사람이 부당하게 살해를 당했을 때 눈앞에 뭐가 보일까요? 심지어 후작님은 복수를 결심하고 이를 갈면서 교황청에 충성을 바쳤어요. 아무에게도 말 못 할 복수심과 증오와 분노, 그런 것들로 점철된 눈에 인간이란 존재가 들어왔을까요?"

"……"

"아니겠죠. 후작님에게 있어서 메린 양을 제외한 타인은 전부 소모품이었어요. 복수를 위한 소모품. 그래서 타이진을 쭉 눈여겨보면서, 마스터 메달을 받기에 충분한데도 계속 미루고만 계셨겠죠. 날 향한 타이진의 열등감이 커질 때까지."

"……"

"어떤 의미에선 대단해요, 후작님. 저도 몰랐던 타이진의 열등감을 후작님은 몇 번 보지도 않았으면서 알고 계셨던 거잖아요."

후작은 말이 없었다. 비제이는 대답을 기대하지 않았다는 듯 계속해서 말했다.

"저는 하더 왕의 검을 타이진이 찾은 트레저라고 생각했어요."

후작이 움찔했다.

"하지만 아니었더라구요. 하더 왕의 검은 후작님이 트레저 헌터를 할 당시에 찾았던 트레저였죠?"

"……"

"후작님은 자기 힘을 감추고 있었어요. 대단해요. 어쩌면 저보다 훨씬 더 트레저를 잘 다룰지도 모르겠어요. 하더 왕의 검이 보여주는 환각, 검이랑 그렇게 멀리 떨어진 곳까지 왔는데도 타이진은 여전히 환각을 보는 채였어요."

"……."

"타이진은 환각에 휩싸여서 자기 가족을 죽였죠. 아마도 타이진의 눈엔 자기 가족이……."

비제이는 감정을 다잡기 힘든 듯 잠시 말을 끊었다. 레이는 비제이가 타이진의 여동생과 특히 친했다는 것을 떠올렸다.

"자기 가족이 아마도 가족들을 죽이러 온 성기사나 기사들로 보였겠죠. 그래서 자기가 베는 것이 누군지도 모른 채, 자기 부모님들, 동생들을…… 그렇게 잔인하게 베어 죽였겠죠. 그리고 타이진은 흩어진 가족들의 시신을 보면서 절규했겠죠. 자신이 지키지 못해서 죽었다고, 곁에 있어줘야 하는데 있어주지 못했다고."

"……."

"끔찍하죠?"

"……."

"자기 손으로 가족을 죽인 거예요. 자기 손으로 사랑하는 가족의 목을 베고, 살을 찢은 거예요."

비제이의 눈가가 빨개졌다.

"후작님의 사랑하는 부인은 그래도 남의 손에 죽었지만…… 타이진은 사랑하는 가족을 자기 손으로 죽였어요. 후작님의 복수 때문에."

비제이는 눈물이 흐를 것 같았다. 하지만 아직은 울 때가 아니다. 눈을 감았다. 천천히 심호흡을 하며 감정을 가라앉혔다. 감정은 도무지 가라앉지 않을 폭풍처럼 소용돌이치며 흩어졌지만, 비제이는 간신히 감정을 잡아 밑바닥에 가라앉혔다.

"아무 짓도 하지 않았습니다. 타이진도, 우리 가족도…… 후작님한테 아무 짓도 하지 않았지요."

비제이가 가라앉은 목소리로 말했다.

"그런데 왜…… 타이진을 이용해서 우리 가족을 건드리신 겁니까, 후작님."

"자네 아버지와는 어린 시절부터 친하게 지냈었지. 내가 마음을 터놓을 수 있는 유일한 친구였다네."

"그랬지요."

"내 아내가 죽었을 때, 내가 그 분노와 슬픔을 터놓고 얘기할 수 있는 사람도 자네 아버지뿐이었지. 나는 그 친구가 나와 함께 분노해주기를 바랐다네."

비제이가 무릎 위에 올린 손을 꽉 움켜쥐었다. 후작은 거기서 더 이상 말하지 않았지만, 비제이는 후작이 말하고자 하는 것을 알 수 있었다.

터무니없는 이유였다.

타이진도 그렇고, 후작도 그렇고 너무나 터무니없는 이유로 친구를 떠났다.

타이진은 열등감 때문에, 후작은 친구가 함께 분노해주지 않았기 때문에.

거칠어진 호흡이 심란한 심경을 대변했다.

"그래서……."

입술 사이로 흘러나오는 음성이 자신의 것 같지 않게 느껴졌다.

"흡족하셨습니까?"

"……."

"함께 분노하지 않는 제 아버지와 가족을 그렇게 만들고 나니 흡족하십니까?"

"비제이 경."

"저는 정말이지…… 모르겠습니다. 도대체…… 어떻게 관계라는 것이 그런 이유로 끊어져버리는 건지, 그런 이유로 증오가 되어버리는 건지…… 전 정말 모르겠습니다, 후작님."

비제이의 눈에 눈물이 고였지만 흐르지 않았다. 눈을 깜빡이지 않고 후작을 노려보며 비제이는 중얼거렸다.

"미안하네."

후작이 쉰 목소리로 사과했다. 닿을 리 없는 사과였다.

"이대로 후작님의 죄가 덮어지는 일은 없을 겁니다. 죄는 나중에 묻도록 하겠습니다."

레이의 말에 후작이 쓴웃음을 지었다.

"자네는 내가 싫겠지?"

"기사 헤레이스에게 질문하시는 거라면 싫지도, 좋지도 않습니다.”

“인간 헤레이스 아이텐에게 묻는 거라면?”

“지금 당장 찢어 죽이고 싶군요.”

“변명을 하자면…… 나는 정말로 일이 그렇게 틀어져버릴지 몰랐네. 그리고 스콜피언 대거는 내가 사용하라고 준 게 아니…….”

펔!

레이가 검을 뽑아 두 사람 사이에 가로막힌 테이블을 찍었다. 후작이 입을 다물었다.

“더 이상의 변명을 하시면 이 자리에서 목숨을 가져가겠습니다.”

“…….”

긴 침묵이 흘렀다. 루빈은 좀이 쑤시는지 이리저리 몸을 틀다가 결국 소파에 기대어 잠이 들었다. 루빈과 왕세자의 고른 숨소리만 공간을 가득 채웠다.

비제이가 다시 입을 연 건 해가 뜰 무렵이었다.

“진짜 타이진은 어디에 있습니까?”

“그건 나도 잘 모르겠네.”

후작은 무거운 침묵에서 벗어난 것이 기쁜 듯 단번에 대답했다.

“스콜피언 대거로 타이진을 찌른 건 후작님이죠?”

비제이의 질문에 레이는 자신도 모르게 신음을 흘렸다.

"타이진도 스콜피언 대거에 찔렸던 거냐?"

"응, 그랬을 거야, 아마. 맞죠, 후작님?"

"……."

긍정의 침묵이었다.

"하더 왕의 검이 보여주는 환각은 영원한 게 아니야. 후작님이 잘 다뤄서 오랫동안 멀리 떨어져 있어도 환각을 보게 했을지는 모르겠지만, 그 환각도 끝이 났겠지. 타이진은 자기가 무슨 짓을 했는지 깨달았을 거야. 그리고 후작님을 찾아갔겠지. 왜 그런 짓을 한 거냐고 묻기 위해서. 어쩌면 복수를 하기 위해서."

"……."

"타이진은 후작님이 마스터급의 힘이 있다는 걸 전혀 몰랐어요. 후작님은 타이진이 방심한 틈을 노려서 스콜피언 대거를 빼앗아 타이진을 찔렀죠?"

"……."

"아마도 타이진과 후작님이 만난 곳은 탑의 숲, 끝없는 탑 근처. 후작님은 타이진을 찌른 후에 끝없는 탑에 밀어 넣었을 거예요. 끝없는 탑처럼 시체를 숨기기도 좋은 곳은 없으니까요."

"자네는 꼭 직접 본 것처럼 말하는군."

"음유 시인이잖아요. 상상력은 풍부하죠."

비제이는 고개를 들고 한숨을 쉰 후 다시 말을 이었다.

"하지만 거기서 후작님도 예상하지 못했던 일이 일어났을 거예요. 지금부터는 루빈의 가설이에요."

"가설……이란 말인가?"

"네, 저도 직접 본 건 아니니까요. 후작님은 아마도 스콜피언 대거가 위험한 트레저라는 걸 알았을 테고, 그래서 끝없는 탑에 같이 던져버렸을 거예요. 봉인하려면 저택까지 가져가야 하는데, 거기까지 갈 동안 먹혀버릴지도 모르니까요. 스콜피언 대거에 찔리면 죽지 않아요. 어디를 찔리든 마물로 다시 태어나게 되죠. 하지만 타이진은 마물로 다시 태어나지 않았어요. 끝없는 탑이 가진 사념 때문이었어요."

비제이는 끝없는 탑이 기억에서 사라진 신의 성지일지도 모른다는 가설을 이야기한 후 계속해서 설명했다.

"기억에서 사라진 신이 창조신이라고 가정을 했을 때, 그 창조신이 이 세계 하나만 만들었으리란 보장은 없죠. 창조신이 만든 또 다른 세계가 무수히 많을지도 몰라요. '끝없는 탑은 그 세계로 가는 입구일지도 모른다.' 이게 루빈의 가설이에요."

"그럼 끝없는 탑에 들어갔다가 행방불명된 사람들은 다른 세계로 넘어갔다는 거냐?"

레이가 물었다.

"그럴지도 모르지. 어쩌면 틈새에 갇혀서 영원히 떠돌지도 모르고. 끝없는 탑에 들어갔다가 나온 사람은 정신이 이상해

진다는 소문도 있긴 하지만…… 생각해보면 끝없는 탑에 들어
갔다가 나온 사람은 단 한 사람도 없어. 전부 행방불명이 됐
지.”

　“그럼 타이진은 어떻게 나온 건데?”

　“스콜피언 대거. 스콜피언 대거는 마족, 어쩌면 마신의 사념
일지도 모르는 물건이야. 그 사념이 타이진의 몸에 들어가서
신의 사념이랑 부딪친 거야.”

　“그럼 마신의 사념이 창조신의 사념을 이겼다는 거냐?”

　“아니, 이기지 못했어. 타이진은 분열됐어.”

　“분열?”

　“응, 저쪽 세계에서 끌어당기는 힘과 이쪽 세계에 남으려는
힘이 지속적으로 타이진의 육체랑 정신을 강타했고, 결국 타
이진은 분열한 채로 끝없는 탑 밖에 끌려나온 거야. 그게 어제
우리가 봤던 두 명의 타이진이야.”

　“하…….”

　“몇 명으로 분열됐는지는 모르겠어. 두 명일지도, 어쩌면 그
보다 더 많을지도 모르지. 분명한 건 타이진이 분열되는 순간,
분열된 타이진의 육체와 같이 나온 정신은 어두운 감정이라는
거야. 알다시피 스콜피언 대거는 어두운 감정을 선호해. 타이
진이 갖고 있던 열등감, 분노, 증오 같은 것들이 분열된 타이
진과 함께 나온 거지. 그래서 타이진은 끊임없이 날 죽이기 위
해 수많은 사람을 해친 거야.”

“잠깐, 그럼 진짜 타이진은? 진짜 타이진도 밖으로 나온 거냐?”

“아마도 빠져나왔을 거야.”

“스콜피언 대거를 갖고 있는 놈이 진짜 타이진인가?”

“글쎄…… 그걸 카인한테 물어보고 싶었어. 하지만 나는…….”

비제이의 표정이 일순 일그러졌다가 무표정으로 돌아왔다.

“진짜 타이진이 아니었으면 좋겠다.”

3장

후딘의 각오

"후작님, 왜 폐하를 여기로 모신 겁니까?"

레이가 그동안 궁금했던 것을 물었다.

"내 아내가 그렇게 되었을 때, 폐하께선 나를 내치셔야 마땅했네. 교황청과 라트 연합에서의 입지를 굳히려면 교황청의 눈 밖에 나지 말아야 했지. 교황청에서도 폐하께 압박을 가했다네. 하지만 폐하께선…… 나를 거두어주셨지. 폐하께선 아티멘교의 신자지만 이교도에게도 관대하셨어. 될 수 있으면 희생되는 사람이 없는 방향으로 일을 마무리하고 싶어 하셨지."

"흠."

"그래서 교황청의 눈 밖에 났다네. 자네도 알고 있었는가, 헤레이스 백작?"

"저는 몰랐습니다."

"그랬겠지. 교황청은 숨기려고만 하면 숨길 수 있는 위치에 있으니까, 정보국 국장인 자네 귀에 들어가지 않은 것도 이상한 일이 아니야."

"그럼 교황청에서 폐하를 제거하려고 하고 있습니까?"

"그렇다네. 하지만 아무리 교황청이라도 라트 연합에서 가장 큰 권력을 쥐고 있는 키리반 국왕을 함부로 건드릴 수는 없었겠지. 키리반의 우호국들이 들고 일어날 수도 있으니까. 그래서 교황청은 타이진 경과 손을 잡았다네."

"타이진이랑 손을 잡았단 말입니까?"

레이의 목소리가 커졌다. 생각지도 못한 일이었기 때문이다. 타이진이 하는 일과 교황청이 관계가 있으리라고는 상상도 하지 못했다.

"언제부터였는지는 확실히 모르겠네. 아마도 타이진 경이 봉인을 깨고 덴저 트레저를 뿌렸을 무렵이 아닌가 싶네."

"그럼 타이진이 교황청의 뜻대로 움직이고 있단 말씀입니까?"

"비슷해."

레이의 질문에 대답한 건 비제이였다.

"키리반의 국왕이 암살자에게 죽는다는 건 대륙 전체를 들썩거리게 만들 일이야. 명분이 필요한 거지. 그래서 교황청은 타이진이 대륙 곳곳에 덴저 트레저로 인한 사건을 일으키는 걸 눈감아주고 있는 거야. 대신에 타이진은 그 사건들의 배후가 나나 너에게 있다는 증거를 남겨야 했어. 키리반의 마스터 헌터인 나랑 붉은 기사인 너. 두 사람이 사건을 일으켰다는 걸 알게 되면, 대륙이 키리반을 안 좋게 보기 시작하겠지. 덕분에 나는 지명수배범이 됐고, 너도 왕세자 암살범에게 가담했다는 이유로 조만간 범죄자로 등극하게 됐잖아. 아, 늦었지만 축하해, 레이."

"실없는 소리 말고 설명이나 해."

"여하튼 그런 식으로 키리반의 주요 인물들이 사건을 일으켰다는 걸 알게 되면 키리반 국왕을 제거하기가 더 수월해져. 키리반 국왕을 죽인 후에 '사실은 이놈이 덴저 트레저를 이용해서 대륙을 지배하려고 했다.' 하고 공표해버리면 끝이잖아. 나랑 네가 범죄자가 된 판국에 사람들이 뭔들 못 믿겠어? 타이진은 어차피 그런 식으로 날 파멸시키려는 게 목적이었으니까 교황청이랑 손을 잡아도 아무 문제 될 게 없었겠지. 아니, 오히려 교황청에서 눈을 감아주니까 움직이기 더 쉬웠을 거야."

"그럼 이번에 후작님이 폐하를 모신 건 단순히 폐하를 보호하기 위해서란 건가?"

"응, 그렇다고 해서 서지른 일이 사라지는 선 아니지만."

비제이가 일어났다.

"묻고 싶은 건 다 물었으니 이제 그만 떠나자. 후딘이 리텐
제국으로 가고 있을 거야. 루빈이랑 거기서 만나기로 했대."
"비제이 경."
후작이 다급히 불렀다.
"네."
"이대로 가는 건가?"
"그럼 어떻게 할까요?"
비제이가 싸늘하게 물었다.
"나를…… 나를 죽여주게."
"이만큼 일을 벌여놓고 죽음이라는 편한 대가를 치르시겠다
고요? 그건 너무 무책임한 소망이라고 생각하지 않으십니까?"
"비제이 경."
"저는 지금부터 이 모든 것을 조용히 끝낼 작정입니다. 더
많은 피해가 생기지 않도록, 후작님께서도 분명 시작한 일을
끝내기 위해 하셔야 할 일들이 많을 겁니다."
"그럼…… 나를 용서해주는 건가?"
비제이가 미소 지었다. 그 미소는 얼음처럼 차가워서 곁에
서 지켜보는 레이조차 칼에 베이는 통증을 느꼈다. 검붉은 눈
동자가 돌연 핏빛으로 물든 것처럼 보였다.
"용서받을 수 있는 짓을 저질렀다고 생각하시는 건 아니겠죠?"
그 이상의 말은 하지 않았지만 후작은 충분히 알아들은 듯했
다. 비제이는 자고 있는 루빈을 번쩍 안았다.

"우응, 얘기 잘 끝났어?"

루빈이 잠결에 비제이의 어깨에 얼굴을 파묻었다. 대부분 도서관에 틀어박혀 책만 읽는 루빈에게 이번 여행은 확실히 고되었는지, 루빈은 잠에서 헤어나오질 못했다.

"응, 잘 끝났어. 이제 후딘 만나러 가자."

비제이는 뒤도 돌아보지 않고 휴게실 문을 나섰다. 남겨진 레이는 어깨를 축 늘이뜨리고 앉아 있는 후작을 처다봤다.

"칼페디온 필렌트 후작."

후작이 움찔했다. 그러나 레이를 돌아보지 않았다. 레이는 상관없다는 듯 무뚝뚝하게 말했다.

"언젠가 내 손으로 당신을 죽이겠습니다."

텅 빈 마을에 남겨진 마차 한 대에 말들을 묶었다. 이동하려면 마차가 있는 편이 훨씬 편했기 때문이다.

"리텐까지는 얼마나 걸리지?"

"쉬지 않고 가면 열흘 정도 걸리겠지."

"에에, 후딘 도착하고 한참 지난 후에야 도착하겠다. 후딘이 걱정할 텐데."

루빈이 걱정스러운 듯 중얼거리자 비제이가 낄낄 웃으며 루빈의 어깨를 두드렸다.

"그 녀석은 거기서 여자들 꼬시고 있을 거야. 걱정 안 해도 돼."

레이는 그런 비제이를 물끄러미 응시했다.

가슴이 형편없이 뜯겼을 게 분명한데도 아무렇지 않다는 듯 웃는 비제이가 안쓰러웠다. 친동생처럼 아끼는 비제이였기에, 가족을 잃은 비제이가 다시 한 번 그 일을 상기하며 당했을 고통을 생각하면 가슴이 아팠다.

'나도 마찬가지인가?'

후작이 비제이의 가족을 죽인 이유는 터무니없을 만큼 어리석은 이유였다. 단지 자신의 분노에 동참하지 않았다는 데서 온 배신감. 그것 때문에 비제이의 부모가, 형이, 그리고…….

'글로리아…….'

레이 자신도 심장이 뜯겨나가는 것만 같았다. 그러나 지금은 슬픔에 허우적거리고 있을 때가 아니다.

"비제이, 차라리 교황청의 음모를 드러내는 게 낫지 않겠냐? 교황청의 압박 때문에 힘들어하는 사람들도 많은데."

"나도 그럴까 생각을 해봤는데, 만약 교황청이 이런 짓을 했다는 게 갑자기 표면에 드러나게 되면, 평소에 교황청의 부당한 살육 때문에 분노하고 있던 나라들도 그렇고, 라트 연합에 속하지 않은 나라들도 그렇고, 다들 들고 일어나서 전쟁이 일어날 거야. 라트 연합 소속국은 교황청 쪽으로 달려들 거고, 라트 연합에 소속되지 않은 나라들은 라트 연합을 질책하면서 연합국에 칼날을 세우겠지. 그럼…… 얼마나 많은 사람들이 죽게 될지……."

"그렇군."

이미 전쟁터를 경험한 레이는 그 끔찍한 참상을 다시 되풀이하게 되는 건 피하고 싶었다.

"그럼 어쩔 생각인데?"

"일단 후작이 폐하를 모시고 있으니까 폐하 쪽은 걱정할 거 없을 거야. 리텐에 가서 후딘이랑 합류하고, 핀치를 데리고 끝없는 탑으로 가자."

"끝없는 탑에 타이진이 있을 것 같냐?"

"잘 모르겠어. 만약 스콜피언 대거를 갖고 있는 게 진짜 타이진이라면 거기에 없겠지. 하지만 내가 있는 곳으로 찾아올 거야."

"만약 그곳에 진짜 타이진이 있다면?"

비제이가 레이를 물끄러미 쳐다보다가 빙긋 웃었다.

"넌 타이진을 죽일 거지?"

"그래."

"그럼 그렇게 해."

"넌? 타이진에게 하고 싶은 말이 있는 게 아닌가?"

"모르겠어, 이젠. 무슨 말을 해야 할지도, 어떤 얼굴로 타이진을 봐야 할지도."

*　　*　　*

　일찍 와 기다리고 있을 거라는 루빈의 예상과는 달리, 후딘은 비제이 일행이 도착하기 고작 이틀 전에 리텐에 도착했다.

"통행증은 있어?"

타이진이 물었다.

"아이고야, 그러고 보니 통행증이 없네. 가게로 돌아가야겠다."

후딘이 어깨를 으쓱하며 말하자 타이진이 주머니에서 종이를 하나 꺼냈다. 통행증이었다.

"그럴 줄 알고 준비해뒀어."

"이렇게 감사할 데가."

후딘이 중얼거리며 통행증을 받아들었다.

"가게로 돌아가면 내 눈에서 벗어날 수 있을 줄 알았어?"

"잘도 아네. 네놈의 뜨거운 시선을 견디기 힘들거든. 난 여자가 더 좋으니까."

"후후, 내 눈을 피해서 비제이랑 접촉할 생각이라면 관두는 게 좋을 거야. 네가 생각하는 것보다 비제이를 잘 알고 있거든. 아, 혹시 비제이가 수행 갔다가 좋은 결과라도 얻고 돌아왔을까 봐 그래?"

둘의 통행증은 아무 문제없이 통과되었다.

리텐 제국의 수도인 코와티아는 넓고 깨끗했다. 그 어떤 도시보다 번화했고, 최신식 건물들이 세워져 있었다. 거리를 오가는 사람도 많았다. 그런데도 조용하고 경건한 분위기가 도시 전체에 깔려 있었다.

사람이 많이 사는 곳은 거리가 지저분하기 마련인데도 쓰레기 하나 찾아볼 수가 없었다. 넓은 도시에선 흔히 보게 되는 호객꾼도, 꺅꺅 소리를 지르며 뛰어다니는 어린아이들도 없었다. 사람들은 모두 침묵하거나 소곤거리며 대화를 나눴다.

죽은 도시.

어째서인지 후딘의 눈엔 코와티아가 그렇게 보였다.

타이진은 사람들의 시선을 신경 쓰는지 목소리를 낮췄다.

"비제이, 대륙으로 돌아왔어. 아마 루빈이랑 같이 있을 거야. 이게 무슨 뜻인지 알지?"

후딘이 주먹을 꽉 쥐었다.

'비제이 녀석, 수련의 성과가 없었던 건가?'

"내가 널 완전히 믿는 건 아냐, 후딘. 넌 아마도 내 눈을 피해서 비제이에게 모든 걸 알려주고 싶겠지. 그런데 난 아직 비제이의 마음을 느낄 수 있거든."

타이진이 자신의 가슴에 손을 올렸다. 어딘지 모르게 연극적인 모습이었다.

"네가 그 사실을 비제이에게 알리면 비제이는 크게 동요하겠지. 그리고 난 느낄 거야. 네가 비제이에게 모든 걸 고해바쳤다는 걸. 그럼 어떻게 될까?"

"가서 죽이겠지."

"응, 맞아. 가서 죽일 거야."

타이진이 싱긋 웃었다. 후딘은 타이진을 한 번 노려본 후 '개자식.' 하고 욕설을 뱉었다.

둘은 말없이 교황청을 향해 걸었다.

건물은 전부 옅은 아이보리색 지붕과 하얀 벽으로 둘러싸여 있었는데 햇빛을 받으면 눈이 부실 정도로 하얗게 보이는 시각적 효과가 있었다. 빛나는 신식 건물들 뒤로 웅장한 교황청이 보였다.

피처럼 새빨간 지붕. 하늘을 찌를 듯한 새빨간 첨정지붕은 신을 찔러 피로 뒤덮인 것 같았다. 하얀 벽 위에 송곳처럼 뾰족한 붉은 지붕이 가져오는 효과는 컸다. 보는 사람을 주눅 들게 만들고, 고개 숙이게 만들었다. 한편으론 기이한 쾌감을 불러일으켰지만, 감히 다가설 수 없게 밀어내기도 했다.

"볼 때마다 기분 더럽군."

"역시 그렇지?"

타이진이 동의했다. 몇 번 본 적 있다는 말투였지만 이상하게 느껴지진 않았다. 타이진은 트레저 헌터. 여기저기 많이 여행을 다녔으니 트레저의 본고장이라 할 수 있는 리텐에 자주 왔을 게 틀림없다.

둘은 연회색 돌이 깔린 평평한 도로를 걸어 교황청이 있는 방향으로 향했다. 교황청 건물은 워낙 커서 잘 보이긴 했지만 성문 입구에서 상당히 먼 곳에 위치했다.

"루빈이 비제이랑 같이 있단 말은, 지금 리텐에 없다는 건가?”

“그렇지. 하지만 점점 가까워지고 있는 것 같아.”

타이진이 허리춤의 스콜피언 대거를 만지작거렸다. 후딘은 스콜피언 대거를 눈여겨봐 뒀다.

‘저것만 뺏을 수 있으면……’

“그렇게 보지 마, 후딘. 이걸 뺏는다고 해서 다룰 수 있다는 건 아냐. 너 같은 건 금방 스콜피언 대거에 잡아먹힐걸?”

타이진이 후딘의 마음을 읽기라도 한 것처럼 빈정거렸다.

“비제이는 눈치가 빨라서 너무 오래 같이 있으면 내 냄새를 눈치챌지도 모르니까 여기서 찢어지는 게 좋겠어. 가슴 아프지?”

“찢어지겠다, 개자식아.”

“후후, 혹시라도 말하려는 생각은 하지 마. 난 가까운 곳에 있을 거니까.”

“그러시든가.”

후딘은 건성으로 대꾸하며 교황청 근처의 여관으로 향했다. 그리곤 짐을 풀어놓고 침대에 누웠다.

타이진이 아직까지 비제이의 마음을 느낄 수 있다는 건 큰 문제였다. 애초에 비제이를 죽일 생각은 없었다. 기회를 봐서 비제이에게 타이진이 데리고 있는 ‘그것’에 대해 알려주려고 했다. 그 후는 비제이가 알아서 해줄 거라고 생각했다.

‘나도 안일했군.’

후딘은 눈을 감았다.

'하아, 이제 어쩐다.'

비제이 일행과 후딘이 만난 건 그로부터 이틀 후였다. 후딘은 루빈과 만나기로 한 교황청 앞의 분수대에 서 있었다. 담배를 필 수 없는 곳이기에 멍하니 서서 하늘을 올려다보고 있는데 루빈이 다가왔다.

"후딘!"

"여어, 루빈."

후딘은 루빈의 뒤를 살폈지만 비제이의 모습은 없었다.

'타이진 녀석이 틀린 건가?'

혹시나 하는 기대를 품었다.

"있잖아, 후딘. 비제이는 지금 지명수배범이잖아. 그리고 레이도 얼마 전에 왕세자를 죽이려고 했다는 누명을 뒤집어썼어. 그래서 두 사람은 여기 못 들어와."

"그럼 어디 있는데?"

"여기 오기 전 마을에서 기다리고 있어. 카오스는 성 밖에 있고."

"용케 여기까지 왔군."

"이동 자체는 별로 안 힘들었어. 카오스가 틈틈이 마법을 써줘서. 그런데 리텐 성기사들 눈을 속이기는 힘든가 봐. 카오스도 스콜피언 대거에 찔렸잖아."

"아, 그래. 그럼 이제부터 어디로 가는 거지?"

"가게에 가서 핀치를 데리고 탑으로 갈 거래."

"탑? 끝없는 탑?"

"응, 가면서 설명해줄게."

루빈은 성문으로 향하면서 그동안 있었던 일을 간단하게 정리했다. 후딘은 후작과 타이진의 이야기를 듣고는 동요했지만 그 외에는 크게 놀라지 않았다. 타이진의 의뢰에 대한 생각으로 머릿속이 꽉 찼기 때문이다.

"별로 안 놀라네?"

성문을 나서며 루빈이 물었다.

"응, 뭐, 난 어른이니까."

"그럼 난 어리다는 거야?"

"어리지, 그럼."

후딘이 킬킬 웃으며 루빈의 머리를 헝클어뜨렸다. 평소처럼 꺅꺅거리며 화를 내던 루빈은 후딘의 미소가 어딘지 쓸쓸하게 느껴져서 불안해졌다.

"후딘, 무슨 일 있었어?"

"응? 아니, 잘 먹고 잘 자고 잘 놀았다. 슬픈 게 있다면 리텐의 여자들이 너무 무서워서 나의 품에 안지 못했다는 것?"

"으이그! 그럴 줄 알았어, 진짜. 변태, 호색한."

"어른들은 다 이런 거야."

"레이는 안 그러거든?"

루빈의 뒤를 따라가며 후딘은 한숨을 쉬었다.

'이거, 이거. 루빈한테까지 들킬 정도라니. 눈치 빠른 비제이한테는 단박에 걸리겠구만. 조심해야지.'

카오스와 엘라임은 전에 루빈이 당할 뻔했던 숲에서 둘을 기다리고 있었다.

"안녕하십니까, 지혜의 드래곤님."

후딘이 넙죽 인사를 하자 카오스가 헤벌쭉 입을 벌렸다.

"이것도 괜찮은 인간이군. 이름이 뭐냐?"

"후딘이옵니다."

"좋아, 좋아. 네놈도 내 등에 타는 걸 허락하지."

"카오스 님, 너무 쉽게 허락하시는 거 아니에요? 이미 더럽혀진 몸이라는 건가요?"

"넌 닥쳐, 엘라임."

그들은 다음 마을을 향해 걷기 시작했다. 카오스가 후딘을 흘끗 보더니 말했다.

"죽음을 각오한 눈빛이군."

후딘이 흠칫하며 카오스를 쳐다보자 카오스가 입꼬리를 올렸다.

"내 눈을 속일 수 있다고 생각하나, 인간?"

"후딘이라고 불러주십쇼. 그리고 인간이란 항상 죽음을 각오하고 살지 않습니까."

후딘은 넉살 좋게 말하며 눈짓으로 루빈을 가리켰다. 루빈의 앞에서는 말하지 말아달라는 뜻이었고 카오스는 그걸 알아들었다.

후딘과 카오스는 죽이 잘 맞아서 마을에 도착하는 반나절을 끊임없이 떠들었다. 루빈은 심심해져서 엘라임을 끌어안고 두 사람의 뒤를 따랐다.

비제이와 레이는 마을 구석에 있는 여관에서 그들을 기다리고 있었다.

"여어, 얼굴 보기 힘드네, 영웅 양반."

"왔냐."

후딘은 레이와 가볍게 인사를 나눈 후 비제이에게로 시선을 돌렸다. 비제이는 침대에 책상다리를 하고 앉아 후딘을 향해 손을 흔들었다.

"후딘, 보고 싶었어."

"나도 가슴 아리게 보고 싶었다, 이 자식아."

후딘이 웃으며 비제이의 침대 끝에 걸터앉았다. 자신을 빤히 쳐다보는 비제이의 시선이 신경 쓰였다. 가끔 비제이의 검붉은 눈동자는 사람의 마음을 읽는 것처럼 느껴졌다.

후딘은 애써 아무렇지도 않은 표정을 유지하며 그동안의 여행은 어땠는지 물었다.

"뭐, 그냥 그랬어."

"수련은?"

"실패했지, 뭐. 루빈한테 들었지?"

“야, 야. 그럼 그 기간 동안 아무 성과가 없었단 거냐? 어느 정도는 좀 늘어난 거 아냐?”

“그러게, 나란 놈은 이런 놈인가 봐.”

남의 속도 모르고 비제이는 장난스럽게 대꾸했다. 후딘은 눈앞이 캄캄했다.

“야, 비제이. 그럼 너 아직도 타이진한테 네 마음을 읽히는 거냐?”

“타이진한테 물어보질 않았으니까 모르겠지만…… 아마도 그렇지 않을까?”

“뭐야, 그게…… 멍청한 자식.”

“에이, 너무 뭐라고 하지 마. 이래 봬도 꽤 고생했다구.”

“이 자식아! 수련하러 간다는 놈이 성과 없이 쓸데없는 것만 얻어서 돌아왔는데 그게 뭐가 고생이야?”

“그러게 말이다.”

레이가 동의를 표시했다.

“그래도 꽤 많은 걸 알아왔잖아. 대륙 전체에 퍼진 일을 조금씩 막아갈 수 있을지도 몰라.”

“그렇게 속 편한 소리하지 마! 그동안 얼마나 많은 사람들이 죽어갈지는 생각 못 했냐?”

“후딘, 너 왜 그래?”

후딘답지 않은 날카로운 행동에 비제이가 당황한 듯 물었다. 후딘은 자신의 실수를 깨닫고는 담배를 꺼냈다.

“그냥, 뭐…… 젠장, 미안하다. 내가 요새 잠을 못 자서.”

“리텐은 기운이 강하지?”

“응, 영 못 자겠더라. 여자들도 너무 빡빡하고.”

“히히, 그럴 줄 알았어. 그래도 후딘, 나 어느 정도 스콜피언을 제어할 수는 있게 됐어. 물론 완전히 제어하는 건 아니지만.”

“오오, 그래?”

후딘이 눈을 빛내며 비제이에게 다가가 앉았다.

“그럼 너, 내가 죽어도 동요하지 않을 자신 있냐?”

“에엑? 그게 뭔 말이야, 후딘. 네가 죽으면 당연히…….”

비제이가 후딘의 팔을 잡았다.

“네가 죽으면 난 스콜피언한테 먹힐 거야. 왜 그런 소리를 해, 후딘?”

“아니, 그냥…… 궁금해서. 너도 그렇고, 레이 녀석도 그렇고, 둘 다 범죄자가 됐다고 하니 심란해서 살 수가 있냐? 나도 언제 죽을지 모르는 상황이니까 그렇지.”

“안 죽어, 후딘. 넌 내가 지킬 거야.”

“푸핫. 콜록, 콜록.”

후딘이 담배 연기가 목에 걸려 기침을 해대며 배를 잡고 깔깔 웃었다.

“콜록, 크하하하, 콜록, 멍청한 놈. 수련도 제대로 못 한 놈이 지키긴 누굴 지켜? 푸하하.”

“어이, 너무 심하게 웃는 거 아냐?”

“네놈은 네 몸 지킬 생각이나 해. 아, 그리고 코산이다.”

“어?”

“코산에 가자고.”

“코산은 왜?”

어딘가에서 타이진이 듣고 있을지도 모른다. 하지만 비제이가 동요하지 않게 하려면 평정을 유지해야 했다. 후딘은 감추려는 기색 없이 말했다.

“거기 뭔가 있을 것 같거든.”

“뭐가?”

“음, 괜찮은 트레저가.”

“믿을 만한 정보야?”

“응, 확실히.”

“하지만 지금은 트레저를 찾을 때가 아닌데.”

“멍청아, 지금 같은 때에 적을 상대하려면 쓸모 있는 트레저가 하나라도 더 있는 게 좋은 거야. 잔말 말고 코산, 코산으로 가자.”

“핀치 데리고 가면 안 돼?”

“엉. 뭐, 데리고 가도 상관없긴 하지만. 어쨌든 코산에서 트레저를 찾아야 돼. 핀치 녀석은 덩치가 커서 데리고 다니기 힘들잖아.”

“응, 그렇긴 하네. 그럼 코산에 들렀다가 핀치를 데리러 가야겠다. 카오스, 한 번만 더 날면 안 될까?”

“망할 놈.”

육포를 뜯던 카오스가 투덜거렸지만 싫다고 하진 않았다.

이야기가 마무리된 후 후딘과 루빈은 먹을 걸 사기 위해 밖으로 나왔다. 조용한 마을이었다.

“평화롭네, 여긴.”

“전쟁이 일어나도 늘 평화로운 곳은 존재하는 것 같아.”

“응, 이런 곳이 많으면 좋겠지?”

후딘의 질문에 루빈은 후딘을 물끄러미 쳐다보다가 말했다.

“난 너랑 같이 있으면 평화로워. 넌 안 그래?”

“뭐냐, 루빈. 너 나한테 반한 거냐?”

“뭐야! 그런 거 아냐! 머리 좀 그만 만져! 난 그냥…… 저번에 혼자 여행할 때…… 그때 죽을 뻔했거든. 뭔가 없어져야 소중함을 알게 된다고, 그 순간엔 정말 너네들이 있어서 얼마나 든든했는지 알겠더라. 그래서 뭐…….”

변명처럼 말하던 루빈은 후딘의 표정을 보고는 말을 멈췄다. 후딘은 금방이라도 흩어져버릴 것처럼 위태로운 눈빛을 하고 있었다. 루빈은 심장이 쿵 내려앉는 느낌에 비틀거렸다. 후딘이 얼른 루빈을 잡아주더니 얄미운 표정을 지으며 놀렸다.

“너, 너. 그런 식으로 남자한테 기대려고만 하면 안 된다.”

“죽을래, 후딘!”

“아하하하.”

　루빈은 깔깔 웃으며 도망치는 후딘의 뒤를 쫓아갔다. 하지만 갑자기 후딘이 우뚝 멈춰 서는 바람에 후딘의 등에 얼굴을 부딪쳤다.

“야! 아프잖아!”

“루빈.”

“왜!”

“너 나 좋아하냐?”

“뭐, 뭔 소리야, 갑자기? 미쳤어?”

후딘의 엉뚱한 질문에 루빈이 입을 쩍 벌렸다.

“얼마나 좋아하냐?”

“누가 좋아한대? 너같이 여자 밝히는 변태는 싫거든?”

“역시 그런가?”

후딘이 머리를 긁적거리며 중얼거렸다. 여전히 후딘의 등 뒤에 서 있는 루빈은 후딘의 표정을 볼 수 없어서 지금 후딘이 울 것 같은 표정을 짓고 있다는 걸 몰랐다.

“뭐, 아무튼 그럼 잘됐네.”

“뭐, 뭐가 잘됐다는 거야? 너 도대체 왜…… 헉!”

후딘이 몸을 틀어 루빈의 명치에 주먹을 찔러 넣은 건 순식간에 일어난 일이었다. 루빈은 한 번도 느껴보지 못한 격통보다 후딘이 자신을 때렸다는 충격에 놀라 숨을 쉴 수가 없었다.

“어이구야, 이 정도로는 기절 안 하나? 생각보다 세네, 루빈.”

　후딘은 조롱하듯 미소를 짓더니 다시 주먹으로 루빈의 명치를 찔렀다. 이번엔 처음보다 훨씬 세서 루빈은 눈앞이 새하얗게 변해가는 걸 느꼈다.

　'뭐야?'

　지금 이 상황이 몹시도 비현실적이라 정신을 잃어가는 상황에서도 이것이 꿈일 거라고 생각했다. 냉혹하기 짝이 없는 후딘의 눈동자는 아무리 봐도 현실은 아니었다.

　'이상한 꿈을 다 꾸네?'

　털썩.

　루빈이 쓰러졌다. 후딘은 쓰러지는 루빈을 받아주지 않았다. 루빈의 작은 몸이 거적처럼 늘어진 걸 후딘은 무심한 눈으로 응시했다.

　'이제 됐어.'

　후딘은 방금 전 언뜻 보였던 타이진을 향해 걷기 시작했다.

　'그래, 뭐. 이걸로 된 거야.'

　타이진은 마을의 허름한 술집 뒷마당의 나무 위에 앉아 있었다. 나무가 꽤 우거져서 어두운 색깔의 옷을 입은 타이진의 모습은 잘 보이지 않았다. 하지만 후딘의 눈엔 또렷하게 보였다.

　가지에 걸터앉아 다리를 흔드는 장난스러운 모습은 언뜻 비제이처럼 보이기도 했다. 그러고 보면 이번 여행을 함께하면서 타이진이 비제이와 많이 닮았다는 생각을 했다. 그 사건이 일어나기 전까지는 그런 생각을 해본 적이 없는데.

술집 근처로 가자 타이진은 따라오라는 듯 훌쩍 뛰어내려 마을 밖으로 걷기 시작했다. 술집은 마을 가장 끄트머리에 있는데다가 아직 영업 전이라 근처에 오가는 사람은 별로 없었다.

마을 밖엔 오히려 사람들이 많았다. 아직 한창 밭일을 할 시간이기 때문이다.

타이진은 요령 좋게 구석으로 붙어 나무 사이를 쓱쓱 지나가 사람들 눈에 띄지 않았다. 하지만 후딘은 별로 신경 쓰지 않아서 마을 사람들은 외지인인 후딘을 흘끗흘끗 쳐다봤다.

"이런 식으로 날 만나러 오면 곤란해, 후딘."

길에서 떨어진 숲으로 들어갔을 때 타이진의 목소리가 들려왔다. 타이진은 어느새 나무 위에 올라가 앉아 있었다.

"이제 와서 마음이 바뀐 거야? 비제이를 죽이기 싫어졌어?"

"봤잖아. 결심하고 온 거다."

"아아, 루빈 기절시킨 거? 나 때문에 그런 거 아냐? 내가 루빈을 건드릴까 봐."

"그럴 생각이었냐?"

"글쎄에."

타이진이 머리를 옆으로 기울이며 중얼거렸다.

"다른 녀석들한테는 손대지 마."

"비제이한테는 손대도 괜찮고?"

"그 녀석은 내가 죽이지. 그 편이 너 같은 놈한테 당하는 것보다 나을 테니까."

"흐응."

타이진은 의심스러운 시선을 보냈다.

"확실히 해두려고 왔어. 뭐, 알다시피 레이 녀석이 비제이한
테 딱 달라붙어 있으니 건드리기가 쉽지 않거든. 게다가 내 목
숨도 보장받아야 되겠고."

"왕이 될 생각이 든 거야?"

"왕 따위는 아무래도 좋아. 어쨌든 난 어릴 적부터 살아남기
위해 도망쳐왔어. 네놈 때문에 목숨을 걸 것 같냐?"

"그렇긴 하지. 그래서?"

"비제이는 내일 마을을 나설 거다. 아마 아까 우리가 지나왔
던 길을 지나가겠지. 난 잠깐 비제이를 이쪽으로 불러낼 거
야."

후딘은 옆에 있던 나뭇가지를 들어 바닥에 그림을 그리기 시
작했다.

"지금까지 이상한 모습을 좀 보여놨으니 비제이는 내가 긴
히 할 말이 있다고 생각하고 따라오겠지. 하지만 문제는 레이
야. 레이 녀석은 비제이랑 같이 동행할 땐 비제이한테 촉각을
곤두세우고 있거든. 아마 내가 비제이를 딴 데로 데리고 가도
이 근처에서 지켜보고 있겠지. 아니면 귀를 기울이고 있거나."

"흐응."

그림을 더 잘 보기 위해 타이진은 나무에서 내려왔다. 탁 내
려서는 소리가 들리자 후딘은 타이진을 흘끗 쳐다보곤 다시

그림을 그렸다.

"레이의 주의를 반대쪽으로 끌어야 돼. 네가 여기서 레이의 주목을 끌어줬으면 해."

"내가? 레이는 상대하기 부담스러운데."

"못 할 것도 없잖아. 마물이라도 불러내든가."

"그야 어려운 일은 아니지만."

"이쪽에서 네가 마물을 불러내거나 네 존재를 알리면 레이는 십중팔구 너한테로 갈 거야. 비제이한테선 잠깐 신경을 끄겠지."

타이진이 좀 더 가까이 다가왔다.

"그때 난 비제이를 공격하지. 비제이를 제거하고 나면 바로 몸을 빼내야 돼. 말을 준비해줘. 내가 지금 마을에서 말을 빌릴 상황은 아니니까."

"말은 어디에 놔줄까?"

"여기."

후딘이 바닥에 그린 지도 비슷한 그림의 한 부분을 가리켰다.

"말을 타자마자 달릴 거다. 너도 알아서 몸을 빼내."

"그건 너무 심한데? 넌 비제이지만, 난 레이 상대라구. 그렇게 쉽게 몸을 뺄 수 있을 리가 없잖아."

"지금까지 잘 빼왔잖아. 우는 소리하지 말고. 할 수 있겠나?"

"흐음."

타이진은 한 발 더 다가와 그림을 물끄러미 응시했다. 후딘은 타이진과의 거리를 가늠했다. 그리고 소매에 감춰뒀던 단검을 스륵 꺼냄과 동시에 타이진의 가슴을 노리고 찔렀다.

푹.

기분 나쁜 소리.

'찔렀나?'

뭔가 찌르는 느낌이 들긴 했다. 그림을 보기 위해 아래를 향하던 타이진의 눈동자가 천천히 올라와 후딘을 향했다.

찌른 건 이쪽인데 후딘은 자신의 복부가 타는 듯한 느낌을 받았다. 타이진의 찌르는 듯한 눈빛 때문은 아니다.

타이진과는 반대로 후딘은 고개를 숙였다.

'젠장.'

찔린 건 후딘이었다.

타이진은 후딘의 단검을 맨손으로 잡고 있었다. 손이 베여 피가 나긴 했지만 그것만으로 죽진 않을 것이다. 그에 비해 후딘은……

'스콜피언 대거인가?'

후딘의 배엔 스콜피언 모양의 단검이 깊이 꽂혀 있었다.

비틀.

다리에 힘이 빠졌나. 무릎이 꺾였다. 힘을 주어 견디려고 했지만 결국 무너지고 말았다. 타이진은 단검을 잡고 있던 손에

서 힘을 뺐다. 단검과 함께 후딘이 바닥에 쓰러지는 걸 타이진은 냉혹한 눈으로 바라보고 있었다.

"그럴 줄 알았어."

타이진이 중얼거렸다.

"네가 비제이를 죽일 리가 없잖아. 내가 설마 널 완전히 믿었을 거라고 생각한 거야?"

"너는……."

후딘은 입술을 달싹거렸다.

스콜피언 대거에 찔렸다. 아마 곧 마물로 변할 것이다.

"너는 진짜냐?"

타이진이 차갑게 웃었다.

"글쎄. 뭐, 곧 마물이 될 텐데 그런 건 알아서 뭐하게?"

후딘의 입꼬리가 올라갔다. 후딘은 힘없이 늘어졌던 팔을 천천히 들어올렸다. 후딘의 단검은 아직도 손에 단단히 잡혀 있었다.

"그런 거야 마물이 되기 전에 죽으면 그만이잖아."

푹.

후딘은 타이진이 뭐라 말할 새도 없이 단검으로 자신의 심장을 찔렀다. 깊이 들어간 칼날이 심장을 파고들어 단번에 후딘의 생명을 앗아갔다.

하늘보다 푸르던 아름다운 눈동자에서 생명의 빛이 꺼져가는 것을 타이진은 조용히 지켜봤다.

"어째서지?"

후딘의 단검을 움켜쥐었던 손에서 피가 뚝뚝 떨어졌다. 피는 후딘을 장식하듯 후딘의 가슴 주위에 고였다.

"왜 넌 비제이를 위해 목숨을 버리는 건데?"

냉혹한 눈동자에 슬픔이 번졌다.

"왜! 왜 비제이 따위를 위해서 네 목숨을 거냐고!"

퍽!

타이진이 후딘의 시체를 걷어찼다. 당장이라도 일어나 '그만 차, 개자식아!'라고 소리칠 것 같지만 후딘은 움직이지 않았다.

"너 따위가 날 이길 수 없다는 거 알면서! 죽을 가능성이 더 많다는 걸 알면서! 왜! 왜! 왜 비제이를 위해 움직이느냔 말이야!"

퍽! 퍽! 퍽!

무수히 많은 발길질을 당하면서도 후딘은 움직이지 않았다. 시체는 마치 미소를 짓고 있는 것처럼 보이기도 했다. 비제이를 위해 죽어서 다행이라는 듯 웃는 후딘을 보며 타이진은 분노를 토해냈다.

"네가 날 이길 수 없다는 거 알았잖아! 너 같은 게! 너 같은 게 마물을 부리는 날 이길 수 없다는 거 다 알았잖아! 그런데 왜! 왜 목숨을 바치냐고! 내 말대로 하년 왕이 돼서 행복하게 살 수 있었단 말이야! 네가 왕이 되면 난 더 이상 널 귀찮게 하지 않을 작정이었단 말이야! 그런데 왜! 왜!"

대답은 돌아오지 않았다.

타이진은 형편없이 일그러진 표정으로 후딘의 배에 박혀 있는 스콜피언 대거를 뽑아냈다. 피가 뚝뚝 흐르는 대거를 손에 쥐고 돌아서는 타이진은 악귀 같았다.

"마물로 만들어주겠어, 비제이."

타이진은 후딘의 시체를 버려둔 채 마을 쪽으로 걸음을 옮겼다.

"내 마물들을 다 버리는 한이 있어도 네놈을 마물로 만들어주겠어. 그래서…… 네 손으로 널 믿는 레이를 죽이고, 루빈을 죽이고, 핀치를 죽이게 만들어주지. 널 믿는 녀석들이 네 손에 뜯겨 죽으면서 어떤 표정을 지을지 궁금해지는데?"

마을로 향하는 길이 보였다.

"너도 궁금하지, 비제이? 그런데 어쩌지? 넌 즐길 수 없을 거야. 넌 마물이…… 쿨럭……."

안광을 번뜩이며 걸어가던 타이진이 돌연 피를 토해냈다. 입가에 검붉은 피가 묻어나왔다. 타이진은 대거를 들고 있던 손등으로 입가를 쓱 닦아냈다.

"젠장……."

분노와 상실감 때문에 몰랐다. 아니, 어쩌면 이제 막 시작된 고통인지도 모르겠다.

내장이 타들어가는 통증이 온몸을 휘감았다. 폐까지 타격을 받았는지 숨을 쉬는 것도 힘들었다. 헐떡거리며 손바닥을 펼쳤다. 아까 후딘의 단검을 잡았던 손이다.

손바닥은 새카맣게 변색되어 있었다. 죽은 피부를 손으로 쓱 문지르니 복숭아 껍질처럼 흐물흐물하게 벗겨졌다. 속살조차 까맸다. 안 좋은 냄새가 났다. 시체가 썩을 때 나는 불쾌한 냄새.

"후딘, 후딘……."

후딘에게 당했다. 후딘은 죽었지만 타이진도 결코 이긴 것은 아니다. 후딘의 단검엔 치명적인 독이 발라져 있었다. 그 독은 타이진의 피부를 베는 순간, 혈관을 타고 돌아 타이진의 내장을 태워버렸다.

"그래서 웃고 있었던 거야?"

마지막 순간, 후딘은 타이진이 죽을 것을 알았다. 아무리 마스터 메달을 딴 트레저 헌터라도 독이 혈관을 파고들면 손쓸 도리가 없다. 세상엔 치유 능력을 가진 트레저도 있다지만 타이진에게는 없었다.

"네 목숨을 걸어 날 죽여서…… 그래서 웃은 거야?"

몸의 통증 때문이 아닌 마음의 고통에 얼굴이 일그러졌다.

쿨럭.

또 한 차례 피를 토해냈다.

이젠 완전히 숨을 쉴 수 없다. 내장도, 폐노 나 녹아버렸디.

'심하잖아, 이건.'

풀썩.

타이진은 더 이상 버티지 못했다. 여기까지 걸어온 것만으로도 대단한 일이다. 분노가 몸의 이상조차 깨닫지 못하게 만들었다.

'이게 뭐야, 정말……'

흐릿해지는 시야에 스콜피언 대거가 보였다. 핏빛 스콜피언은 타이진을 비웃는 것처럼 꼬리를 흔들었다.

'겨우 제대로 다룰 수 있게 됐는데…… 이제야 겨우……'

힘이 빠졌다. 눈을 똑바로 뜨려고 노력했다. 마지막으로 보이는 세상을 담아두기 위해 타이진은 안간힘을 썼다.

'로에를…… 데리고 다닐 수 있을지도…… 모르게……'

세상이 사라졌다.

길 근처이긴 하지만 사람들의 시선이 미치는 곳은 아니었다. 피를 흘리며 타들어가는 타이진을 발견한 사람은 없었다. 저물어가는 해만이 타이진의 시체를 물끄러미 응시하고 있었다.

＊　　＊　　＊

비제이는 침대에 앉아 검을 만지작거리고 있었다.

"루빈이랑 후딘이 늦네. 슬슬 배고픈데."

"내가 나가보랴?"

“네 빨간 머리는 너무 눈에 띄어.”

“그럼 바꾸면 되지.”

카오스가 한 번 고개를 까딱하자 희미한 빛이 카오스의 몸을 감쌌다. 빛은 점점 밝아져서 카오스의 모습이 아예 보이지 않게 되었다. 잠시 후 빛이 사라졌다.

카오스가 서 있던 자리엔 섬세한 성격의 소유자일 것 같은 가련한 미남자가 서 있었다. 하늘하늘하고 가느다란 갈색 머리카락과 선이 갸름한 얼굴형, 겁에 질린 것 같은 순수한 눈동자와 도톰한 붉은 입술.

툭.

비제이의 손에 들려 있던 검이 침대 위로 떨어졌다.

“헉…….”

여간해선 놀라지 않는 레이가 낮은 신음을 토해냈다. 엘라임은 꼬리를 파드닥거리며 외쳤다.

“지, 징그러워요, 카오스 님!”

“뭣이야!”

그래 봬도 꽤 야심작이었는지 카오스가 벌컥 성을 냈다. 툭 치면 무너질 것 같은 호리호리한 생김새와는 어울리지 않는 행동이었다.

“카오스, 그건 좀 아닌 것 같아.”

“왜! 인간둘은 이런 모습을 좋아하지 않나?”

“솔직히 네 원래 성격을 아는 우리로선…… 몹시 징그러워,

카오스.”

“흥, 인간들은 솔직하지 못하군. 여하튼 다녀오마.”

“안 돼, 카오스. 너 혼자 나가는 건 좀 그래.”

“왜? 이 지혜의 카오스 님께서 먹을 거 하나 찾아오지 못할 것 같아서 그러냐?”

“인간을 물어뜯어서 죽일 것 같아.”

“걱정 마라. 인간은 별로 맛없거든.”

“머, 먹어본 적 있어?”

“난 안 먹어봤지만 먹어본 녀석들이 그러더군.”

카오스가 자신들과 다른 종족이라는 것이 실감이 됐다.

“아무튼 카오스, 루빈이랑 후딘은 곧 돌아올 테니 일단 좀 앉아. 괜히 나갔다가 길이 어긋나면 안 되잖아.”

카오스가 도로 자리에 앉자 레이는 카오스에게서 신경을 끄고 비제이를 돌아봤다. 비제이는 카오스의 모습에 놀라 떨어뜨렸던 검을 다시 주워 만지작거리고 있었다.

평범한 검이었다. 아니, 낡은 검이다.

특별한 문양도, 장식도 없었다. 검집도, 손잡이도 평범했다. 특별히 좋은 철을 사용한 것처럼 보이지도 않았고, 강한 상대가 아니어도 부러질 것 같았다.

비제이는 그런 검을 아까부터 소중하게 만지고 있었다.

“도대체 그 검은 뭐냐?”

“그로드의 검.”

비제이가 너무 단조롭게 대답하는 바람에 레이는 잠시 그로드의 검이 뭔지 생각해야 했다. 그리고 그로드의 검이 가진 의미를 떠올렸을 때 레이는 눈을 휘둥그레 뜨고 말했다.

"그로드의 검이라고? 그게?"

"응."

"찾은 거냐?"

"찾았다기보단 받았다고 해야겠지."

"누구한테?"

"타이진한테."

타이진의 이름이 나오자마자 레이의 표정이 굳었다.

"타이진한테 그 검을 받았다고?"

"시공간의 틈에서 빠져나오기 전에 타이진이 나한테 이걸 쥐어줬어. 그로드의 검은 어쩌면 끝없는 탑 안에 있었는지도 몰라. 그래서 난 타이진이 지금 끝없는 탑에 붙들려 있을 거라고 생각해."

'널 찌른 타이진이 탑에서 그걸 꺼내 너한테 줬다는 소릴 하고 싶은 거냐?'

라는 말은 꿀꺽 삼켰다. 레이는 이런 일로 비제이와 논쟁을 펼치고 싶진 않았다.

"그로드의 검도 찾았고."

비제이가 주머니에서 검은색 돌을 꺼냈다. 공명의 돌과 비슷하지만 좀 더 컸고, 좀 더 까맸다.

"신의 오른쪽 눈도 찾았어."

"뭣?"

이번엔 언성을 높이고 말았다.

"신의 오른쪽 눈을 찾았다고?"

"응, 이건 원래 절망의 돌로 알려져 있는데 난 이게 신의 오른쪽 눈이라고 확신해."

"절망의 돌이라면…… 예언의 돌 말이냐?"

"응."

"어째서 확신하는데?"

"그것도 시공간의 틈에서 보였어."

"그저 환각일지도 몰라."

"그럴 수도 있겠지만…… 난 확신하고 있어. 이건 신의 오른쪽 눈이야. 이 돌을 손에 쥐었을 때 분명히 느꼈어."

비제이의 단언에 레이는 검은 돌을 살펴봤다. 아무리 봐도 신의 왼쪽 눈과 닮은 곳을 찾아볼 수가 없었다. 크기는 비슷하지만 색깔이 너무 달랐다. 신의 왼쪽 눈이 아름다운 녹색인 데 비해, 절망의 돌은 어디를 봐도 절망만을 안겨줄 것처럼 어두웠다.

"난 그로드의 검을 카오스한테 사용할 거야."

"뭐가 어쩌고 어째?"

카오스가 으르렁거렸다. 카오스는 원래의 붉은 머리로 돌아간 후였다.

"카오스, 너도 알겠지만 스콜피언 대거에 찔리면 원래대로 돌아갈 수 없어. 나는 고작 몇 십 년 살다가 가겠지만 넌 몇 천 년을 그 상태로 살아야 하잖아."

"호오, 그래서 네놈이 벗어날 기회를 나한테 주시겠다?"

"원래 이걸 찾으면 둘 중 한 명이 사용해야 한다고 생각하고 있었어."

레이는 비제이의 양보가 마음에 안 들었다. 비제이가 몸에 틀어박힌 마물 때문에 얼마나 고통스러워했는지, 그것에서 벗어날 수 있기를 얼마나 바랐는지 알았기 때문이다. 그러나 결국은 비제이의 선택이었다. 비제이 자신이 찾아낸 트레저를 어떻게 사용할지는 비제이가 정할 일이다.

레이는 묵묵히 비제이와 카오스를 지켜봤다.

카오스는 붉은 눈동자를 빛내며 그로드의 검과 절망의 돌 아니, 신의 오른쪽 눈을 살펴봤다. 카오스가 입맛을 다시며 비제이에게로 시선을 돌렸다.

"정말 이걸 내가 써도 되겠냐? 네놈 짧은 생, 평생을 마물이 될지도 몰라 전전긍긍하고 살아가야 하는데?"

"내가 내린 결론이야. 후회 안 해."

"푸하하하하, 이거 웃기는군. 이봐, 인간 애송이."

카오스가 비제이에게 바짝 다가앉았다. 숨결이 느껴질 정도로 가까운 거리에서 카오스가 말했다.

"네놈은 네가 보고 있는 게 누군지 모르겠냐?"

"……"

"난 드래곤이다. 중간계에서 가장 위대한 생물 드래곤. 네놈
의 장난에 장단을 맞춰주니 인간처럼 나약하게 보이더냐?"

"카오스, 난 그런 뜻이 아냐."

"인간의 백 년, 드래곤의 만 년. 인간에게 만 년은 기나긴 세
월이겠지만, 드래곤으로 태어난 내겐 만 년이란 시간이 인간
이 느끼는 백 년과도 같을 거란 생각은 안 들었냐?"

카오스가 좀 부드러워진 목소리로 말했다.

"시간의 흐름은 상대적인 것이지. 비제이, 내가 너와 함께
다니는 건 몸 안의 마물을 없애기 위해서가 아니라, 나의 레어
를 파괴하고 날 찌른 놈을 찢어 죽이기 위해서다. 그건 네가
찾은 트레저고, 나약한 인간이 찾은 트레저에 손대고 싶은 생
각도 없다. 내게 인간의 정을 베풀려고 하지 마라, 비제이."

카오스는 확고했다. 피처럼 빨간 눈동자는 결코 흔들리지
않았다. 그로드의 검과 신의 오른쪽 눈에 대한 탐욕도 찾아볼
수 없었다.

비제이는 어떤 말을 해도 이것을 카오스에게 사용할 수 없음
을 깨달았다.

"그건 그렇고, 그거 확실하긴 한 거냐? 만약 그로드의 검으
로 널 찔러서 죽였는데 신의 오른쪽인지, 왼쪽인지 하는 눈으
로도 효과가 없으면, 그럼 어쩔 셈이냐?"

카오스가 순수한 호기심으로 물었다. 비제이는 잠시 생각한

후에 답했다.

"그럼 뭐, 그대로 죽는 거지."

"깔끔하군."

"지금 하게?"

레이가 물었다.

"루빈이 오면 해야겠지? 우리 꼬마 루커는 트레저 쓰는 걸 꼭 눈으로 보고 싶어 하니까."

"흐음."

레이는 어딘지 탐탁잖은 모습이었다.

"왜 그래, 레이? 내가 정말 죽을까 봐 걱정돼?"

비제이가 깐족거리자 레이는 인상을 찌푸리며 비제이의 얼굴을 멀리 떨어뜨렸다.

"얼굴 들이대지 마. 걱정될 리가 있냐?"

"후후후, 이래 봬도 우리 헤레이스 경은 마음이 약해서……내가 죽으면 우리 헤레이스 경, 어떻게 살까 몰라."

"농담으로라도 그런 소리하지 마라, 비제이."

레이가 비제이를 노려봤다.

"그런 소리하지 마."

되풀이되는 말은 한탄과도 같았다.

다시는 사랑하는 이를 잃지 않겠다는 슬픔, 사랑하는 이의 가족을 죽게 내버려두지 않겠다는 각오. 그것이 서려 있다는 것을 누구보다도 잘 알기에 비제이는 장난을 그만두고 입을 다물었다.

바로 그때였다.

방문이 벌컥 열리며 루빈이 뛰어 들어온 것은.

＊　　＊　　＊

떨어지는 해가 오렌지빛 긴 여운을 남겼다. 길게 늘어진 그림자와 함께 밭일을 하던 사람들도 일을 끝내고 마을 안으로 들어가고 있었다.

멀지 않은 곳에 한 남자의 시체가, 그보다 좀 더 떨어진 곳에 또 다른 남자의 시체가 있다는 것도 모른 채 휴식을 취하러 들어가는 그들의 표정은 밝았다.

밭일하던 사람들이 거의 다 사라졌을 때 한 남자가 나타났다. 유독 큰 그림자를 가진 남자는 길을 따라 천천히 걷다가 뭔가를 발견한 듯 걸음을 멈췄다. 남자의 시선은 쓰러진 타이진에게로 향하고 있었다.

독에 당한 타이진은 죽은 지 얼마 되지 않았음에도 불구하고 오래된 시체처럼 썩어 있었다. 시체 썩은 역한 냄새가 바람에 섞여 날아와 남자는 인상을 찌푸렸다.

남자는 타이진의 손에 쥐어져 있는 스콜피언 대거를 발견했다. 주위를 한 번 둘러본 남자는 아무도 없다는 것을 확인하고 시체를 향해 걸어갔다.

남자는 시체의 주인공이 누구인지 확인하려는 듯 물끄러미
쳐다봤지만 타이진의 얼굴은 형태를 알아볼 수 없을 만큼 썩
어 있었다. 남자는 고개를 갸웃거리며 그것을 응시하다가 조
용히 스콜피언 대거를 집어들었다.

*　　*　　*

"후딘이 널 공격했다고?"
"응, 갑자기…… 정말 갑자기 그랬어."
루빈이 끅끅거리며 말했다. 문을 박차고 들어온 루빈은 왜
그러냐고 묻는 일행에게 대답도 하지 못하고, 비제이의 옷깃
을 붙들고 한참 통곡했다. 이제 간신히 울음을 멈추긴 했지만
여파가 남아 말을 잇기가 힘들었다.
"이상한 점은 없었어? 수상한 사람을 봤다거나."
루빈이 눈물을 닦으며 고개를 저었다.
"후딘, 좀 이상하긴 했어."
비제이가 말했다.
"자꾸 이상한 걸 물어보고."
"그놈, 죽음을 각오했더군."
카오스가 아무렇지도 않게 중얼거린 말에 비제이가 눈을 크
게 떴다.
"그게 무슨 말이야?"

"몰랐냐? 뭐, 원래 그런 놈인지는 모르겠지만 내가 봤을 때 그놈은 죽음을 각오하고 있더군. 죽으러 가는 놈의 눈빛이었 거든."

"후딘이 죽음을 각오했다고? 왜……? 왜 죽음을 각오하지?"

"글쎄다. 내가 알 리 있나."

"찾으러 가야 돼."

비제이가 일어났다. 레이도 따라 일어섰다.

"어디 있는지 알고?"

"멀리 가지는 못했을 거야. 카오스……."

"또 태워달라는 거냐? 망아지 같은 놈."

카오스는 투덜거렸지만 뭉그적거리면서도 일어났다.

"어느 쪽으로 가고 있었어?"

"이쪽."

루빈이 술집 방향을 가리켰다. 술집은 밖으로 향하는 마을 입구 근처에 있었는데, 입구 부근에 사람들이 몰려 있었다. 그 이유는 금방 알 수 있었다.

"핀치잖아?"

몰려든 사람들 사이로 핀치의 거구가 보였다. 어둑해서 얼 굴을 제대로 확인할 수는 없지만, 저만한 거구는 비제이가 알 기론 핀치밖에 없었다.

핀치가 후딘에 대해 알고 있을지도 모른다는 생각에 그들은 서둘러 그쪽으로 향했다.

마을 사람들은 핀치의 모습에 겁을 먹었는지, 수상한 자를 못 들어오게 하기 위해 앞을 막아서긴 했지만 다가서진 못하고 있었다. 비제이 일행도 마을 사람들 눈에 띌 수 없는 처지였기에 두건을 뒤집어쓰고 슬그머니 마을 사람들을 지나쳐 마을 밖으로 나갔다.

뒤에서 핀치의 목소리가 들려왔다.

"흥! 이따위 마을, 내가 안 들어가고 말겠어요!"

말투로 봐선 제니퍼다. 해가 졌으니 제니퍼가 나올 시간이긴 했다.

제니퍼는 콧방귀를 흥흥 뀌며 어이없어 하는 마을 사람들을 뒤로하고 비제이 일행을 따라갔다.

제니퍼의 몸에 가려져서 그 앞을 걸어가는 비제이 일행의 모습은 마을 사람들에게 잘 보이지 않았다. 마을 사람들은 그저 '이곳에 왔던 여행자들이 길을 나서는구나.' 생각할 뿐이다.

제니퍼는 비제이들의 뒤를 따르며 말했다.

"저쪽에 시체가 하나 있어요."

그 말에 루빈이 그대로 굳어버렸다. 비제이가 루빈의 어깨를 다독였다.

"괜찮아. 후딘이 아닐 거야. 후딘이면 제니퍼가 저렇게 여유로울 리 없잖아."

"후딘 님이 왜요? 같이 계신 거 아니었나요?"

제니퍼가 어리둥절해했다.

"설명하자면 길어. 누구 시체인지는 봤어?"

비제이가 고개를 돌려 제니퍼를 쳐다봤다. 제니퍼는 고개를 갸웃했다.

"글쎄요. 죽은 지 오래 지난 것 같던데…… 아, 이런 걸 발견했어요."

제니퍼가 꺼낸 물건을 보자 이번엔 비제이가 굳었다. 무슨 일인가 싶어 돌아본 레이도 그것을 보곤 눈을 크게 떴다.

"왜 그래……?"

하던 루빈도 걸음을 멈췄다.

"왜들 그러세요?"

제니퍼가 얼굴을 붉히며 묻자 비제이가 마법에서 풀린 것처럼 비틀거리며 다가와 제니퍼의 손에 쥐어져 있는 대거를 응시했다.

"제니퍼, 이거…… 이게 뭔지 몰라?"

"뭔데요? 트레저인가요?"

"스콜피언……."

"네?"

"스콜피언 대거야."

"네에?"

쨍그랑.

스콜피언 대거가 바닥에 떨어졌다. 피를 뚝뚝 흘릴 것 같은

붉은빛. 그러나 바닥에 떨어진 대거는 아무 힘없는 빨간 대거
처럼 보였다.

제니퍼는 더러운 물건을 만졌다는 듯 자신의 손을 옷에 북북
문질렀다.

"호오, 스콜피언 대거로군."

카오스가 이를 으득 갈며 대거에 생명이라도 있다는 듯 그것
을 노려봤다. 비제이는 한동안 멍하니 스콜피언 대거를 응시
했다.

"모조품 아니냐?"

레이가 물었다.

"글쎄. 루빈, 어때 보여?"

비제이는 떨어진 대거를 주울 생각도 하지 못하고 물었다.
루빈이 흐느적거리며 다가와 옆에 쭈그리고 앉았다. 가만히
대거를 살펴보던 루빈이 비제이를 올려다봤다.

"비제이, 이거 진품 같아. 도대체 왜 이게 여기에 있는 거
지?"

제니퍼에게 답을 구하듯 모두 제니퍼를 쳐다봤다. 남자들의
시선에 얼굴을 붉힌 제니퍼가 말했다.

"시체가 쥐고 있던걸요."

"시체가? 시체가 이걸 쥐고 있었다고? 정말이야? 그거 정말
시체였어?"

비제이가 제니퍼의 두꺼운 팔뚝을 움켜잡았다. 제니퍼는 놀

란 듯 눈을 크게 떴다.

"네, 너무 썩어버려서 얼굴은 제대로 못 봤지만…… 사람 시체였던 건 확실해요."

"너무 썩었다고? 얼마나 된 것 같았는데?"

"직접……."

제니퍼가 비제이 건너편을 가리켰다.

"가서 확인하세요."

# 4장

후딘의 마지막

그들은 섣불리 시체에 다가가지 못했다.

제니퍼의 말처럼 시체는 완전 썩어버려서 얼굴을 확인할 수가 없었다. 꽤나 오래 지난 듯 보였다.

"오래된 시체는 아냐."

라고 말한 건 루빈이었다.

"봐봐. 몸은 썩었지만 옷은 멀쩡해. 흘러나온 게 묻긴 했지만 굳어버리진 않았어. 만약 오래된 거면 흘러나온 것들이 다 굳었을 거야."

루빈은 역겨운지 자그마한 얼굴을 잔뜩 일그러뜨리고 설명했다.

"뭔가 독에 당해서 죽은 걸 거야. 그래서 원래 속도보다 빨리 썩은 거겠지."

"이 옷…… 타이진이 입고 있던 옷 같군."

레이가 말하자 비제이는 고개를 끄덕였다.

"응, 그런 것 같지? 게다가 스콜피언 대거도……."

비제이는 자신의 손에 들어온 스콜피언 대거를 내려다봤다. 믿을 수 없었다. '그' 스콜피언 대거가 자신의 손에 들어온 것을.

이토록 쉽게 손에 넣게 될 줄은 몰랐다.

"그럼 이놈이 진짜 타이진이란 거냐?"

"잘 모르겠어. 진짜인지, 아닌지. 아직도 남아 있는 타이진이 있는지도 모르겠고."

"흐음, 진짜가 아니었으면 좋겠군."

카오스가 이를 드러냈다.

"그놈은 내 손으로 찢어 죽여야 속이 풀릴 것 같거든. 누구한테 당한지도 모른 채 버려지는 놈한테 레어를 침범당했다는 건 인정 못 해."

"네 레어를 침범한 건 이 타이진일 거야. 스콜피언 대거를 갖고 있던 타이진."

"뭣이야? 이 몸의 레어를 침범할 정도의 놈이 이따위로 죽어 나부러졌다고? 그게 말이 돼?"

"그러게."

꾸욱.

비제이가 대거를 움켜쥐었다.

"누가 이렇게 만든 거지?"

"후딘."

레이가 중얼거렸다.

"후딘이 상대한 게 아닐까?"

"그런가?"

루빈이 겁에 질린 눈으로 비제이를 올려다봤다.

"그럼 후딘은 어디 있는 거야?"

비제이는 대답할 수 없었다.

"후딘이 이 자식을 죽였으면 다시 나타났어야 하잖아. 그런
데 어디에 있는 거야?"

"길이 엇갈렸을지도……."

라고 답하면서도 비제이는 자신의 대답을 의심했다.

정말 그럴까? 단지 길이 엇갈린 것뿐일까? 이쪽에서 마을로
들어가는 입구는 그들이 나온 곳 하나뿐인데.

"비제이 님, 그 대거에 피가 묻어 있어요."

제니퍼가 날카롭게 말했다.

"그러네."

"그 피……."

제니퍼는 뒷말을 잇지 못했다. 무서운 상상이 들었기 때문
이다. 아무도 입을 열지 못했다.

독에 당해 죽어버린 타이진, 스콜피언 대거에 묻은 피.

그것이 의미하는 바는 확실했다.

뚝, 뚝.

루빈의 눈에서 눈물이 떨어졌다. 루빈은 울음소리를 내면 진짜 그 일이 벌어질지도 모른다는 생각에 꾹꾹 소리를 죽이며 울었다.

비제이는 눈을 감았다.

감정이 요동쳤다. 잠재워야 했다. 어느 정도 스콜피언을 다룰 수 있게 됐다고 생각했지만 역시 이럴 땐 폭발하고 만다.

엘라임이 걱정스러운 듯 비제이의 다리에 몸을 문질렀다. 비제이는 정령왕에게서 전해지는 순수한 자연력의 힘을 빌려 가까스로 스콜피언을 억눌렀다.

크르릉.

그러나 마물은 작게 소리를 내 자신의 존재감을 드러냈다.

크르르릉.

잠시라도 긴장을 늦추면 그 육체를 차지하겠다는 듯 경고를 했다.

비제이는 심호흡을 하며 눈을 떴다.

"마물로 변한 건가?"

레이가 중얼거리는 소리에 심장이 내려앉았다.

"그래서 모습을 감추고 있나?"

"아니얏!"

루빈이 경기를 일으켰다.

"아니야! 아니야! 아니야! 후딘이 마물이 되다니! 그럴 리 없어! 후딘은! 후딘은 절대로! 아니얏!"

비제이가 루빈을 끌어안았다.

"진정해, 루빈."

"아냐, 아냐, 아냐, 아냐! 후딘이 왜 마물이 돼! 후딘이 이겼잖아! 후딘이 이겼다구! 후딘이 저 새끼를 이겼단 말이야!"

"루빈……."

"후딘이 왜 마물이 돼? 응? 비제이, 너도 그렇게 생각하는 거야? 후딘이 저 새끼한테 당했을 거라고 생각해? 아니지? 후딘이 당할 리가 없잖아! 응?"

비제이가 입술을 깨물었다. 너무 세게 깨물어 피가 배어 나왔다. 루빈은 그것이 뭘 의미하는지 알았다. 더 이상 버티고 서 있을 수 없어 허물어지는 루빈을 레이가 받아들었다.

"아냐, 아냐. 그럴 리 없어."

루빈이 넋을 잃은 사람처럼 중얼거리며 레이의 가슴에 얼굴을 파묻었다.

"그럴 리 없어. 후딘이 마물이 됐을 리 없어."

레이는 침통한 표정으로 루빈을 내려다보다가 비제이에게 물었다.

"그거, 넌 사용 못 하냐? 그걸로 마물들을 불러낼 수 있지 않을까?"

　"해볼게."

　일단 확인을 해야 했다. 후딘이 어떻게 됐는지 모르는 상태로 여행을 계속할 순 없었다.

　비제이는 스콜피언 대거에 서린 악랄한 감정을 아까부터 계속 느끼고 있었다. 그 사념은 강렬하고 어두워서 비제이의 발목을 잡아 어둠 속으로 가라앉히려고 발악하고 있었다. 자칫 잘못하면 스콜피언 대거에 먹힐지도 모른다.

　'제니퍼는 어떻게 이걸 아무렇지도 않게 들고 있었지?'

　이 정도의 사념이라면 평범한 사람은 한 번에 잡아먹힐 것이다. 스콜피언 대거의 종이 되어 사람들을 찌르고 다니게 될 것이다.

　'신의 왼쪽 눈의 힘인가?'

　비제이는 스콜피언 대거에 서서히 힘을 밀어 넣었다. 사념을 읽는 힘, 받아들이는 힘, 그리고 그것을 달래 다루는 힘. 그것들이 한데 뭉쳐 스콜피언 대거 안으로 스며들었다.

　다들 숨을 죽이고 그 모습을 지켜봤다.

　비제이의 주위로 스멀스멀 어둠이 모여드는 게 그들의 눈에도 똑똑히 보였다. 어둠이 비제이를 감싸려는 순간, 딸그랑 시끄러운 소리와 함께 스콜피언 대거가 비제이의 손에서 떨어졌다.

　"허억, 허억."

　비제이가 가쁜 숨을 몰아쉬었다.

지금껏 트레저를 다루는 비제이가 이토록 힘들어하는 모습을 본 적이 없기에 레이는 인상을 찌푸렸다.

"허억…… 안 돼……."

비제이가 스콜피언 대거에 두려움 담긴 시선을 던졌다.

"마물들에게 닿긴 하는데…… 내 안의 마물한테도 닿아."

그러고 보니 카오스의 얼굴도 창백했다. 비제이의 부름이 카오스가 억누르고 있는 마물에게도 닿은 것이 틀림없었다.

"마물들을 끌어내면 내 안의 마물도, 카오스 안의 마물도 끌려나올 거야. 안 되겠어."

"그걸로 마물을 다 없앨 순 없고?"

"응, 못 하겠어. 무서워, 레이."

"그래, 어쩔 수 없지."

레이가 스콜피언 대거를 집어들려고 하자 루빈이 레이의 팔을 잡았다.

"안 돼, 레이. 잡자마자 먹힐 거야."

"그런가? 그럼 제니퍼는 어떻게……?"

"전 아무렇지도 않던데요?"

제니퍼는 어리둥절한 표정이었다.

"아마 신의 왼쪽 눈에 오랫동안 노출되어 있어서 그럴 거야. 제니퍼, 스콜피언 대거 좀 부탁할게. 그리고 펀치가 깨어나는 대로 스콜피언 대거를 무력화시켜줘."

"비제이 님은 어쩌시려구요?"

"어쩔 수 없어. 어차피 그걸 갖고 있다고 해서 마물을 없앨수 있는 것도 아니고, 이미 마물이 되어버린 사람들은…… 아마 죽었을 거야. 살아 있는 건 변해버린 육체뿐일 거야."

후딘이 마물이 되었을지도 모른다는 생각에 비제이는 한마디 한마디를 이어가는 것이 힘들었다.

"그러니까 더 희생자가 생기기 전에…… 바꿔버려야지."

"비제이 님 말이 맞네요."

제니퍼가 스콜피언 대거를 잡았다. 레이는 그 모습을 보다가 말했다.

"당신은 후딘이랑 꽤 친하지 않았나? 그런데 의외로 담담하군."

"어머, 레이 님은 저까지 의심하는 건가요?"

제니퍼가 눈을 가늘게 뜨고 웃었다. 원래 모습이 어땠는지는 모르겠지만, 지금의 제니퍼는 우락부락한 핀치의 육체를 입고 있었기 때문에 그 모습이 유쾌하진 않았다.

레이는 노골적으로 인상을 찌푸렸다.

"스콜피언 대거에 찔린다는 건 결국 죽는 것 아닌가요? 그렇게 남은 육체에 마물이 쓰이는 거라면서요? 그럼 된 거 아닌가요? 영혼이 괴롭힘을 당하는 것도 아닌데……."

레이는 제니퍼가 한번 죽은 적이 있다는 걸 뒤늦게 기억해냈다. 그러나 레이는 거기서 의심을 그치지 않았다.

"그럼 여기까진 어떻게 알고 온 거지? 후딘이 가기로 했던 건 리텐 제국이었을 텐데.”

“어머!”

제니퍼가 이제야 생각이 났다는 듯 손바닥을 짝 쳤다.

“그러네요. 그럼 그 여자애가 말한 게 후딘 님을 말하는 거였나?”

“그 여자애라니?”

비통한 표정으로 서 있던 비제이가 관심을 보였다. 제니퍼는 검지를 턱에 대고 고개를 옆으로 기울인, 핀치의 거구와는 너무도 어울리지 않는 모습으로 말했다.

“그러니까…… 후딘 님이 가게를 떠나고 나서 이틀쯤 지났을 때였나? 그때 꿈을 꿨어요.”

“꿈?”

“바다 위에 서 있었어요. 물 위에 서 있는 게 이상하게 생각되지 않았죠. 끝없이 펼쳐진 망망대해. 자그마한 섬도 보이지 않는 곳이었어요. 저 멀리서 소란스러운 소리가 들렸죠. 드래곤, 그래요. 영롱한 푸른빛을 띤 드래곤을 봤어요. 뭔가에 부딪친 건지, 끌려가는 건지…… 허우적거리는 드래곤을 보고 있었어요. 굉장하다는 생각을 했죠. 드래곤을 본 건 처음이었거든요. 그래서 멍하니 보고 있는데 찰방거리는 소리가 들렸어요. 드래곤이 내는 소리보다, 작게 찰방거리는 소리가 더 크게 들리는 게 이상해서 그쪽을 쳐다봤죠. 한 소녀가 걸어오고 있었어요. 머리가 긴 비쩍 마른 소녀였는데…… 뭐랄까? 신비

로운 분위기라고 해야 하나? 흐응, 그래요. 자라면 꽤나 요염해지겠구나 싶은 분위기의 소녀였어요.”

제니퍼는 입맛을 다신 후 다시 말을 이었다.

“딱히 무서운 건 아니라서 조용히 쳐다보고 있었더니 소녀는 내 앞에 다가와서 멈췄어요. 그리고 날 올려다보면서 말했죠. ‘바스티안 제르디는 미래를 알고 싶어 하지 않을 거예요. 당신은 어떤가요? 미래를 알고 싶지 않으신가요?’ 그래서 전 대답했죠. ‘당연히 알고 싶지. 어떤 미래가 있는데?’ 아마 핀치였다면 알고 싶지 않다고 대답했겠지만, 전 궁금해서 참을 수가 없었거든요. 호호호호.”

웃을 상황이 아닌데도 제니퍼는 깔깔깔 웃은 후 이야기를 계속했다.

“그 애는 왠지 당황한 것처럼 보였어요. 그러더니 말하더군요. 리텐 제국 근처의 작은 마을로 가라고. 거기 가면 죽은 생명을 살릴 수 있을 거라고. 그래서 전 말했죠. ‘내게는 사람을 살릴 능력이 없단다, 아가야.’ 그랬더니 그 애가 그러더군요. ‘바스티안 제르디에게 선택의 기회를 줄 수 있을 거예요. 이게 제 마지막 예언이에요. 이제 돌은 그의 손으로 넘어갈 테니까요.’ 그리고 꿈에서 깼어요.”

비제이와 루빈은 놀랍다는 표정으로 제니퍼의 이야기를 들었다. 엘버는 비제이와 만나기 전부터 비제이와 만날 것을, 또 절망의 돌을 비제이에게 주게 될 것을 알고 있었다. 그리고 제니퍼에게 예언을 했다.

제니퍼가 고개를 갸웃했다.

"그런데 도대체 바스티안 제르디가 누구죠?"

"……."

"어머! 혹시 비제이 님이 바스티안 제르디였나요? 사라진 제르디 공작가의 아드님? 어머 어머!"

제니퍼가 호들갑스럽게 날뛰는 걸 레이는 오만상을 찌푸리고 쳐다봤다. 제니퍼는 꺅꺅거리며 의문에 감싸인 죽임이 트레저와 관련된 거라고 짐작했었다는 둥, 왠지 고귀해 보이는 것이 귀족이 아닐까 생각했다는 둥 떠들어댔다. 오랜 친구를 잃은 사람의 모습이 아니었다.

한번 죽어본 제니퍼가 이렇게 행동한다는 건, 어쩌면 죽음이라는 게 그리 나쁜 게 아닐지도 모르리란 생각이 들었다.

'하지만…… 난 싫어, 후딘.'

비제이는 남겨지고 싶지 않았다. 더 이상 소중한 사람을 떠나보내기 싫었다.

"그 소녀가 죽은 생명을 살릴 수 있다고 했어?"

"그랬죠. 그 죽은 생명이 후딘인지, 아니면 저기 썩어버린 타이진인지는 모르겠지만."

제니퍼가 눈을 가늘게 뜨고 물었다.

"어쩔 건가요?"

"나한테 선택의 기회를 준다는 건 신의 오른쪽 눈이 가진 힘을 말하는 걸까? 그건 한 번밖에 못 사용하니까.”

“그렇다는 건 아직 그 힘을 사용한 사람이 없다는 말이 되겠군. 그리고 그 돌이 확실하게 생명을 살릴 능력이 있다는 말이고.”

레이의 말에 비제이가 동의하며 덧붙였다.

“그럼 내가 타이진을 살릴 리가 없으니까 후딘이 어딘가에 있다는 거겠네. 마물이 되지 않은 상태로.”

“혹은 마물이 된 상태이지만 벗어날 수 있다는 말일지도 모르지. 너도 그로드의 검으로 한 번 죽이고, 신의 오른쪽 눈으로 다시 살릴 생각이었으니까.”

“그건 아닐 거야.”

조금 진정했는지 루빈이 대꾸했다.

“그로드가 마물이랑 싸울 때 마물들은 그 자리에서 마물의 모습으로 죽었어. 만약 그로드의 검에 마물을 인간으로 되돌리는 힘이 있다면, 그로드의 검으로 죽였을 때 마물이 아닌 원래의 모습으로 돌아갔을 거야. 비제이는 완전히 마물이 된 게 아니라 마물이 비제이 안에 웅크리고 있는 것뿐이니까, 그로드의 검으로 그 안의 마물을 죽여 없애면 돼. 가능성이 있어. 하지만 이미 마물로 변한 건…… 난 솔직히 완전히 마물이 되어버리면…… 더 이상 인간이 아닐 거라고 생각해. 돌아올 정신도, 영혼도 그 육체엔 남아 있지 않을 거야. 만약 남아 있다면…….”

루빈은 후딘에게 들었던 과거의 이야기를 떠올렸다. 비제이의 둘째 형은 가장 먼저 마물로 변해 가족들을 찢어 죽였다.

"그건 너무…… 끔찍하잖아."

레이가 루빈을 내려주고 어깨를 툭툭 쳤다.

"그래, 맞아. 끔찍하지. 그럼 어딘가 후딘의 시체가 있겠지. 두 사람이 싸운 게 이 근처도 아닌 것 같고."

레이는 바닥을 가리켰다. 무성한 풀 때문에 잘 보이진 않지만 점점이 피가 떨어져 있었다. 독 때문인지, 시간이 지나서인지 검은색을 띠는 피였다.

"타이진은 여길 쭉 들어왔을 거야. 후딘이 왜 타이진이랑 붙었는지는 모르겠지만, 아마 사람들 눈에 띄지 않는 곳에서 싸웠겠지."

그들은 뚝뚝 떨어진 피를 따라 걸었다. 피는 중간에서 끊겼다. 하지만 피가 끊긴 곳에서 얼마 가지 않아 후딘의 시체를 찾을 수 있었다.

"후딘!"

죽은 것처럼 보이지 않았다. 가슴에 흥건한 피만 아니라면 죽었다고 생각할 수 없었을 것이다. 날씨 좋은 날, 사랑하는 연인과 누워 흥얼거리다가 잠이 든 것처럼, 후딘은 미소 머금은 얼굴로 눈을 감고 있었다. 흐트러진 옷, 흥건한 피조차도 그 미소를 지울 수 없었다.

"후디이이인!"

루빈이 절규하며 후딘을 향해 뛰어갔다.

"후딘! 후딘!"

루빈은 후딘의 시체를 끌어안고 흔들었다. 축 늘어진 몸이 루빈의 움직임을 따라 흔들렸다. 흔들흔들 흔들리는 머리가 비현실적으로 보여서 비제이는 가까이 다가갈 수가 없었다. 가까이 다가가 후딘의 시체를 만지는 순간, 그것이 모두 현실이 되어버릴 것만 같았다.

그냥 이대로 비현실 속에 놔두고 싶었다. 그러면 혹시 여관에 돌아갔을 때 싱긋 웃으며 담배를 피는 후딘을 발견하게 되지 않을까, 그렇게 바보 같은 생각을 하면서 멍하니 서 있었다.

"후딘! 나, 루빈이야! 후딘, 눈 좀 떠봐!"

루빈이 부질없는 이름을 불렀다.

"후딘, 후딘. 야, 장난치지 말고 눈 뜨라고!"

나중엔 화가 나는지 버럭 성질을 냈다.

정말 비현실적이다.

"신의 오른쪽 눈을 사용할 건가요?"

제니퍼의 말에 비제이는 퍼뜩 정신을 차렸다. 후딘을, 루빈을, 그리고 제니퍼와 레이를, 그 다음에는 카오스를 쳐다봤다.

카오스는 흐음 하고 낮은 소리를 내더니 말했다.

"저놈은 죽음을 각오하고 있었다. 네놈들을 다시 만나기 전부터. 그런데 다시 살리겠다는 거냐?"

"그럼 저대로 놔둬?"

카오스가 후딘을 죽인 것도 아닌데 그의 냉혹한 말에 발끈해 언성이 높아졌다. 카오스는 비제이의 짜증 따위는 아무래도 좋다는 듯 말했다.

"저놈은 애초에 죽음을 각오하고 있었고, 각오한 대로 죽었지. 신의 오른쪽 눈은 네가 사용하기로 되어 있었고. 각오한 죽음을 맞이했는데, 네가 사용하기로 한 신의 영광을 사용해 저놈을 살리는 것. 그게 과연 저놈이 죽음을 각오했을 때 품었던 뜻일지 묻는 거다."

"죽음 후에 뭐가 있는지…… 나는 모르겠어."

비제이는 주먹을 꽉 쥐고 후딘의 시체를 바라봤다. 루빈의 품에 늘어진 찬란한 금발을 눈부신 듯 쳐다봤다.

"제니퍼가 크게 슬퍼하지 않는 걸로 봐서…… 어쩌면 죽음이 더 편한 건지도 모르겠고."

"……"

"하지만 싫어. 이대로 허무하게 후딘을 보낼 순 없어."

"허무? 넌 스콜피언 대거를 든 타이진이란 놈을 죽인 저 녀석의 죽음이 허무하다는 거냐?"

"그래, 허무해! 허무해! 난 스콜피언 대거보다, 내 몸 안의 마물을 죽이는 것보다! 그것보다 더! 더…… 후딘이 담배 피면서 여자 꼬시는 모습을 보고 싶어."

"생각해봐야 할 문제다, 그건."

레이가 딱딱하게 말했다. 슬픔을 드러내지 않기 위해 목소리가 굳어 있는 게 분명했다.

레이는 눈물 대신 침을 삼키고 낮은 목소리로 말했다.

"절망의 돌은 어두운 미래만 예언한다고 했지? 제니퍼의 꿈에 나온 건 그 절망의 돌을 갖고 있었다는 여자, 엘버일 거고. 그렇다면 묻고 싶은 게, 과연 그 여자는 정상이었을까?"

"어?"

"그 여자도 트레저에 먹혀서 한쪽 눈이 사라졌다고 했지? 지금까지 절망의 돌을 가진 사람들은 피와 광기를 보고 싶어 했고. 그 여자는 정상이었을까? 그 여자 역시 피와 광기가 보고 싶어서 제니퍼의 꿈에 나타난 게 아닐까?"

"그런…… 아냐, 그건 아닐 거야."

"왜 아니라고 생각하지? 아니라고 믿고 싶은 거냐?"

"아니, 그게 아니라…… 절망의 돌은 전설에 따르면 오래전에 하이엘프의 성역에 들어가 있었다고 했잖아. 그러니까 어쩌면 절망의 돌에 대한 그 전설 자체가 거짓이었을지도 모른다는 거야."

"거짓이었다고? 그로드와 하이엘프의 성지는 거짓이 아니고?"

"하이엘프 쪽에서 그런 식으로 절망의 돌에 대한 인식을 바꾼 거라면?"

"하이엘프가?"

"예언의 트레저, 그것도 강력한 예언의 트레저야. 생각해봐. 당시 영웅이었던 그로드가 그걸 하이엘프에게 맡기자고 했다고 해서 인간들이 그냥 납득하고 넘어갈 리가 없잖아. 그로드가 살아 있을 때는 그랬을지 몰라도 죽은 후엔 달라. 인간은 탐욕스러워. 트레저 헌터는 특히 더 그래. 트레저를 손에 넣기 위해서라면 무슨 짓이든 해. 목숨을 버리기도 하고. 그런 트레저 헌터들이 절망의 돌을 그냥 놔두려고 했을까?"

"단지 하이엘프의 성지를 찾기 힘들어서 그런 거 아니고?"

"찾으려고만 노력하면 찾는 사람도 있었을 거야. 그래서 하이엘프는 절망의 돌에 대해 다른 소문을 퍼뜨린 거고."

"생명을 갉아먹는 저주의 트레저라고?"

"응, 신의 사념이야. 그것도 창조신의 사념. 창조신의 사념이 인간의 생명을 갉아먹으면서까지 탐욕을 채우려고 할 만큼 악할 리는 없잖아."

"모를 일이지. 악신도 존재하니까. 절망의 돌에 대한 소문은 진짜고, 그 여자가 단지 피와 살육을 보기 위해서 제니퍼의 꿈에 나타나 절망의 돌로 후딘을 살리게 유도한 거라면 어쩔 생각이냐?"

"그렇다는 건, 절망의 돌로 후딘을 살릴 수 있다는 말이겠지."

"어린애 같은 소리하지 마, 비제이. 피와 살육은 이쩔 셈이지? 대륙이 이보다 더 끔찍해지면? 온갖 곳에서 전쟁과 학살이 일어나면? 넌 그걸 막기 위해 움직이는 거 아니냐?"

"성인식을 치른다고 어른이 되는 건 아닌가 봐, 레이."

비제이가 쓸쓸하게 웃었다.

"어릴 적에 난…… 너랑 로에를 보는 게 좋았어."

로에의 이름이 나오자 레이의 표정이 눈에 띄게 굳었다.

"너랑 로에가 결혼해서 아이를 낳고, 그 아이한테 네 비밀을 가르쳐 주면서 깔깔 웃고, 그러다가 너한테 걸려서 혼나고…… 그렇게 살고 싶었어."

"……"

"지금 내게 단 하나의 소망이 있다면……."

비제이가 눈을 감았다. 눈에 고인 눈물이 볼을 타고 흘렀다.

남에게 좀처럼 보이지 않는 눈물이었기에 레이는 가슴이 뜯겨나가는 것 같았다. 눈을 감은 비제이는 사랑하는 글로리아와 너무도 닮아서 그녀가 울고 있다는 착각을 불러일으켰다.

"나는…… 내 곁에 있는 너희들이 결혼을 하고, 아이를 낳아 그 아이들한테 니들 비밀을 가르쳐 줄 거라고 협박하면서…… 니들한테 타박 받으면서……."

비제이가 눈을 뜨고 레이를 올려다봤다.

"그렇게 사는 거야."

"……"

"이기적이지? 그래, 이기적이야. 하지만 세상 다른 사람들이 다 어떻게 돼도 이젠 상관없어. 난 그저…… 난 그저 후딘이 살아 있으면 좋겠어. 평소처럼 낄낄거리면서 야한 농담이나 지껄여댔으면 좋겠어. 나는!"

비제이가 외쳤다.

"나는 후딘 못 보내! 후딘이 어떤 각오를 하고 있었든! 후딘의 긍지가 어떤 거든! 그런 거 상관없어! 나는, 나는 더 이상! 더 이상 소중한 사람을……!"

"그만해."

레이가 한 팔로 비제이를 끌어안았다. 레이의 품에 안긴 비제이의 몸은 안쓰러울 정도로 떨리고 있었다.

평정을 가장했지만 비제이가 느끼는 절망과 슬픔이 얼마나 컸는지, 그것이 고스란히 전해졌다.

"알겠으니까 그만해, 베스."

"으……."

비제이는 오열했다.

아직은 울지 않겠다고, 이 모든 일이 끝나 평안을 되찾을 때까지는 울지 않겠다고 결심했다. 그러나 담아두었던 슬픔이 부풀어 올라 끝내 터지고 말았다.

후딘을 끌어안고 울던 루빈까지도 비제이의 눈물에 놀라 울음을 멈췄다. 비제이는 오랫동안 그렇게 슬픔을 게워냈다.

"그럼 이걸로 후딘을 살릴게."

한참 후 오열을 멈춘 비제이가 신의 오른쪽 눈을 손에 들고 말했다. 그리고 허락을 구하듯 카오스를 쳐다봤다.

"이봐, 비제이. 그 돌은 네가 찾은 거다. 인간 따위가 찾아낸 트레저로 뭘 어떻게 해볼 생각은 없어. 네놈이 쓰고 싶은 대로 써라."

"고마워, 카오스."

"흥."

비제이는 후딘을 향해 다가갔다.

서늘했다. 온기 없이 차가운 시체에 손을 얹었다. 이마 위에 흐트러진 황금빛 머리카락을 뒤로 정리해주었다. 일어났을 때 흐트러진 모습을 보이지 않도록, 민망해하지 않도록.

"후딘, 미안해."

비제이가 검은색 돌을 후딘의 가슴 위에 올려놨다.

"네가 각오하고 있던 죽음이지만…… 난 역시 네가 없으면 안 되겠어."

비제이는 돌을 손바닥으로 덮었다. 그 안에 스민 신의 사념이 느껴졌다. 광대한 사념 앞에서 비제이는 자신이 한없이 작아지는 것을 느꼈다.

사념에는 트레저에서 흔히 느낄 수 있는 악의도, 선의도 묻어 있지 않았다. 탐욕도, 절망도, 슬픔도, 분노도 없었다. 아무 것도 없지만 인간이 모를 무언가는 있었다.

그것은 너무도 크고 너그러워서 자꾸만 눈물이 나게 만드는 무언가였다.

'제발……'

비제이는 자신이 사용할 수 있는 모든 힘을 그곳에 쏟아부었다.

'제발 부탁입니다.'

비제이는 누군지도 모를 존재에게 애원했다.

'간청컨대…… 후딘을…… 후딘을 살려주세요.'

비제이가 갑자기 큰 힘을 사용하자 스콜피언이 꼬리를 세웠다. 마물이 크르렁거렸지만 비제이는 쏟아붓는 힘을 멈추지 않았다. 트레저를 다루는 힘, 그것을 무어라 정의할 수는 없지만 상당한 정신력을 소모하는 건 분명했다.

숨이 턱턱 막힐 때까지, 심장이 뒤틀릴 때까지, 비제이는 힘을 들이부었다.

자연에 퍼져 있는 마나나 자연력을 끌어다 쓰는 것과는 달랐다. 온전히 비제이의 몸 안에 잠재하는 힘을 가져다 써야만 했다.

그 힘엔 한계가 있었다. 다른 사람보다 금방 채워지기는 해도 분명 한계는 존재했다. 그 한계의 끝까지, 밑바닥에 고인 아주 작은 힘까지 가져다가 부었다.

아마도 오랜 시간을 그렇게 했을 것이다. 저문 해가 어느새 서서히 고개를 들 때까지, 비제이는 힘이 채워지면 채워지는 대로 계속해서 힘을 들이부었다.

옷이 땀으로 흥건하게 젖었다. 검붉은 머리카락에서 피처럼 땀이 흘렀다.

차게 식은 후딘의 몸이 조금이라도 따뜻해지면, 아주 약간이라도 생명의 기미를 보이면 숨을 돌릴 생각이었다. 그러나 차가운 몸에는 체온이 돌아오지 않았다. 고개 든 해가 서서히 떠올라 머리 위에 멈출 때까지도 후딘의 몸은 따뜻해지지 않았다.

"비제이, 이제 그만해라."

보다 못한 레이가 비제이의 어깨에 손을 얹었다.

"조금만……."

"반나절이 지났다. 그 돌은 신의 오른쪽 눈이 아니었던 거야."

"조금만!"

"비제이! 이제 그만해."

레이가 비제이의 멱살을 잡아 거칠게 떼어냈다. 비제이는 지푸라기라도 잡는 심정으로 후딘을 쳐다봤다. 기적처럼 후딘이 눈을 뜨고, 그 선명한 푸른 눈동자를 깜빡이길 바라며 후딘을 쳐다봤다.

그러나 후딘은 눈을 뜨지 않았다.

"후디이이이이이이인!"

*　　　*　　　*

비제이는 잠들었다. 너무 오랫동안 힘을 쓴 탓이다. 죽은 듯

이 자는 비제이를 물끄러미 응시하며 레이는 천천히 숨을 쉬었다.

"후딘은 못 살아나는 거야?"

눈물이 그렁그렁한 녹색 눈동자가 레이를 바라보고 있었다. 사파이어 빛 눈동자 안에 작게 웅크린 희망을 짓밟아야 한다는 사실이 슬펐다.

"응."

"저건 신의 오른쪽 눈이 아니었던 거고?"

"어쩌면 신의 오른쪽 눈에 사람을 살리는 힘이 없었을지도 모르지."

"그럼 우린 지금까지 뭘 한 거야?"

"……."

"후딘이 죽인 게 진짜 타이진이 아니면, 저걸로 비제이의 마물을 없앨 수도 없으면…… 그럼 우린 지금까지 뭐한 거야?"

"후딘이 죽었지."

"……."

"후딘은 자기가 죽인 녀석이 진짜 타이진이라고 믿고 죽었으면 좋겠다."

"우욱……."

후딘의 죽음을 실감한 루빈이 토악질을 해댔다. 레이는 가만히 루빈의 등을 두드려주며 후딘의 시체를 응시했다.

가슴 위에 가지런히 모아둔 두 손. 잠자는 듯 보이지만 평소

에 후딘의 거친 잠버릇을 아는 레이는 후딘이 저렇게 곱게 잠
잘 리 없다고 생각했다.

'그래, 죽었구나.'

아까까지는 받아들이지 못했다. 꿈을 꾸는 기분이었다. 그
러나 이젠 알겠다. 후딘은 저런 자세로 자지 않으니까.

'정말 죽었구나, 너.'

콧등이 시큰해졌다.

'아, 후딘.'

가슴이 울렁거렸다.

'너…… 정말 죽은 거구나.'

담배를 물고 낄낄거리며, 여자는 자고로 가슴이 커야 하는
법이라고 농지거리를 내뱉던 후딘은 이제 없다. 담배 연기로
뿌연 가게에 들어갈 일도, 끌끌거리며 타박하는 소리를 들을
일도 이제는 없다.

'이런…….'

볼을 타고 흐르는 뜨거운 것이 눈물이라는 걸 뒤늦게 깨달았
다. 기사가 된 후로 몇 번의 눈물을 흘렸던가.

한 번?

그래, 단 한 번의 눈물을 흘렸다.

비제이의 가족에게 그런 일이 생겼을 때.

그리고 지금이 두 번째다.

기사의 눈물은 최악이다. 보호하기 위해, 승리하기 위해 기

사가 되면 보호할 사람을 위해, 그 칼에 죽은 자를 위해, 승리에 환호할 자들을 위해 울지 말아야 한다. 슬픔의 감정은 감춰야 한다.

그러나 레이는 흐르는 눈물을 닦을 생각도 하지 못하고 멍하니 후딘을 바라봤다.

'나도 진짜 최악의 기사로군. 그렇지, 후딘?'

후딘이 봤다면 깔깔 웃으며 놀려댔을 것이다.

이제 다 관두고 싶다. 모든 것을 내려두고 싶다.

"인간은 나약하군."

카오스가 중얼거리는 소리에 정신을 차렸다. 카오스는 비제이의 옆에 앉아 있었다. 바람이 붉은 머리카락을 스치고 지나갔다. 그림 같은 모습이었다.

"죽음이 그리 무섭나? 누구나 죽어가는 것, 고작 빨리 죽었을 뿐인데."

"비제이는…… 많은 죽음을 겪었으니까요."

"비제이보다는 기사인 네가 더 많이 겪었겠지. 그래서 네놈도 우는 건가?"

"네, 저는 친구의 죽음 앞에서 의연할 수 있을 만큼 강한 자가 아닌 모양입니다."

"기사가 남의 앞에서 눈물을 흘리는 것이 강하다는 증거 아닌가? 눈물을 흘려도 비웃을 자가 없을 만큼 강하기에, 너는 흐르는 눈물조차 닦을 생각을 하지 않는 거겠지."

“그렇게 보아주시니 감사합니다.”

“이걸로 비제이도, 나도 평생을 마물을 안고 살아갈 운명이 된 건가.”

“유감입니다.”

“뭐, 좋다. 인간의 생은 짧지. 저 녀석이 죽을 때까지 내가 보살펴줘야겠군.”

“저도 보살필 수 있습니다.”

“글쎄. 네놈이 비제이보다 오래 살 거란 보장 있냐?”

“저는 약속했습니다.”

“글로리아라는 여자와 말이냐? 그게 비제이의 누이였지?”

“네.”

“그리고 너의 연인이었고?”

“네.”

“죽어버린 연인과의 약속을 지키는 기사라. 뭐, 좋다. 지혜의 드래곤 카오스 님이 네놈 하나 더 책임진다고 해서 달라질 건 없겠지.”

“아니, 그럴 필요는 없습니다.”

“사양할 것 없다.”

카오스가 몸을 일으켰다.

“네놈들은 절대로 죽게 하지 않겠다. 비제이 놈이 저 꼴을 하고 있는 걸 보니 기분이 영 더럽거든. 네놈이 죽으면 비제이는 또 저런 꼴을 보이겠지. 형편없어. 인간의 나약함을 고스란히 드러내는 꼴은 정말 형편없어. 앞으로 두 번 다시는 보기 싫은 꼴이야.”

카오스는 투덜거리며 후딘의 시체를 번쩍 안아들었다.

“무, 무엇을 하시려고……?”

“이 녀석이 말했지. 코산으로 가라고.”

“아…….”

“죽음을 각오했을 때 한 말이니 분명 의미가 있겠지. 더 늦어지기 전에 떠나는 게 좋지 않나?”

“그렇군요.”

“그럼 내가 마차 빌려올게.”

루빈이 나섰다.

루빈은 눈이 퉁퉁 부어 있었다. 코도 빨갰다. 하지만 후딘의 마지막 유언이니 힘을 내야겠다고 생각한 것 같았다.

“부탁 좀 할게.”

함부로 얼굴을 드러내고 다닐 수 없는 레이는 걱정스러웠지만 루빈에게 부탁했다. 자고 있는 비제이의 귀걸이를 톡톡 건드리자 헤라가 나왔다. 헤라는 후딘의 시체를 보고는 크게 한숨을 쉬고 루빈의 어깨에 앉았다.

“루, 죽음은 무서운 게 아냐.”

헤라가 루빈의 머리를 쓸며 말했다.

“하지만 남겨진 사람들한테는 무서워.”

“걱정 마, 루빈.”

헤라가 루빈의 머리를 보듬어 안았다.

"나는 죽지 않으니까."

후딘의 죽음 때문인지, 헤라가 함께 있어주겠다고 하는 말조차 슬퍼서 루빈의 입가 근육이 실룩거렸다. 루빈은 훌쩍거리며 마을로 향했다.

제니퍼는 잠드는 낮의 시간. 육체를 차지한 핀치는 후딘의 시체 앞에서 넋 놓고 울었다. 핀치가 우는 소리에 비제이가 잠에서 깼다.

"눈물이 바다가 되겠네."

"죄, 죄송해요. 죄송해요, 비제이 님. 그저 저는……."

"죄송할 거 없어, 핀치. 나도 너처럼 울었는걸."

"우아아아앙."

핀치는 더 빨리 올 걸 그랬다고, 오는 길에 길옆에서 잠깐 자는 게 아니었다고 자신을 탓했다.

항상 그렇다.

누군가 떠나가면 남겨진 사람은 더 잘해줄 걸 그랬다고 후회를 하게 된다. 떠나간 사람은 편할지 모르겠지만 남겨진 사람은 후회와 슬픔에서 허우적거린다.

후딘의 평화로운 미소가 보일 때마다 가슴이 저몄다.

"사두마차네. 핀치가 들어가기엔 좁겠는데?"

"그래서 말도 빌려왔어. 튼튼해 보이니까 핀치도 탈 수 있지 않을까?”

“저, 저는 걸어가도 돼요. 마차 속도를 따라잡을 수 있어요.”

“안 돼. 힘들잖아, 핀치.”

“아니요, 그 정도는 힘들지 않아요. 늘 걸어 다녔으니까요.”

핀치는 말에게 무리를 주고 싶지 않다고 고집을 피웠다.

비제이는 마차의 한쪽 좌석에 후딘을 눕혔다. 날이 점점 따뜻해지고 있어서 계속 이대로 데리고 다니면 금방 썩어 악취를 풍길 것이다. 하지만 후딘을 아무 데나 묻고 싶지 않았다. 적어도 후딘이 살던 가게 근처에 묻어주고 싶었다.

“후딘은 왜 코산으로 가라고 했을까?”

마차가 달리기 시작했다. 좋은 마차가 아니라서 요란한 소리가 났다. 많이 흔들려서 오래 타고 있으면 멀미에 고생할 것 같았다.

“타이진이란 놈과 관련이 있는 거겠지.”

카오스가 중얼거리듯 대꾸했다.

“타이진이랑?”

“그래, 후딘은 날 만났을 때부터 죽음을 각오한 눈빛이었고, 네놈에게 이상한 말을 건넸지. 그렇다는 건 결국 후딘이 타이진의 움직임을 파악하고 있었다는 거고, 어쩌면 타이진이랑 모종의 거래를 했을지도 모른다는 뜻 아니겠냐?”

“후딘이 타이진과 내통했단 말인가?”

레이의 말에 카오스가 고개를 저었다.

"그건 아니지. 후딘은 아마도 타이진의 제안을 받아들일 수밖에 없는 상황이었고, 그 제안은 아마도 코산에 있는 무언가와 관련이 있을 거라는 생각이 드는데? 타이진을 죽이고, 어쩌면 자신도 죽는다. 하지만 비제이에게 코산에 가라고 말해뒀다. 그래서 저렇게 웃고 있는 거겠지."

카오스가 후딘의 시체를 가리켰다.

"네놈이 코산에서 뭘 찾게 될 거라고 생각하면서."

비제이는 눈을 감았다. 후딘의 시체를 계속 지켜보는 게 힘들었다. 아직도 실감이 나지 않는다. 당장이라도 일어나 '여어, 배고픈데.' 라고 말할 것만 같다.

"여어, 배고픈데? 우리 어디 가는 거냐?"

묘하게 현실적으로 들려오는 목소리에 비제이는 주먹을 꽉 움켜쥐었다. 슬픔이 환청을 만들어낸다. 가족들이 죽었을 때도 한동안 그들이 자신을 부르는 목소리에 시달렸다. 아니, 그 환청에 매달렸다.

"마차 한번 겁나게 흔들리는군."

매달리고 싶다. 후딘의 환청에 매달리고 싶다.

"좀 좋은 마차로 빌릴 것이지, 돈도 많은 것들이. 이게 라트의 영웅, 붉은 기사가 타고 다닐 법한 마차냐? 이래서야 여자를 들일 수도 없잖아."

"그러게."

결국 매달리고 말았다.

너무 평소와 똑같아서, 환청조차 평소의 장난기와 빈정거림을 담고 있어서, 도저히 무시할 수가 없었다.

잠시뿐이라면 괜찮겠지, 이 마차가 다음 쉴 곳에 도착할 때까지라면 이 환청에 매달려도 괜찮겠지, 조금만, 반나절만이라도 후딘이 살아 있다는 착각에 빠져 있어도 괜찮겠지.

비제이는 울컥 눈물이 나는 것을 간신히 삼키고 덧붙였다.

"그럼 네가 빌려오지 그랬어?"

"누가 빌려올 틈이나 줬냐? 지들이 멋대로 빌려놓고. 배고프다."

"후……딘……?"

루빈의 목소리가 들렸다. 바로 옆에서 들려오는 목소리는 현실이다. 루빈도 환청을 듣는 걸까?

'나랑 같은 환청을…… 그럴 리가!'

눈을 떴다.

후딘이 보였다.

눈을 감고 미소 짓는 창백한 후딘이 아니었다. 싸늘하게 식어 움직이지 않는 후딘이 아니었다.

후딘은 찔린 배가 아픈 듯 슬슬 문지르며 잔뜩 찌푸린 표정으로 비제이와 루빈을 쳐다보고 있었다.

"뭐냐? 왜들 그렇게 쳐다봐? 귀신이라도 본 것마냥."

"……"

마차 안의 누구도 입을 열지 못했다.

　단체로 환각을 보고 있는 걸지도 모른다는 생각에 석상처럼 굳어 후딘을 쳐다봤다.

　"뭘 그렇게 보냐고. 아, 그런데 우리 지금 코산으로 가는 거냐? 혹시…… 타이진 녀석, 봤냐? 내가 그 녀석을 베었거든. 독 묻힌 칼로. 설마 안 죽었나? 어? 그러고 보니……."

　후딘이 고개를 갸웃했다.

　"이상하네? 나 심장을 제대로 찔렀던 것 같은데."

　"살……아……."

　루빈이 헐떡거리며 입술을 달싹였다.

　"살아……났……어……."

　"뭐? 뭔 말이야?"

　후딘은 지금 이 상황을 이해할 수 없는 듯했다. 이해할 수 없기는 비제이 일행도 마찬가지였다.

　후딘은 죽었다. 신의 오른쪽 눈은 통하지 않았다. 싸늘한 시체를 마차에 실었고, 시체였던 후딘이 살아났다. 흑마법이나 주술 따위에 걸려 살아난 것이 아니다. 생생하게 빛나는 푸른 눈동자와 핏기 도는 피부는 분명 멀쩡하게 살아 있는 사람의 것이다.

　'통한 거야.'

　신의 오른쪽 눈은 진짜였다.

　'그게 통한 거야.'

　비제이는 숨도 쉬지 못하고 후딘을 끌어안았다. 비제이의 품에 안겨 후딘이 쑥스럽게 웃었다.

"뭐야, 뭐야. 난 남자한테 관심 없는데……."

"신의 오른쪽 눈이 통한 거야!"

루빈이 외쳤다.

"후딘이 살아났어! 레이, 비제이, 카오스, 핀치! 후딘이 살아났다구!"

루빈이 만세를 불렀다. 마차 옆에서 걷고 있던 핀치가 마차 문을 벌컥 열었다.

"후, 후딘 님이 살아나셨나요? 으허어어엉. 저, 저는 진짜로 후딘 님이 돌아가신 줄만 알고. 신의 오른쪽 눈이 안 통하는 줄만 알고…… 어허어어어엉. 자, 잘됐습니다. 정말 잘됐어요. 후딘 님, 으허어어엉."

"신의 오른쪽 눈이라니……."

후딘의 표정이 굳었다.

"무슨 소리야? 비제이, 너……."

후딘이 비제이의 어깨를 잡아 자신에게서 떨어뜨렸다. 후딘은 이글이글 타는 눈으로 비제이를 노려봤다.

"너…… 무슨 짓을 한 거냐, 비제이? 너 설마, 신의 오른쪽 눈을 나한테 사용한 거냐? 그런 거야?"

"응, 후딘. 그걸 사용했어. 그게 진짜였어."

"왜, 왜 그런 짓을 했어, 이 자식아!"

후딘이 절규하듯 외쳤다.

“이 자식! 그런 거였어? 난 한 번 죽었던 거였군. 그런데 네 놈이 신의 오른쪽 눈으로 날 살려낸 거야. 그런 거야? 응?”

“그래, 후딘. 내가 그 트레저로 널 살렸어.”

“왜! 그건 네가 사용했어야지. 그건 네가 사용하기로 되어 있었잖아! 난, 난 죽을 각오를 했었다구!”

“난 각오 따위 못 했어!”

비제이도 언성을 높였다.

“너 혼자만 각오하면 다야? 후딘, 난 널 잃을 각오가 안 됐어! 앞으로도 영원히 널 잃을 각오 따위 하지 않을 거야! 그래서 널 살렸어. 네가 없이는 안 될 것 같으니까. 나는…… 나는 네가 결혼하는 걸 보고 싶으니까!”

후딘은 말문이 막힌 듯 입을 다물었다가 레이에게 화살을 돌렸다.

“왜 안 말렸냐, 영웅 나리.”

“그 트레저는 비제이 것이니 비제이 쓰고 싶은 데 써야지. 그리고…… 나도 각오가 안 되기는 마찬가지니까.”

“이 멍청한 놈들! 그게 말이 돼? 비제이 너, 평생 마물을 안은 채로 살아야 돼. 그게 뭔 뜻인지 알아? 너 평생 그러고 살아야 한다고!”

“상관없어. 그런 건 아무래도 좋아. 그러니까 후딘, 네 멋대로 죽을 각오 같은 거 하지 마.”

비제이의 눈엔 후회가 없었다. 후딘이 살아났다는 기쁨으로 넘치는 비제이의 시선을 받으며, 후딘은 한숨을 쉬었다.

이런 걸 바란 게 아니었다. 타이진에게 비제이를 죽이겠다고 말했을 때부터 죽음은 각오했다. 늘 도망만 치던 삶이다. 이번만큼은 도망치지 않기로 했다.

소중한 사람들을 위해 죽는 거, 꽤 괜찮은 거라고 생각했다. 심장을 찌르는 순간에도 후회 따윈 없었다. 루빈을 때려서 기절시킨 게 마음에 걸리긴 했지만 언젠가는 다들 알아줄 거라고 생각하고 편하게 눈을 감았다.

그런데 결국 살아났다. 그것도 비제이가 사용하기로 되어 있던 신의 오른쪽 눈을 사용해서.

그건 딱 한 번만 사용할 수 있다고 했다. 그런 걸 사용해서 자신을 살려주었으니 고맙다. 무지하게 고맙지만 그 이상으로 안타까움이 컸다.

"왜……."

후딘은 미간을 좁히고 비제이의 머리를 쓸어 넘겼다.

"왜 그런 짓을 한 거냐, 비제이."

비제이가 웃었다. 일말의 후회도, 미련도 없는 경쾌한 미소였다.

"넌 내 가족이잖아, 후딘. 더 이상 가족을 잃고 싶지 않아."

"멍청한 놈."

신의 오른쪽 눈은 찢어진 심장을 아물게 하고, 스콜피언 대거에 당한 상처를 소독해주었다. 그러나 아직도 따끔따끔한

쓰라림이 남아 있었다.

배를 문지르며 후딘이 물었다.

"배 안 고프냐? 핀치 녀석도 한참 걸어간 것 같은데 잠깐 쉬었다 가자. 조용하게 할 얘기도 있고."

길을 떠난 지 얼마 되지 않았지만, 죽었다 살아난 후딘의 제안이다. 다들 반대하지 않았다. 후딘은 낄낄 웃으며,

"말 잘 듣는데? 죽다 살아나는 것도 괜찮구만."

하고 중얼거려 루빈에게 호되게 맞았다.

마차를 세우고 다들 마차에서 내렸다. 핀치는 아직도 후딘이 다시 살아났다는 감동 때문에 코를 훌쩍거리고 있었다.

핀치가 말들을 돌보는 동안, 간단한 식사 준비를 끝냈다. 죽었다가 살아난 후딘은 주위에서 말리는 것도 듣지 않고 요리 솜씨를 발휘했다.

육포와 오래된 야채를 넣어 스튜를 끓였는데 꽤 향기가 좋았다. 루빈이 마차를 빌려오는 길에 산 빵도 꺼냈다.

그때까지는 평화로웠다.

5장

끝없는 탑

　해가 지기 시작했다. 후딘의 몸 상태를 생각해서 하루 자고 갈 생각이었기 때문에 그들은 어두워지는 걸 상관하지 않았다.

　"코산엔 왜 가라고 한 거냐? 거기에 뭔가 있냐?"

　레이가 물었다. 배불리 먹고 담배를 태우던 후딘의 표정이 굳었다. 후딘은 어떻게 말해야 좋을지 모르겠다는 듯 잠시 망설이다가 그동안 있었던 일에 대해 이야기했다.

　리텐으로 향하다가 타이진을 만난 것, 타이진이 보여준 무언가, 그것에게 해코지하지 않는 대가로 아버지와 비제이 중 하나를 죽여야만 했던 선택 등등.

　"타이진이 보여준 게 뭔데? 왜 그것 때문에 목숨까지 걸어야 했던 거야?”

비제이의 질문에 후딘은 크게 한숨을 쉬었다.

“뭐라고 해야 할까…….”

후딘은 곤란한 듯 비제이와 레이의 얼굴을 한 번씩 쳐다보고는 다시 고개를 숙였다. 항상 뻔뻔한 후딘이 저 정도로 곤란해하는 걸 보면, 타이진이 보여준 것이 심상치 않은 것임은 분명했다.

비제이와 레이는 재촉하지 않고 후딘이 말해주기를 기다렸다. 뻐끔뻐끔 연기를 뿜어내던 후딘이 꽁초만 남은 담배를 바닥에 비벼 끄며 애써 아무렇지도 않게 물었다.

“로에가 살아 있으면 어쩔래?”

처음엔 그 질문의 의미를 파악하지 못했다. 그래서 아무 대답도 하지 못하고, 비제이와 레이 둘 다 멍하니 후딘을 쳐다봤다.

후딘은 그런 두 사람을 흘끗 보고는 비제이에게 시선을 고정시켰다.

“비제이, 너. 글로리아가 살아 있으면 어쩔래?”

“…….”

“흠, 그러니까 내 말은…… 글로리아가 살아 있어.”

빠직.

레이의 손에 쥐여 있던 나무 컵이 부서졌다. 레이는 차가운 눈으로 후딘을 노려봤다.

“그런 농담은 하지 마라, 후딘.”

"그, 그래, 후딘. 아무리 너라도 그런 장난은 좀 심해. 죽다 살아났어도 그런 건……."

비제이가 어색하게 웃으며 말했다.

"그런 걸로 농담할 것 같냐?"

후딘의 눈엔 장난기가 없었다. 진지한 푸른 눈동자가 두 사람을 향했다.

"타이진이 코산에서 내게 보여준 건, 로에였어. 그 정도는 돼야 내가 목숨을 걸지 않겠어?"

"거짓말."

레이의 음성이 떨렸다.

"거짓말하지 마."

크게 동요하는 레이를 루빈이 걱정스러운 듯 쳐다봤다. 레이는 주위를 살필 겨를이 없었다.

"로에는…… 그날……."

그 끔찍한 사건이 있던 날, 글로리아는 죽었다.

글로리아가 죽어서 레이의 심장도 죽었다. 그러나 글로리아의 부탁이 남아 있었다. 비제이를 행복하게 해달라는.

그래서 살았다. 기를 쓰고 살았다.

단 하루도 글로리아의 미소를, 눈빛을, 음성을 잊은 적이 없다. 떠올릴 때마다 그리워서 죽고 싶었다. 죽어서 글로리아의 곁으로 가고 싶었다.

그러나 견뎠다. 생이 다하는 날까지는 비제이를 지키겠다고, 글로리아의 부탁을 들어주겠다고 결심하고 살았다.

　그렇게 몇 년이 지났다.

　"물론…… 인간의 모습은 아냐."

　후딘의 말에 심장이 쿵 내려앉았다.

　그건 더 끔찍한 일이다.

　"하지만 분명 글로리아였어."

　으득.

　신음이 흘러나올 것 같아 이를 악물었다. 심장이 끓는다. 혈관이 터질 것처럼 뛰었다.

　"그날, 사건이 있었을 때 저택은 엉망이었어. 우린 도망쳐야만 했고. 뜯겨서 죽은 시체가 너무 많아서 누가 누군지도 파악할 수 없었어. 브라이언이랑 공작님이 죽는 건 내 눈으로 봤어. 하지만…… 로에는 못 봤어."

　"그만!"

　레이가 비명을 지르듯 외쳤다.

　"그런 소리……."

　"끔찍하지. 알아, 끔찍한데……."

　후딘이 레이를 올려다봤다. 레이는 일어서서 부들부들 떨고 있었다. 결코 무너지지 않는 무심한 기사 레이가 동요하는 모습은 가슴 아팠다.

　"그래도 글로리아였어."

　붉은 기사 헤레이스가 무너졌다.

레이는 힘을 다한 인형처럼 나무에 기대어 스르륵 주저앉았다. 검을 움켜쥔 손이 덜덜 떨렸다.

입술을 깨물고 후딘의 말을 듣던 비제이가 입을 열었다.

"그러니까 네 말은…… 우리 누나가 마물로 변했다는 거야?"

애써 평정을 가장했지만 말끝이 떨렸다.

"그래, 비제이. 타이진은 글로리아를 마물로 만들었어."

"마물……이었어?"

"응, 하지만 타이진이 부리는 것처럼 보이진 않더라."

"왜?"

"코산에 마을 회관이 있는데, 거기에 비밀 장소가 있어. 그 장소를 지나가면 방이 나오고, 그 방에 또 다른 비밀 문이 있어. 그 문을 열면 거기 글로리아가 있어. 묶어놨더라. 양팔, 다리를 못 움직이게."

"어떻게 글로리아라는 걸 알았어?"

"남아 있잖아. 마물이 돼도 원래 모습이 어느 정도는. 글로리아는…… 그래, 글로리아는 내 가족이야. 가족의 모습을 잘못 볼 순 없겠지."

"응, 그렇겠지."

비제이가 마른침을 삼켰다.

"타이진이 로에를 죽인다고 협박했어? 그래서 네 목숨을 건 거야?"

“그래.”

“바보 같았네, 정말.”

비제이가 쓸쓸하게 웃었다.

“로에가 아냐, 그건.”

“뭐? 그럼 내가 잘못 봤다는 거냐?”

“아니, 그런 게 아니라…….”

비제이의 눈동자가 슬픔에 젖었다.

“로에는 여기 있어.”

비제이가 자기 가슴을 두드렸다.

“그건 그저 로에의 육체일 뿐이야. 진짜 로에는 죽었어. 마물이 되면…… 그건 더 이상 그 사람이 아냐. 죽는 거야. 니들도 알잖아. 그건…… 로에가 아냐.”

“하지만…… 로에의 모습이었어.”

“응, 알아. 그래서 타이진의 말을 들을 수밖에 없었던 거겠지. 어쩌면 나도…… 그랬을 테니까.”

“왜 타이진은 로에를 그렇게 만든 거지? 보니까 로에를 부릴 수도 없는 것 같던데.”

“부릴 수 없는 게 아니라 부리지 않은 걸 거야.”

비제이가 담담하게 말했다.

“부리지 않았다니? 왜?”

“왜냐하면…… 타이진은 로에를 사랑했으니까.”

“뭐?”

후딘이 놀랐고, 레이도 고개를 들었다.

"타이진이 로에를 사랑했다고?"

레이의 질문에 비제이가 고개를 끄덕였다.

"응, 사랑했어. 네가 로에를 사랑하듯이 타이진도 로에를 사랑했어. 신분의 차 때문에 고백할 수 없었지만."

"……."

"곁에 두려고 마물로 만들었겠지. 그렇지 않으면 곁에 둘 수 없었을 테니까. 하지만 궂은일은 시킬 수 없어서 그런 곳에 가둬둔 거겠지. 그게 더 이상 로에가 아니라는 걸 알면서도."

"요……."

레이가 일어났다. 검푸른 눈에 안광이 번뜩였다.

"용서할 수 없다, 타이진."

"레이."

"로에를…… 감히 로에를…… 나의…… 로에를……!"

눈물이 글썽거렸다. 비제이는 착잡한 표정으로 레이를 올려다봤다.

"레이."

"로에가 그렇게 고통받는데 난 여기서 뭘 하고 있는 거냐? 당장 코산으로……."

비제이가 벌떡 일어나 레이의 팔을 잡았다. 레이는 당장이라도 말을 타고 코산으로 향할 기세였다. 항상 냉철하던 눈동자는 사랑하는 연인을 잃은 남자의 죽어가는 눈빛으로 변해 있었다.

“로에가 아냐.”

“이거 놔라, 비제이.”

“그건 로에가 아냐! 로에의 껍데기를 쓴 마물이야!”

“로에가 그 무엇으로 변했든 로에는 로에야.”

“아니, 로에가 아냐. 로에는…… 로에는 내가 위험할 때마다 내 손을 잡아줬어. 로에는 거기 없어!”

“놔라, 비제이.”

“레이!”

“나는 네가 신의 오른쪽 눈을 어디에 쓰든 너의 선택에 맡겼다. 이건 내 선택이다, 비제이. 내 앞길을 막지 마.”

“레이…….”

비제이의 손에서 힘이 빠졌다. 레이가 이렇게까지 말한다면 더 이상 막을 방법이 없었다.

글로리아가 아니다. 그곳에 있는 건 절대로 글로리아가 아니지만, 레이의 마음을 이해하지 못하는 건 아니었다.

비제이가 놓자마자 레이는 그대로 말에 올라 달리기 시작했다. 레이의 모습이 어둠에 묻힐 때까지 비제이는 조용히 그 뒷모습을 지켜봤다.

“왜 안 붙잡았냐?”

후딘의 질문에 비제이는 그냥 한숨만 쉬었다.

“넌 묘하게 침착하구나, 비제이. 글로리아는 네 누이라면서.”

카오스가 말했다.

"아마 나도 로에를 만나지 못했더라면 이렇게 침착할 수 없었을 거야."

"꿈에서 만난 거 말이냐?"

"아니, 그건 꿈이 아니었어. 꿈에서도 종종 봤어. 하지만 그땐 달랐어. 그때, 로에는…… 진짜였어. 그러니까 그 마물이 어떤 모습을 하고 있든 로에가 아니라는 걸 알아. 로에는 여기 있어."

비제이가 자기 가슴에 손을 댔다.

"여기에 있어. 레이도 만났더라면 좋았을 텐데."

"흐음, 만약 네 말대로 로에가 진짜 널 찾아온 거라면, 왜 레이한텐 안 찾아갔지? 로에 녀석, 레이를 사랑했었잖아."

"레이는 강하잖아."

비제이가 빙긋 웃으며 말했다.

"난 믿음직스럽지 못하지만, 레이는 아주 많이 강하니까, 그래서 로에가 믿고 있으니까 레이한텐 찾아가지 않은 걸 거야."

"그럼 이제 어쩔 거냐?"

"코산으로 가야지. 원래 거기로 가려고 했으니까."

"레이 녀석도 코산으로 갔겠지? 따라가 볼까?"

"레이를 따라잡을 순 없을걸."

비제이가 마차로 향했다. 말들은 많이 달리지 않았기에 상태가 좋았다.

"레이가 로에를 아니, 그 마물을 데리고 어디로 숨어버리면 어쩌게?"

"그땐 찾아내야지."

"그리고?"

"그 마물을 죽일 거야."

"그게 최선일까?"

그들은 마차에 올랐다. 마차가 달리기 시작했다. 덜커덩거리는 소리에 대화가 잘 이어지지 않아서 후딘은 목소리를 높였다.

"굳이 진짜 로에가 아니더라도 레이가 그걸로 만족한다면, 그냥 놔두는 것도 괜찮지 않겠냐? 그래도 그 마물, 타이진이 신경 써서 그런 건지 로에의 원래 모습이랑 상당히 비슷하거든. 그리고 난…… 솔직히 그렇게라도 로에가 살아 있으면 좋겠고."

"안 돼."

비제이의 대답은 단호했다.

"그건 우리 누나가 원하는 게 아냐. 그리고 난……."

비제이는 작은 창문으로 쏜살같이 지나가는 풍경에 눈을 돌렸다. 뭔가 말하려는 듯 입술을 달싹이긴 했지만 결국은 굳게 입을 다물었다.

"이런 거, 빨리 끝나버렸음 좋겠어."

루빈이 칭얼거렸다. 비제이가 고개를 끄덕였다.

"응, 정말 그랬음 좋겠다."

*　　*　　*

정신없이 달렸다. 어디를 지나쳤는지도 모르겠다. 중간에 말을 몇 번이나 바꿔 탔는지도 모르겠다.

밥도 먹지 않고, 잠도 자지 않았다. 옷과 머리에 흙먼지가 끼었지만 개의치 않았다. 흐트러진 차림새 따위는 아무래도 좋았다.

글로리아가 있다.

이 길의 끝에 글로리아가 있다.

그것만 생각하면 쉴 수가 없었다. 숨을 돌릴 틈도 없었다.

달리는 건 말인데 레이의 숨이 가빠왔다. 중간에 몇 번인가 피곤과 흔들림, 긴장이 겹쳐서 속을 게워낼 뻔했다.

하지만 그 시간조차 아까워 내리지 않고 계속 달렸다.

‘글로리아…….’

알고 있다.

스콜피언 대거에 찔려 마물이 되면 그것은 더 이상 원래의 인간이 아니라는 것을 알고 있다. 그래서 비제이가 마물로 변하는 순간, 비제이의 목을 베어주겠다고 약속까지 하지 않았던가.

하지만…….

‘그럴 수 없어.’

비제이가 마물로 변하면 그 목을 베지 못할 것이다. 그것 때문에 얼마나 오랜 시간 번민에 시달렸던가. 혹여 비제이가 마물로 변해 그 목을 베어야 하는 순간에 처할까 봐, 몇 번이나 악몽을 꾸어왔던가.

아무리 마물로 변했어도 결국은 소중한 사람이다. 소중한 사람을 벨 수 있을 리 없다.

글로리아도 마찬가지다.

마물로 변했어도 그 안에 글로리아의 눈이 남아 있다면, 글로리아의 입술이 남아 있다면, 그건 글로리아다.

"그건 로에가 아냐! 로에의 껍데기를 쓴 마물이야!"

누구보다도 누나를 아꼈던 비제이는 어떻게 그렇게 단호할 수 있었을까? 오히려 비제이가 글로리아를 구해야 한다고 날뛸 줄 알았다. 겉으론 안 그래 보여도 사실은 냉정한 후딘조차도 그것이 글로리아라 생각하고 목숨을 버릴 각오까지 했다.

그러나 정작 비제이는 그렇지 않았다. 놀랄 정도로 냉정하게 대처했다.

'그래, 그게 비제이의 대단한 점이겠지. 하지만 난 그럴 수 없어.'

타이진이 비제이에게 열등감을 느꼈다고 했던가.

그건 레이도 마찬가지였다. 그 어떤 일에도 크게 동요하지 않고, 동요하더라도 웃으며 상황을 넘길 수 있는 비제이가 부러웠다.

하지만 그뿐이다. 부러움, 비제이처럼 되고 싶은 소망, 그리고 약간의 열등감.

그것 때문에 우정이 깨지진 않는다.

그래서 타이진을 용서할 수가 없다. 비제이는 타이진을 이해할 수 있다고 했지만.

'용서 못 해.'

빌어먹을 열등감 때문에 죄 없는 공작 가문을 파멸시켰다. 아들이 아버지를, 형을 죽이게 만드는 상황을 만들어냈다. 게다가 글로리아까지…….

'글로리아.'

글로리아까지 마물로 만들어버렸다.

만약 그 안에 글로리아가 갇혀 있다면? 그 긴 시간, 마물의 안에 갇혀 괴로워하고 있었다면?

그럼 자신도 용서할 수 없게 된다. 그걸 모르고 느긋하게 여행이나 즐겼던 자기 자신을 용서할 수 없게 된다.

코산이 코앞이다.

글로리아의 생각으로 머리가 꽉 찬 레이는 근처에 함정이 있을 거라는 생각은 하지도 못했다.

말이 줄에 걸려 넘어지고, 땅에 뒹굴었다. 동시에 어딘가에 설치된 화살이 날아왔다.

레이는 화살을 피하지 못했다.

푹.

화살은 어깨와 등에 꽂혔다.

인기척은 없다. 타이진이 만약을 위해 설치해둔 함정이리라.

말은 목과 배에 몇 개의 화살을 맞고 꿈틀거리고 있었다.

"미안하다."

레이는 단숨에 말의 목을 베어버렸다. 고통을 덜어주기 위해서였다.

말의 움직임이 멈췄다. 레이는 코산 입구를 향해 걸음을 옮겼다. 어깨와 등에 꽂힌 화살을 뽑지 못해 상처가 욱신욱신 쑤셔왔다. 하지만 그보다 가슴이 더 아파서 몸의 통증을 잊었다.

'독이군.'

혈관이 팽팽하게 당겨졌다.

'여기서 죽을 순 없지.'

몸에 퍼지는 독 따위 무시하고 몇 초라도 빨리 글로리아를 만나고 싶다. 그러나 독이 완전히 퍼져버리면 죽게 될지도 모른다.

레이는 어지간한 해독제는 전부 구비하고 있었다. 독이 뭔지 확실하게 파악하지 않고 해독제란 해독제는 다 꺼내 마셨다. 해독제이지만 사용 방법에 따라서는 독이 되기도 한다. 이런 식으로 마시면 몸에 무리가 갈 것이 뻔하지만 상관없었다.

글로리아를 볼 수 있다면.

식도가 타들어가는 듯 아팠다. 그래도 레이는 멈추지 않았다.

코산 입구로 들어갔다. 폐허가 된 마을을 감상할 여유는 없었다. 곧장 마을 회관이 있는 곳으로 걸어갔다.

‘비밀 문이라고 했나? 마법으로 만든 건가? 아니면 트레저?’

비밀 문을 찾는 게 힘들긴 하겠지만 곤란할 건 없다. 어쨌든 공간이 존재한다는 거고, 존재한다면 부숴서라도 찾으면 된다.

레이는 쓰러질 것 같은 마을 회관에 들어가 닥치는 대로 벽을 베었다. 허름한 마을 회관은 네 번의 칼질로 한쪽 면이 완전히 허물어졌다. 그 뒤엔 아무것도 없었다. 이번엔 다른 쪽을 향해 칼을 휘둘렀다. 계속 다른 쪽, 다른 쪽, 다른 쪽으로.

그렇게 허물어진 벽 사이로 계단이 나타났다.

계단을 내려가자 방이 하나 나왔다.

지하에 있는 곳이라 마을 회관처럼 쉽게 무너지면 큰일이다. 하지만 레이는 그것조차 상관하지 않고 벽을 베었다.

이번엔 쉽게 찾았다.

첫 번째로 선택한 벽면 뒤에 비밀 공간이 있었다.

누린내가 확 풍겨왔다. 시체 썩는 냄새 같기도 하고, 오물이 썩는 냄새 같기도 했다.

이런 곳에 글로리아가 있다는 생각에 가슴이 저몄다.

어두워서 안이 잘 보이지 않았다. 레이는 주위를 둘러보다가 벽에 있는 등을 발견했다. 부싯돌로 불을 붙이자 내부의 모습이 확실하게 보였다.

구석에 쌓아올린 수상쩍은 상자, 바닥에 굴러다니는 그릇, 그리고…….

'글로리아.'

글로리아가 있었다.

지금까지 타이진이 부리는 마물을 봤을 땐 그게 인간이라고 생각된 적이 없다. 그러나 글로리아는 다르다. 이건 단지 글로리아를 사랑하는 마음 때문이 아니다.

타이진의 배려였을까?

글로리아는 마물보다는 인간에 가까운 모습을 하고 있었다. 갸름한 턱선이라든지, 커다란 눈은 전과 똑같았다.

그 눈동자가 레이를 향하고 있었다.

"글로리아……."

레이는 비틀거리며 글로리아를 향해 다가갔다.

"아아, 로에……."

글로리아가 고개를 갸웃했다.

그때보다 우락부락해지기는 했지만 그래도 역시 사랑스러운 모습이다. 도톰한 입술도, 오뚝한 코도 그대로였다.

"로에……."

크르르르릉.

짐승이 우는 소리가 났다.

퍼뜩 놀라 뒤를 돌아봤지만 사실은 그 소리가 자신의 앞에 있는 글로리아에게서 났다는 것을 알고 있다. 단지 부정하고 싶을 뿐이다.

“로에…….”

크르르르릉.

철컹, 처커덩.

레이가 다가가자 글로리아가 위협적으로 몸을 틀었다. 하지만 팔과 다리에 채워진 족쇄가 벽에 딱 박혀 있어 그 이상은 움직이지 못했다.

크아아앙.

글로리아가 입을 벌렸다.

입술 안엔 더 이상 고르고 하얀 이가 존재하지 않았다. 날카롭고 긴 이빨이 들쑥날쑥하게 돋아 있었다. 축축한 붉은 혀를 날름거리며 글로리아는 레이를 물어뜯으려는 듯 얼굴을 내밀었다.

철컹.

그러나 쇠사슬 때문에 가까이 다가오진 못했다.

레이의 얼굴이 괴로움으로 일그러졌다.

“로에, 나야.”

해독제를 한꺼번에 마신 탓인지, 아니면 아까 당한 독 탓인지 온몸이 타들어가듯 아프다.

“레이야.”

크아아아아.

글로리아는 대답 대신 울부짖었다. 땅속 깊은 곳에 똬리를 튼 괴물이 내는 것처럼 불길한 소리였다.

“로에…….”

레이는 글로리아를 향해 다가갔다.

"내가 널 얼마나 그리워했는지…… 너는 알까?"

크르르르르.

글로리아와 비슷한 얼굴이 레이를 잡아먹고 싶어서 침을 뚝뚝 흘렸다. 그 침이 독처럼 레이의 심장을 후벼 팠다.

"미안하다, 로에. 이렇게 오랫동안 혼자 놔둬서."

이제 다 상관없다는 기분이다.

비제이도, 세상도, 트레저도, 타이진도. 이젠 다 아무래도 좋다. 이 앞에 있는 것이 글로리아든, 아니든. 그것도 이제 상관없다.

그 사건이 일어났을 때 죽었어야 할 목숨이다. 그러나 죽지 않고 살아 이때까지 왔다. 저 날카로운 이빨과 손톱에 뜯겨 죽더라도 나쁘지 않을 거란 생각이 들었다.

"그래, 로에. 이제 같이 있을게."

레이는 글로리아를 향해 더 가까이 걸어갔다.

까르르르.

글로리아의 손톱이 레이의 목을 스치기 전, 뒤에서 웃음소리가 들려왔다. 아침에 우는 새처럼 경쾌한 웃음소리였다.

레이는 우뚝 멈춰 뒤를 돌아봤다. 간발의 차로 날카로운 손톱이 레이의 목덜미를 살짝 긋고 지나갔다.

'누가 있는 건가?'

레이는 조금 정신을 차렸다.

"무슨 소리예요."

그 음성이 누구의 것인지 또렷하게 기억하고 있다. 단 한순간도 잊은 적 없는 목소리.

레이는 눈을 크게 뜨고 다시 글로리아를 쳐다봤다.

크르르릉.

글로리아는 여전히 깊은 곳에서 울리는 어둠의 소리를 뿜어냈다.

"늘 같이 있는걸요."

그 목소리는 글로리아가 있는 곳에서 들려온 게 아니다. 분명 뒤쪽에서 들렸다. 그것도 바로 뒤.

그러나 뒤엔 아무도 없다. 누군가가 여기까지 접근하는데, 아무리 정신이 없다곤 해도 그 기척을 모를 리가 없다.

"항상 같이 있었잖아요, 오라버니."

그 말을 듣는 순간 깨달았다. 비제이가 왜 침착할 수 있었는지.

글로리아가 마물로 변했다는 말에 그토록 침착하고 냉정하게 대처할 수 있었던 이유를 이제야 알 수 있었다.

"그런…… 거였나……."

레이의 얼굴은 슬픔으로 일그러졌지만 입은 미소를 짓고 있었다.

"그래…… 그런 거였군……."

목이 메었다.

레이는 쇠사슬에서 빠져나오려고 몸을 흔드는 글로리아를
쳐다봤다.

"너는 글로리아가 아니었던 거군……."

레이가 검을 뽑았다.

"그래서 베스가 그렇게…… 행동했던 거군."

쇠악.

검이 움직였다. 날카로운 검은 순식간에 글로리아의 아니,
마물의 목을 베어냈다. 글로리아와 비슷하게 생긴 그 머리가
바닥에 툭 떨어져 레이의 발치로 굴러왔다.

레이는 가늘게 호흡하며 그 옆에 앉았다.

마물의 생명력은 끈질겨서 목이 떨어져 나갔는데도 보고 있
는 사람이 괴로울 정도로 움직여댔다. 레이는 그 움직임이 멈
출 때까지 굴러온 머리에 손을 얹고 가만히 지켜봤다.

움직임이 멈췄을 때 레이는 눈을 감았다.

"글로리아……."

늘 함께 있어온 그녀의 이름을 작게 부르면서.

*　　*　　*

레이가 눈을 떴을 땐 몸 위에 따뜻한 것이 덮여 있었다. 쨍
쨍한 햇살에 눈을 찌푸렸다.

빵을 굽는 냄새와 홍차 냄새가 코를 간질였다.

주위를 둘러보자 익숙한 물건들이 보였다. 잠시 어딘지 고민하다가 후딘의 가게라는 걸 깨달았다.

타는 듯한 고통에 눈을 감았던 게 기억난다. 이 손으로 글로리아의 목을 베었던 것도.

'아니, 그건 로에가 아니었지.'

"정신 차렸어?"

쨍쨍한 목소리에 고개를 돌리니 베개 옆에 핑이 아니, 헤라가 앉아 있었다.

"핑."

"헤라야, 헤라. 뿌지직에서 비롯된 그런 이상한 이름은 그만두라구."

"아, 그래. 헤라."

"해독제를 얼마나 마셨던 거야? 그거 막 마시면 죽는 거 몰라?"

"급해서."

"흐응. 뭐, 좀 더 늦었으면 넌 꼴깍 죽었을 거야. 신전에 가서 치료까지 받고 오느라 난리였어."

"얼마나 지났지?"

"일주일."

"벌써 그렇게 됐나? 끝없는 탑에는?"

"당연히 못 갔지. 네가 그렇게 됐는데 널 놔두고 갈 애들이니? 어쨌든 살아나서 다행이구나."

“그래.”

레이는 눈을 감았다. 밖에서 비제이와 루빈이 떠드는 목소리가 들려왔다. 타이진이나 마물 같은 사건이 거짓말처럼 느껴질 만큼 평화로운 목소리였다.

“그 마물은 네가 죽인 거니?”

“응, 시체는?”

“묻어줬어. 일단은 글로리아의 육체였으니까. 뭐, 그런 육체가 무슨 의미가 있는지 모르겠지만.”

“그런가.”

“그렇잖아. 육체를 벗어나도 살아남을 방법은 얼마든지 있어. 나도 그렇고, 제니퍼도 그렇고. 네 눈으로 봤으면서도 모르겠니?”

“내가 어리석었네.”

“그렇지. 네 덕분에 끝없는 탑에 가는 길도 많이 늦어졌고.”

“그건 너무 차가운 말인데? 이래 봬도 병자인데 말이야.”

“어머, 농담을 받아치는 거 보니 여유가 좀 생긴 모양이네? 그동안은 세상이 망하기라도 한 것처럼 인상만 쓰고 다니더니.”

“하하.”

“흐응.”

눈을 뜨자 헤라가 고개를 갸웃하는 게 보였다.

“너 글로리아를 만났구나?”

“그래.”

“믿음직스럽지 못한 남자네.”

“응?”

“비제이가 그랬거든. 글로리아가 자기한테만 나타나고 너한테 나타나지 않는 건 자긴 믿음직스럽지 못해서고, 넌 믿음직스러워서라고. 그런데 글로리아가 너한테 나타날 정도였으니 네가 얼마나 못 미더웠으면 그랬을까?”

“그것도 그러네.”

레이가 싱긋 웃었다.

잘 웃지 않는 레이의 미소를 황홀하다는 듯 쳐다보던 헤라가 고개를 저었다.

“정말 얼굴만큼은 내 스타일이라니까. 내 생전에 만났더라면 바로 내 노예로 삼아줬을 텐데.”

“지금 만나서 정말 다행이군.”

“어머, 내 노예가 됐으면 개처럼 편하게 살 수 있었어. 내 발을 핥으면서.”

“아쉬워해야 하는 건가?”

“좋은 기회를 놓친 거야, 넌. 내 발을 허락받을 수 있는 남자는 별로 없었으니까.”

헤라가 짓궂게 웃었다.

“레이, 깨어났어?”

마침 들어오던 루빈이 눈을 휘둥그레 떴다.

“그래.”

“이거 몇 갠지 보여?”

루빈이 손가락 세 개를 들었다.

“열 개.”

놀려주고 싶은 마음에 대답했더니 루빈의 표정이 대번에 일그러졌다. 녹색 눈동자가 부풀어 오르다가 곧 방울져 떨어졌다.

“레, 레이. 눈이 안 보이는 거야? 역시 해독제가 너무 독했던 거야? 으아아앙.”

“어? 아, 아니…… 저기…….”

격한 반응에 레이가 당황했다.

“나쁜 남자네, 어린애를 울리고. 레이, 넌 정말 위독한 상황이었다구. 다들 네가 죽은 줄 알았었어. 우리가 발견했을 땐 숨도 안 쉬고 있었거든.”

헤라가 타박을 줬다.

“이런…… 루빈, 아냐. 보인다. 세 개.”

“어? 저, 정말? 그럼 이건?”

루빈이 코를 훌쩍거리며 손가락 네 개를 들었다. 또 놀려주고 싶었지만 꾹 참고 대답했다.

“네 개.”

“아, 진짜! 뭐야, 레이! 짜증 나! 너 같은 거! 에이 씨! 괜히 걱정했잖아!”

속았다는 걸 깨달은 루빈이 빽 소리를 치고 나가버렸다.

"정말 못된 남자야."

이번엔 후딘이 들어왔다. 후딘은 환자가 있다는 걸 개의치 않고 담배를 뻑뻑 피워댔다.

"여어, 죽지 않았군. 유감이다."

"그래, 유감이다."

"딱 죽은 줄만 알았는데. 살아나자마자 어린애를 울리냐?"

"나쁜 남자잖냐."

"아니까 다행이군. 배고프냐?"

"아직은."

"배고프면 말해라. 죽이라도 끓여줄게."

"미안하다."

"고맙다고 해야지, 인마."

후딘이 낄낄 웃으며 나갈 때 헤라도 같이 나갔다. 그러자 빈 방에 조용히 누워 있을 틈도 없이 비제이가 들어왔다.

비제이는 침대 옆에 조용히 앉아서 레이의 얼굴을 물끄러미 응시했다. 비제이는 먼저 말을 꺼낼 생각이 없는 듯했다. 결국 레이가 입을 열었다.

"흉한 꼴을 보였다. 미안하다."

"친구잖아. 내 발가벗은 모습을 본 적도 있으면서, 뭘."

"그래, 끔찍한 기억이지."

"히히."

비제이는 아무 일도 없었던 것처럼 웃었다.

"난 네가 죽는 줄 알았어. 다음부터는 그러지 마."

"그래."

"그럼 이걸로 나한테 빚 하나 진 거다?"

"대체 왜?"

"야, 네가 쓰러진 걸 제일 먼저 발견한 것도 나고, 널 업고 뛴 것도 나라구. 이 정도면 은혜를 갚아야 하지 않나, 헤레이스 경? 은혜도 모르는 기사였던가?"

"젠장."

그때와 똑같은 수법으로 낚였다.

"몸 상태는 좀 어때?"

"멀쩡해."

"로에를 만났어?"

"그래."

"믿음직스럽지 못하네."

"그래, 평생 한으로 남을 거다."

"히히, 앞으로 안 그러면 되지. 로에는 정말 여기 있었지?"

비제이가 레이의 가슴을 툭툭 두드렸다. 레이는 가볍게 고개를 끄덕였다.

"오늘 푹 쉬어. 내일 가이안으로 갈 거야."

"끝없는 탑으로 가는 건가?"

"응."

"타이진이 있을 것 같냐?"

“모르겠어.”

“만약 없다면?”

“만날 때까지 찾아야겠지.”

“만약 있다면? 거기서 이 빌어먹을 일도 끝이 나는 건가?”

“글쎄. 하지만 분명 타이진과 나의 과거는 청산이 되겠지.”

잠시 침묵이 흘렀다.

밖에서 핀치와 후딘이 뭔가에 대해 이야기하는 소리가 들렸다. 마당에서 들리는 까르르 소리는 루빈의 웃음소리. 후끈한 열기가 여기까지 느껴지는 것을 보면 카오스에게 마법을 배우는 모양이다.

“폐하는 왕궁으로 돌아오고 계셔. 네가 덮어쓴 죄는 사라졌고. 나도 뭐, 범죄자에선 벗어난 것 같아.”

“평범한 사기꾼으로 돌아간 거냐?”

“응, 다행이지?”

“다행이라고 해야 할지…….”

“이번 일이 끝나면 여행을 가자.”

“여행?”

“응, 긴 여행.”

“긴 여행이라.”

“로에는 사막 나라를 동경했어.”

“그랬지. 서걱거리는 모래가 끝없이 펼쳐진 땅을 밟고 싶다고 했었지.”

이상한 일이다. 글로리아에 대한 이야기를 하는 것이 아무렇지도 않았다. 슬픔과 그리움은 남았지만 전처럼 괴롭지 않다.

"제니퍼가 사막을 잘 안대. 우리 다 같이 사막에 가보자. 거기 오래된 전설의 신전이 있대. 어쩌면 굉장한 트레저가 있을지도 몰라."

"나쁘지 않겠군."

그 후로 두 사람은 아무 말 없이 앉아 창문 밖으로 저물어가는 해를 지켜봤다. 그곳은 후딘의 가게였지만 그 순간만큼은 오래전 사라진 공작 저택에 앉아 있는 것처럼 느껴졌다.

*　　*　　*

비제이 일행은 끝없는 탑 앞까지 카오스를 타고 갔다. 탑의 숲을 통해 갔다면 분명 몇 번이나 길을 잃어 이렇게 빨리 도착하진 못했을 것이다. 탑의 숲까지 열흘, 탑의 숲에서 끝없는 탑까지 몇 개월이고 걸릴 길을 카오스 덕분에 이틀도 안 돼서 도착했다.

비제이도 끝없는 탑을 가까이에서 본 건 처음이었다. 늘 숲에 농락당해 길을 잃고 헤매다가 숲 밖으로 내뱉어졌기 때문이다.

"굉장하십니다."

카오스를 처음 타본 레이는 위대한 드래곤을 타고 날아왔다는 감격에서 헤어나오질 못했다. 몇 번이나 굉장하다는 말을 중얼거리는 레이를 보며 카오스는 흡족한 듯 웃었다.

"네놈은 몇 번 더 태워주도록 하지."

다루기 쉬운 드래곤이다.

엘라임은 입이 근질근질한 듯했지만 꼬리를 할짝거리는 걸로 참았다.

"그나저나 기분 나쁜 숲이군. 우럴 밀어내고 싶어 하는 것 같은데?"

카오스가 숲으로 예리한 시선을 던지며 투덜거렸다.

아직 해가 떠 있는 시간이지만 이곳은 태양의 신 아펠론의 축복을 받지 못한 듯, 어쩌면 태양의 신 아펠론이 두려워 가까이 오지 못하는 듯 어두웠다.

그렇다고 완전히 캄캄한 건 아니었다. 분명 빛은 존재하는데 그것은 태양이 보내준 빛이 아니다. 그렇다고 발광체가 어딘가 존재하는 것도 아닌데 숲은 어둡지 않았다.

"탑도 기분 나쁘네, 카오스 님. 으앗! 왜 때려?"

후딘이 담배를 꺼내다가 루빈에게 손등을 얻어맞았다.

"바보야, 탑이 바로 앞에 있어도 탑의 숲이 변하면 우린 길을 잃게 돼. 이런 데서 그런 거 폈다가 숲이 노하기라도 하면 어떻게 해?"

"맞아, 후딘. 여기선 아무것도 안 하는 게 좋을 거야."

비제이가 루빈의 말에 동의했다. 골초 후딘은 굉장히 충격

받은 듯 다른 사람들을 쳐다봤지만 다들 후딘을 무시했다.

"야, 그럼 비제이. 넌 여기 들어올 때마다 뭘 먹고 산 거냐? 아무것도 못 하는 거면, 먹지도 못했을 거 아냐?"

"가끔 먹을 게 나타날 때도 있거든. 아무도 없는 빈집에 음식이 차려져 있을 때도 있고. 그럴 때만 먹었어."

"숲이 허락할 때만 먹었단 거냐?"

"응, 며칠 동안 아무것도 나오지 않을 땐 정말 내 다리라도 뜯어 먹고 싶더라."

비제이는 고개를 절레절레 저었다.

후딘은 혀를 차며 '독한 놈.'이라고 중얼거리곤 담배를 집어넣었다. 겁 없는 비제이가 그렇게 할 정도라면 분명 이유가 있을 것이다.

"그래, 저 밖에서도 살아남았는데 이런 데서 죽을 순 없지."

끝없는 탑은 생각처럼 크진 않았다. 어디에서나 볼 수 있는 전망대 높이의 평범한 탑이었다. 오래 돼서 변색된 어두운 색의 벽은 보는 사람을 주눅 들게 만들었다. 어쩌면 신의 힘이 깃든 곳이란 생각 때문인지도 몰랐다.

하지만 카오스는 그렇지도 않은지 성큼성큼 탑을 향해 걸어갔다.

"카, 카오스!"

루빈이 카오스의 허리에 매달렸다. 그러자 카오스는 인상을 찌푸렸다.

"왜 잡냐, 꼬마."

"꼬마 아니거든? 그리고 함부로 다가가지 마. 끝없는 탑이 무슨 힘을 갖고 있는지는 아무도 모른다구."

"어떤 힘을 갖고 있든, 저기에 진짜 타이진이 있을지도 모른다는 건 사실 아니냐?"

"그렇긴 하지만……."

"그럼 상관없어."

카오스가 루빈을 뿌리쳤다. 휘청거리는 루빈을 후딘이 '어이쿠.' 하며 부축해줬다.

"인간 따위에게 내 레어를 침범당하는 순간, 나는 죽음보다 치욕스러운 시간을 보냈지. 그놈을 찢어 없애는 것이 내가 다시 살아날 길. 신의 사념 따윈 아무래도 좋다."

카오스는 망설임 없이 걸어갔다. 루빈이 말리라는 뜻으로 비제이를 쳐다봤지만 비제이는 고개를 저었다.

"카오스는 이걸 위해 나랑 다닌 거야. 타이진이랑 얘기를 하려면 내가 카오스보다 먼저 타이진을 찾아야겠지?"

비제이도 탑으로 향했다. 레이가 비제이의 어깨를 붙잡았다.

"저 안에 들어갈 생각이냐?"

"저 안에 있지 않을까?"

"안 돼!"

루빈이 크게 외치며 비제이를 뒤에서 단단히 끌어안았다.

"그건 절대 안 돼! 저 안에 들어가면 너도 못 빠져나와. 아니면 너도 타이진처럼 분열되겠지. 네 안에도 마물이 있으니까. 그건 절대로 안 돼. 못 보내!”

“내 생각도 마찬가지다, 비제이. 널 탑에 들여보내기 위해 여기까지 온 게 아냐.”

“그럼 타이진을 찾을 수가 없잖아.”

“진짜 타이진이 저 안에 있을지, 없을지도 모르는데 저 안엘 들어가겠다고?”

“줄을 매고 들어갈 거야.”

“그렇게 쉬운 거였다면 타이진이 그렇게 분열되지도 않았겠지.”

“그럼 어쩌란 거야, 레이.”

찰싹.

옆에서 듣고 있던 후딘이 비제이의 뺨을 가볍게 때렸다.

“인마, 넌 타이진 일이라면 너무 정신을 못 차려. 자꾸 이러면 질투해버린다?”

“뭐, 뭐야, 후딘. 징그럽게.”

“너한테 무슨 일이 생기면 죽이는 건 우리야. 넌 네 목숨을 우리한테 맡겼으면서, 중요한 순간엔 다 내팽개치고 탑으로 들어가겠다고? 네가 저 탑에 들어가서 마물로 변해버리면, 그땐 우리가 죽여줄 것 같냐? 그냥 내버려둘 거다, 이 자식아.”

후딘이 싸늘하게 말했다.

“우린 그 개자식을 찾으러 왔지만 만약 이 근처에 없다면 그걸로 된 거야. 만약 그놈이 빠져나왔다면 스콜피언 대거를 갖고 있던 놈이 진짜 타이진이었겠지. 그럼 그걸로 상황 끝. 가짜 놈들만 찾아서 다 죽여버리고 교황청을 엿 먹이면 되는 거야. 그리고 만약 못 빠져나왔다면……."

후딘이 비제이를 노려봤다.

"구할 생각하지 마. 어차피 구하지도 못할뿐더러, 난 그런 개자식을 구하는 데 반대니까."

"하지만 타이진은……."

"어떤 이유가 됐든 상관없어! 열등감? 신분 차? 지랄 말라고 해. 뭐가 됐든 그놈은 네 가족을 죽이고, 널 이 지경으로 만들었어. 네가 저 탑 안으로 들어가서 타이진을 구할 생각이라면……."

"……."

"더럽고 치사하겠지만 선택해. 네 옆에 있는 우리인지, 아니면 널 버린 타이진인지."

후딘의 말투는 장난스러웠지만 눈빛은 진심이었다. 비제이는 자신이 저 탑에 들어가는 순간, 후딘이 자신을 떠날 것임을 깨달았다.

"뭐야, 후딘."

비제이가 아랫입술을 깨물었다.

"그렇게 말하는 게 어딨어?"

"여기 있다, 이 자식아."

"그럼 어떻게 해? 어쩌면 저 안에 타이진이 있을지도 모르는데…… 저 안에서 영원을 떠돌게 놔두라는 거야?"

"응, 그렇게 놔둬."

레이가 단호하게 말했다.

"난 타이진이 영원을 떠돌든, 저기서 죽었든 상관없다. 우린 더 이상 과거에 묻혀 살 수 없어. 타이진의 열등감과 어린애 같은 투정에 맞춰주는 건 여기까지다. 지금 여기로 진짜 타이진이 우릴 만나러 오지 않는다면 그걸로 된 거야."

"만나러 오진 못할 것 같은데?"

레이의 말에 대꾸한 건 카오스였다. 카오스는 휘적휘적 걸어오고 있었다. 엘라임은 카오스를 보호하기 위해 원래 모습으로 돌아갔는지 시원한 물의 기척만 느껴질 뿐 보이진 않았다.

"카오스, 탑 안에 들어간 거 아니었어?"

루빈이 눈을 동그랗게 떴다.

"미쳤냐? 나도 생명 중한 줄 아는 놈이야, 왜 이래?"

"하지만 아깐 죽음보다 치욕스러웠다고……."

"치욕도 살아 있어야 느끼는 거지."

카오스는 민망함도 없이 대뜸 대답하고는 엄지로 어깨 뒤를 가리켰다.

"탑 가까이 가는 걸로는 영향이 없는 것 같더군. 그래서 주위를 쭉 둘러봤지."

"타, 타이진을 발견한 거야?"

비제이가 달려들 듯 물었다. 카오스가 웃는 것 같기도 하고, 찡그린 것 같기도 한 묘한 표정을 지었다.

"발견을 했다고 해야 할지……."

"어디에 있는데?"

레이가 검을 뽑았다. 보자마자 죽일 생각인 게 틀림없었다.

"탑 뒤쪽."

파앗.

레이가 한 발 빨랐다.

비제이가 뒤늦게 레이의 뒤를 따랐다. 후딘과 루빈, 핀치도 두 사람의 뒤를 따라 달렸다.

탑의 뒤쪽까지 가는 데는 오래 걸리지 않는다. 그러나 레이라면 비제이가 도착하기 전 타이진을 산산조각 낼 수 있을 만큼 빠르다. 비제이는 숨도 쉬지 않고 레이를 따라잡으려 했지만 레이는 이미 탑 뒤로 모습을 감춘 후였다.

"레이! 잠깐만! 나 잠깐만 타이진이랑……!"

글로리아를 그렇게 만든 타이진을 당장에 죽이고 싶은 레이의 마음은 이해한다. 레이를 말릴 생각은 없었다. 그러나 아주 잠깐이라도, 아주 잠깐이라도 타이진과 대화를 나누고 싶었다. 아니, 그 눈을 똑바로 마주하고 싶었다.

하지만 레이를 따라잡을 수가 없었다.

비제이가 도착했을 때, 레이는 검을 아래로 늘어뜨리고 서 있었다.

‘죽인 건가?’

그러나 레이의 발치에는 아무것도 없었다. 검에도 피가 묻어 있지 않았다.

원래 레이는 검에 피를 묻히지 않고 상대를 죽이기로 유명하다. 하지만 아무리 레이라도 시체를 없애지는 못한다.

"레이……."

타이진은 어디에 있냐고 물어보려던 비제이는 레이가 탑의 한 지점을 뚫어져라 응시하고 있다는 것을 깨달았다. 레이의 시선이 꽂힌 방향을 따라 비제이도 시선을 옮겼다.

그곳에 있는 것을 보는 순간, 비제이는 레이가 타이진을 죽이지 못했다는 걸 깨달았다.

타이진은 살아 있었다.

탑에 융합된 채로.

＊　　＊　　＊

참으로 길고 긴 시간이었다.

시간의 흐름은 상대적이라서 행복할 때의 시간은 쏜살같이 지나지만, 고통스러울 때의 시간은 멈춘 것처럼 느껴진다.

그리하여 참으로 길고 긴 시간이었다.

후작에게 속았다는 것을, 자신의 손으로 가족을 죽였다는 것을 깨달은 후 시간은 멈춰버렸다. 후작은 타이진의 입을 다물게 하기 위해 끝없는 탑으로 던져버렸다. 평소라면 이길 수 있었을지도 모르겠다. 그러나 그때의 타이진은 제정신이 아니었다.

어둡고 끝없는 시간을 헤맸다.

끝없는 탑은 타이진을 어딘가로 보내고 싶어 했다. 가끔 한 번도 본 적 없는 이상한 건물이 보일 때도 있고, 쇠로 만들어진 마차가 말도 없이 달리는 걸 본 적도 있었다.

그제야 끝없는 탑이 다른 세계로 넘어가는 공간이라는 것을 깨달았다.

차라리 알지 못하는 세계로 떨어지고 싶었다. 이 세계에서의 마지막은 너무도 추악하고 끔찍했기에, 모르는 곳에서 모든 것을 잊고 살고 싶었다.

그러나 몸 안의 마물이 그러도록 놔두질 않았다.

끌어당기려는 탑의 힘과 나가려는 마물의 힘이 부딪쳐 육체가 탑과 융화되었다. 끔찍한 고통이었다. 몸이 쇠와 겹쳐지고, 심장이 반쯤 굳어버렸다. 너무나 절망스러워 비명을 질렀지만 도우러 오는 사람은 아무도 없었다.

반쯤 나온 얼굴은 탑의 숲과 마주했다.

평소에는 어둡고 눅눅해서 거리를 두던 숲이지만 그 숲마저 평온하게 느껴졌다. 평생을 탑의 숲에서 살아도 되니, 이 끔찍한 고통에서 벗어나고 싶었다.

육체는 탑과 융합되었지만 마물과 탑의 싸움은 끝나지 않았다.

몸 안에 웅크린 마물은 타이진의 어두운 감정을 끌어내 또 하나의 타이진을 만들어버렸다. 새롭게 만들어진 타이진은 원래의 육체로부터 튕겨지듯 탑의 숲으로 밀려났다.

"그래, 걱정하지 마."

또 다른 타이진은 탑에 융합된 타이진을 보고 웃었다.

"반드시 비제이를 죽일게."

그런 게 아니다.

비제이를 죽이고 싶은 게 아니다.

그러나 또 다른 타이진은 깔깔 웃으며 사라져갔다.

그렇게 몇 번이나 또 다른 타이진이 만들어졌는지 모르겠다. 자신의 안에 이토록 많은 어둠이 있었다는 것에 놀랐다.

하나, 둘, 셋…….

끝없이 만들어질 것 같았지만 열 명쯤 만들어내고부터는 속도가 더뎌졌다. 마지막이 몇 번째였던가.

스무 번째였던가, 서른 번째였던가.

그때의 타이진은 비제이에 대한 열등감과 원망보다도 그리움을 느끼는 것처럼 보였다.

또 다른 타이진들은 원래의 타이진이 이곳에 있다는 걸 알면서도 아무도 돌아오지 않았다.

고독감에 뼈가 긁혔다. 아니, 어쩌면 융합된 탑이 긁어대는 건지도 모르겠다.

영원처럼 느껴지는 고통.

끝나지 않을 고통.

그러나 타이진은 믿고 있었다.

비제이라면 이곳을 찾을 것이라고. 자신이 무슨 짓을 한 건지, 왜 그런 짓을 한 건지 다 알게 될 것이라고. 그래서 이곳에 찾아와 자신을 죽여줄 것이라고.

그렇게 믿었다.

그래서 어느 순간 탑의 힘이 강해져 타이진을 끌어당길 때에도, 타이진은 자신의 힘으로 버텨 탑에 융합된 재로 남았다. 비제이를 만나야만 했다. 이 고통이 영원해도 좋으니 비제이를 만나 말해줘야 할 것이 있었다.

그래서 타이진은 영원의 고통을 받으며 탑과 함께 조용히 비제이를 기다렸다.

"타이진!"

비명 같은 소리가 탑이 들려주는 환청인지, 실제인지도 분간이 되지 않았다. 그러나 실제라고 믿고 싶다. 비제이라면 찾아올 테니까.

천천히 눈을 뜨자 그곳엔 비제이가 있었다.

비제이는 변함없이 빛나고 있어서 타이진은 그만 울음을 터뜨릴 뻔했다. 비제이의 검붉은 눈동자는 그런 짓을 당했는데도 여전히 아름다워서, 타이진은 목이 메였다.

"타이진!"

"네가 올 줄 알았어, 베스."

목소리가 자신의 것처럼 느껴지지 않았다. 타이진의 음성은 탑과 공명하여 웅웅 울렸다.

"타이진, 어떻게……?"

비제이는 믿을 수 없다는 표정이었다.

그 옆에 서 있는 레이조차 할 말을 잊은 듯 멍하니 타이진을 쳐다보고 있었다. 지금껏 레이가 저런 식으로 자신을 봐준 적이 없기에 타이진은 싱긋 미소를 지었다. 그 미소가 자신을 향한 것이라는 걸 깨달은 레이가 인상을 찌푸렸다.

비제이도, 붉은 기사 레이도 여전하다.

"할 말이 있었어."

비제이는 참담했다.

끝없는 탑에 가면 타이진을 만날 수 있을 것 같다는 막연한 예감은 들었지만, 타이진이 이렇게 되어 있을 줄은 몰랐다.

"타이진은 어떻게 됐어?"

뒤따라온 후딘이 가까이 오다가 '헉!' 하고는 걸음을 멈췄다. 타이진의 눈동자가 후딘에게로 향했다.

"후딘도…… 왔네."

타이진의 음성은 웅웅 울려서 마치 탑에 깃든 신이 내는 소리처럼 들렸다.

"계속 기다렸어."

타이진이 말했다.

타이진은 잿빛 탑과 융합되어 피부도 잿빛이었다. 만지면 딱딱할 것 같았지만 어쩌면 부드러울지도 모르겠다. 탑과 융

합된 사람은 처음 보는지라 타이진의 상태를 제대로 설명할
수가 없었다.

그저 아주 고통스러우리라는 걸 타이진의 표정을 통해서 알
수 있을 뿐이다. 타이진은 미소를 짓고 있지만 꼭 우는 것처럼
보였다.

"빠져나올 수 없는 거냐?"

타이진을 보자마자 죽이겠다고 말한 레이도 이런 모습의 타
이진을 벨 수는 없는지 착잡한 표정으로 물었다.

"나는 아마 영원히 이대로 있게 되겠지. 어쩌면 탑 안의 공
간을 떠돌아야 할지도 몰라. 이 안의 힘이 너무도 거대해
서…… 나는 어떻게도 할 수 없어. 그저 나는 말하고 싶었어,
베스."

비제이가 타이진을 향해 한 걸음 걸어갔다. 루빈은 말리고
싶은 눈치였지만 입을 열진 않았다. 도저히 끼어들 분위기가
아니었기 때문이다. 카오스가 루빈의 마음을 눈치챈 듯 어깨
를 툭툭 두드렸다.

"많이 자랐구나, 베스. 키도 커졌고. 얼마나 오랜 시간이 흐
른 거지?"

타이진은 6년 전의 모습 그대로였다. 밖에서 만난 타이진들
과는 달리 진짜 타이진의 시간은 멈춰 있었던 것이다.

"6년이 흘렀어, 타이진."

"그랬구나. 베스, 많은 타이진이 생겨났어. 그 타이진들은

내 못난 마음만 가지고 나가버렸어. 스무 명, 어쩌면 그보다 더 될지도 몰라. 혹시 그들이 너에게 무슨 짓을 하지 않았어?"

후딘과 레이가 시선을 마주쳤다. 타이진은 자신의 분신들이 무슨 짓을 했는지 전혀 모르는 것처럼 보였다.

"조심해야 돼, 베스. 계속 생기는 고통이랑 괴로움을, 그리고 열등감이랑 질투를…… 그 애들이 자꾸자꾸 가지고 나가버렸어. 나는 그 애들이 너한테 무슨 짓을 할까 봐, 그게 너무 겁이 났어. 그래도 무사해서 다행이야, 베스."

타이진은 그때와 똑같은 다정한 눈으로 비제이를 응시했다. 비제이는 꿀꺽 울음을 삼키며 타이진에게 더 가까이 다가갔다.

"오지 마, 베스. 끝없는 탑은 너무 강해. 너까지 빨려들 거야."

"전부…… 너한테 배웠어, 타이진."

비제이는 타이진의 말을 무시하고 타이진의 바로 앞까지 다가가서 멈췄다. 비제이의 손이 타이진의 볼 위에 얹어졌다. 비제이는 탑에 빨려들지 않았다.

"나는 그냥 잘 삐치고 생각 없는 꼬맹이였어. 형이랑 누나가 장난을 치면 화가 나고, 소리만 빽빽 질러대는 그런 꼬맹이였어. 그래서 항상 신기했어. 넌 무슨 일을 당해도 화를 내지 않았거든."

타이진의 볼은 따뜻했다. 타이진이 살아 있다는 게 실감이 됐다.

"타이진, 넌 어떻게 그렇게 웃어? 저번에 잭 아저씨가 괜히 발로 찼는데도 화도 안 내고. 나 같으면 엉덩이를 차줬을 텐데."

"있잖아, 베스. 사람들이 하는 행동에는 늘 이유가 있는 거야. 그날 잭 아저씨는 부인이랑 싸워서 기분이 많이 나빴어. 그래서 그게 날 대하는 행동에도 영향을 미친 거야. 나중에 잭 아저씨는 나한테 미안하다고 사과했어."

"그래도 너한테 화를 내면 안 되잖아. 자기 부인한테나 화를 낼 것이지."

"베스, 사람 마음은 참 이상해. 아주 작은 일 가지고도 울었다, 웃었다 하거든. 늘 이유가 있을 거라고 생각하면 화가 나지도 않을걸."

"그럼 우리 형이랑 누나는? 만날 나만 괴롭힌단 말이야."

"그건 네가 귀여워서 그래. 너랑 더 많이 친해지고 싶어서. 너무 좋은 사람들이지 않아?"

타이진은 늘 웃었다. 부당하게 맞을 때도, 일을 했는데 삯을 받지 못할 때도, 분명 이유가 있을 거라며 타이진은 웃었다.

"그런 네가 부러워서 나는 널 따라했어. 모르겠어, 타이진? 내가 하는 모든 행동은 널 따라하는 거였어. 어떤 일에도 여유 있게, 어떤 일에도 웃으면서. 네가 했던 행동이잖아. 너는……."

비제이는 타이진과 시선을 똑바로 마주했다.

"너는 내게 열등감을 느낄 필요가 전혀 없었던 거야, 멍청아."

타이진이 웃었다. 표정은 별로 변하지 않았지만 비제이의 눈엔 타이진이 유쾌하게 웃는 것으로 보였다. 아니, 그렇게 믿고 싶었다.

이런 끔찍한 모습이 되어버렸지만 유쾌하게 웃는다는 감정이 남아 있다고 믿고 싶었다.

"정말 그러네."

타이진이 작아 보였다.

잘못 본 게 아니다. 타이진은 점점 작아지고 있었다. 비제이를 만난다는 목적을 달성했기 때문인지 타이진은 급속도로 탑에게 끌려들어 갔다.

"타이진!"

비제이는 타이진의 손을 잡으려고 했지만 손은 이미 사라지고 없었다. 남은 것은 비제이가 만지고 있던 얼굴뿐이다.

"말하고 싶었어, 베스. 그래서 쭉 기다렸어."

"자, 잠깐만. 난 더 할 말이……."

"미안해."

"타이진, 잠깐만. 조금만 더 버텨봐."

"너한테 미안하다고 말하고 싶었어."

"타이진!"

"너의 소중한 것들을 빼앗아서 미안해."

"나도 할 말 많이 남았다구!"

"너는 항상 나에게 가장 소중한 친구였어."

"야, 이 자식아! 나도 할 말 남았다니까!"

"……"

"나도…… 하고 싶은 말이 있었단 말이야! 이 나쁜 놈아!"

더 이상 대답은 들려오지 않았다. 탑이 타이진을 완전히 삼켜버렸다. 끝없을 것 같은 싸움에서 승리한 것은 마물이 아닌 탑이었다.

타이진은 탑 안을 영원히 떠돌게 될지도, 어쩌면 타이진의 소망대로 다른 세계로 가게 될지도 몰랐다.

중요한 것은, 더 이상 이 세계에 타이진이 남지 않았다는 것이다.

타이진은 사라졌다.

"야!"

비제이는 그걸 납득할 수가 없었다.

"잠깐 나와보라구! 지금까지 기다렸으면서!"

끄집어낼 수 있다면 끄집어내고 싶었다. 다시 옛날처럼 돌아가고 싶었다. 사심 없이 웃으며, 서로 찾아낸 트레저를 보여주던 그때로. 결코 돌아가지 못하리라는 것을 알지만, 그래도 그것을 소망했다.

비제이는 탑을 두드리며 타이진을 불렀지만 반응이 없었다.

"지금까지 기다렸으면서 왜 좀 더 못 있냐구!"

"이제 그만해, 비제이."

레이가 비제이를 붙잡았다. 후딘이 다가와 비제이의 머리를 끌어와 자기 가슴에 품었다.

"그만해도 돼. 타이진도, 너도 할 말 다했어. 타이진 녀석, 저 상태로 이만큼 기다리는 것도 힘들었겠지."

"나는…… 나는 좀 더 말을 하고 싶었어."

"레이 녀석이 보자마자 죽이지 않은 걸 고맙게 여겨, 인마."

"응. 고마워, 레이."

"별말씀을."

레이가 비제이의 등을 다정하게 두드렸다.

"고마워, 카오스."

카오스 역시 타이진을 죽이지 않았다. 보자마자 뜯어 죽일 거라고 했고, 카오스였다면 그럴 수 있었다. 적어도 탑과 융합된 타이진의 얼굴을 뭉개버릴 수는 있었다. 그러나 그러지 않고 비제이에게 넘겨주었다.

카오스가 얼마나 큰 것을 포기했는지 알기에 비제이는 솔직하게 감사를 표했다. 카오스는 흥 하고 고개를 돌렸지만 기분은 좋아 보였다.

"이 탑, 이대로 놔둘 건가요?"

핀치가 물었다. 핀치의 능력이라면 탑을 무용지물로 만들 수 있었다. 시간이 좀 오래 걸리긴 하겠지만.

비제이는 잠시 망설이다가 고개를 저었다.

"아니, 그냥 가자. 다른 세계로 통하는 곳이잖아. 아무나 올 수 없는 곳이기도 하고. 이런 전설의 트레저는 하나쯤 있어야 헌터들도 살 맛 나지 않겠어?"

"그렇긴 하네요."

"그럼 여기서 볼일은 끝난 거지? 얼른 이 기분 나쁜 숲 좀 벗어나자."

카오스가 원래의 모습으로 돌아갔다. 비제이는 탑을 한 품에 감쌀 것처럼 커다란 카오스의 등에 앉아 레이에게 등을 기댔다.

"이걸로 끝이 아냐, 레이."

"그래, 타이진은 분열된 놈들이 스무 명은 될 거라고 했지. 그놈들은 아직도 여기저기에 덴저 트레저를 뿌리고 있을 거고."

"응, 그리고 타이진을 이용해서 대륙을 혼란스럽게 만들려는 교황청도 남아 있어."

"시간 많잖아. 하나하나 해치우자."

"그래, 시간 많잖아."

옆에 앉아 있던 후딘이 씩 웃었다. 바람에 화려한 금발 머리카락이 팔락거렸다.

"네놈이 마물로 변하면 싹 죽여줄 테니까 걱정하지 말고."

"응, 정말 걱정이 하나도 안 되네. 완전 고마워, 후딘."

“나한텐 안 고마워? 내가 트레저 있는 곳을 다 찾아줄 수 있다구!”

“너도 고맙지, 루빈.”

“저, 저는요?”

“그래, 그래. 핀치, 넌 최고야.”

“이 자식아! 네놈들 태우고 날고 있는 난 안 보이냐?”

카오스가 버럭 성질을 냈다. 원래 모습으로 돌아온 카오스의 호령에 하늘이 흔들리는 것 같았다.

“아하하하하. 카오스, 진짜 완전 최고 고마워!”

비제이가 웃으며 눈을 감았다.

거센 바람을 타고 타이진의 음성이 들려오는 듯했다.

“너는 항상 나에게 가장 소중한 친구였어, 베스.”

〈비제이 완결〉

에필로그

검은 어둠 속, 나의 영혼 어디에 있는가.
어둠에 갇혀 숨을 쉬지 못하는구나.
손가락에 걸린 해골이 나를 비웃는가.
나 이대로 어둠에 묻혀 소화되는구나.
그렇게 내 영혼이 사라지는구나.

나를 부르는 소리 누구인가.
나 눈을 뜨고 어둠을 더듬는다.
어둠 속에 흐르는 저것은 빛이던가.
그곳에서 날 부르는 소리 있도다.

그래, 나를 부르는 소리가 있도다.

번외

부르는 여자의 석상

추위도 한결 물러나고 밭일을 해야 할 시기가 돌아왔습니다. 나는 이럴 때면 마을로 나가는 것이 참으로 무섭습니다. 하지만 돈을 벌지 않으면 굶어 죽게 될 것이기에 무거운 걸음을 끌고 마을로 향했습니다.

간밤에 잠을 제대로 자지 못해 눈이 따끔거립니다. 이러다가 졸면 많이 맞을 텐데. 주인아저씨의 불호령을 생각하니 오줌을 지릴 것 같습니다.

어젯밤엔 새어머니께서 뒷간엘 다녀오시는 소리에 잠에서 깨고 말았습니다. 저희 어머니는 참 아름다우신 분으로 저희 아버지 같은 술주정뱅이에게 반하셨다는 것이 신기하기만 합니다.

저희 아버지가 처음 새어머니를 모시고 오셨을 땐, 아버지 본인도 그렇게 아름다운 여인을 맞아들이는 것이 쑥스러운 듯 어딘지 멍한 상태였습니다.

아, 이런 얘기를 하던 게 아니었지요.

잠을 자다가 깨어났을 땐, 붉은 달빛이 창문으로 쏟아져 들어오고 있었습니다. 달의 여신께서 진노하시면 달빛이 붉게 물든다는 말이 있기에 불길한 기분이 들어서 잠을 자지 못했습니다.

새어머니께 어리광을 부릴 만한 나이는 아닌지라 불안해도 이불을 끌어안고 혼자서 밤을 지새웠습니다. 밖에서 들려오는 바람 소리조차도 몬스터의 발자국 소리처럼 들려서 참으로 길게 느껴지는 밤이었습니다.

다음 날 무거운 다리를 끌며 걸어가는데 말을 탄 사람들이 바쁘게 스쳐 지나갔습니다. 진청색 제복은 최근에 많이 봤습니다. 수사국 나리들이라고 했던 것 같습니다.

멋있는 사람들입니다.

제게 꿈이 있다면 수사국 말단 직원이라도 좋으니, 수사국에 들어가서 무서운 범죄자를 잡는 일에 도움이 되어보고 싶습니다. 하지만 저같이 평민에, 돈도 없는 어린놈은 꿈꾸기 힘든 일이겠지요.

"왜 이렇게 늦었어, 이 자식아!"

그렇게 늦은 것도 아닌데 주인아저씨의 발길질이 쏟아졌습니다. 온몸을 내리치는 격통에 이를 악물고 몸을 움츠렸습니다.

처음에는 울고 화도 내봤지만 그래 봐야 더 많이 맞게 된다는 걸 깨달았습니다. 이렇게 웅크리고 소리를 내지 않으면 주인아저씨는 곧 흥미를 잃고 발길질을 거둡니다.

주인아저씨는 원래 이렇게 나쁜 사람은 아니었습니다. 예전엔 엄마도 없이 술주정뱅이 아버지를 모시는 제가 불쌍하다며 이것저것 챙겨주곤 했습니다. 주인아주머니 몰래 급료 이상의 돈을 쥐어준 적도 많았습니다.

그런 주인아저씨가 이렇게 변해버린 건 일 년쯤 전의 일인 것 같습니다. 그날도 오늘처럼 제복을 입은 수사국 나리들이 마을을 지나갔습니다.

아, 그러고 보니 수사국 나리들을 처음 본 것도 그때였네요. 그리고 그 후로 종종 수사국 나리들을 보게 되었습니다.

원래는 전쟁이 일어나도 영향을 별로 받지 않는 조용한 마을인데 자꾸 수사국 직원들이 오가니 주인아저씨의 마음도 흉흉해진 모양입니다. 원래 이렇게 나쁜 분은 아니니까요.

"가서 바닥이나 쓸어! 밥값도 못 하는 미친 새끼."

역시 발길질은 곧 거두어졌습니다.

따끔따끔하게 들려오는 욕설에 가슴이 아프지만 괜찮습니다. 지금 같은 때에 절 고용해주는 가게는 여기뿐이니까요. 이

만하면 주인아저씨에게 큰 은혜를 입고 있는 거지요.

"이번엔 또 뭔 일이래?"

주인아저씨가 담배를 피며 주인아주머니께 물었습니다.

"여행 오던 상단에서 남자 하나가 죽었대요."

"또야? 또 그거래?"

"네. 이거 원, 무서워서 마을 밖에 나가지도 못하겠어요."

"정말 뭐가 있긴 있는 건가? 마을 자경단원들이랑 수사국 나리들이 같이 밤새서 찾아도 아무것도 없었잖아."

"그러니까 이상하죠. 정말 아티멘 님의 저주 아닐까요?"

"이 사람아! 그런 소리는 입 밖에도 꺼내지 마. 안 그래도 요새 올타 국이 폐쇄됐는데…… 그런 소리가 남들 귀에 들어가면 우리도 죽는다구."

저희 마을은 이름도 없는 작은 마을이지만 마을 자경대가 아주 잘 조직되어 있습니다. 그래서 몬스터의 습격도 많이 당하지 않는 조용한 마을이었지요.

그런데 언제부터인가 이 마을을 지나가려던 상단이나 여행자들이 습격당하는 일이 벌어지기 시작했습니다. 습격은 늘 밤에 일어났고, 소리 없이 일어났다고 합니다.

죽은 사람은 언제나 건장한 남자. 죽은 사람 중에는 검술에 능숙한 검사도 있었고, 마법사도 있었습니다.

같이 여행을 하는 사람들은 아무 소리도 못 들었다고 합니다. 어떻게 그런 일이 벌어질 수 있는 건지.

처음에는 곰이나 오크 같은 것이 습격했다고 생각했지만 그게 아닌 모양입니다. 범인은 아직도 잡히지 않았답니다.

더 끔찍한 것은 죽은 사람들이 전부 '먹혔다.'는 점입니다. 머리만 빼고 온몸의 살점이 하나도 남지 않은 모습으로 발견되었다고 합니다.

게다가 남겨진 얼굴은 항상 웃는 표정이었다고 해서 마을 사람들을 오싹하게 만들었습니다. 옆 가게의 콜 형은 그 웃는 얼굴을 직접 봤다며 며칠 동안 잠도 자지 못했습니다.

"야, 잘트! 곧 수사국 나리들이 오실 테니까, 코론네 가서 술 좀 사와."

코론네 가게는 술 만드는 곳으로 여러 가지 술을 만들어서 음식점이나 술집에 납품을 합니다. 납품되는 술도 맛있지만 직접 가서 사오면 더 좋은 품질의 술을 줍니다.

수사국 나리들은 기분이 좋을 때 팁을 많이 주기 때문에 좋은 술을 대접하면 그만큼 돈을 더 벌게 됩니다. 결국 팁은 모두 주인아저씨가 가져가지만요.

저는 주인아저씨가 던져주는 돈을 받아 코론네로 향했습니다. 동네 또래 아이들 눈에 띄지 않기 위해 벽에 붙어서 그림자 안으로만 다녔지만, 결국 동네 아이들 대장인 빅의 눈에 걸리고 말았습니다.

"야, 저기 미친놈 지나간다!"

"뭐야, 저 자식은? 아직도 동네에 얼쩡거리는 거야?"

“야! 여기 다니지 말랬잖아!”

한때는 함께 놀던 친구들이었습니다. 그런 친구들이 갑자기 왜 이렇게 절 괴롭히게 되었는지 모르겠습니다. 이 아이들 때문에 동네를 돌아다니는 게 무섭습니다.

한 번은 돌팔매질을 뚫고 빅에게 덤빈 적도 있습니다. 의외로 빅은 저보다 약해서 주먹질 두 번에 기절을 하고 말았습니다.

이걸로 동네 아이들의 괴롭힘도 끝날 거라고 생각했지만 아니었습니다. 빅의 형 제코는 동네 자경단원의 단장으로 성질이 난폭한 사람입니다. 제코가 그날 밤 절 찾아와 만신창이가 될 때까지 때리는 바람에 저는 며칠 동안 집 밖에도 못 나가고 끙끙 앓았습니다.

새어머니의 간호가 없었더라면 아마 전 그날 죽었을 것입니다.

그날 처음으로 새어머니를 ‘엄마’ 라고 불렀습니다.

새어머니가 기분 나빠하시지 않을까 걱정했지만, 새어머니는 더없이 상냥한 미소를 지으며 속삭이셨습니다.

“그래, 잘트. 엄마란다. 이런 일에 기죽지 말고 얼른얼른 자라렴. 너는 검사의 기골을 타고 났으니까 이보다 훨씬 더 커질 거야.”

저 따위가 검사의 기골을 타고 났을 리 없습니다. 새어머니는 맞고 다니는 저를 위로하려고 하신 말씀이겠지요.

하지만 저는 기뻐서 새어머니 몰래 조금 눈물을 흘렸습니다.

"이 새끼! 죽어버려!"

"너 같은 놈이랑 놀면 병 옮는다고 했어, 새끼야!"

동네 아이들은 나에게 가까이 오는 것도 싫다는 듯 멀리 떨어져서 돌을 던져댔습니다. 가끔 큰 돌이 날아오면 너무 아파서 눈물이 찔끔 났습니다.

서둘러 도망치려고 했지만 등에 정통으로 맞은 큰 돌의 무게에 나도 모르게 다리에서 힘을 풀고 말았습니다.

철퍽.

"푸하하핫!"

"저 새끼, 넘어진 것 좀 봐."

"오줌 싼 거 아냐?"

"야, 가서 밟아!"

아, 정말 살아가는 것이 너무나 힘이 듭니다. 저같이 어린아이가 이런 말을 하면 안 되겠지만, 저는 이제 그만 죽고 싶습니다.

하지만 아버지와 새어머니를 생각하면 이대로 죽을 수가 없습니다. 새어머니는 병약하셔서 집 밖으로 나오기 힘드시기 때문입니다.

그런데…… 이제 더 많이 아파질 거라고 생각했는데 아무 아픔도 없었습니다.

"이야, 이 꼬마 녀석. 사람 아주 죽이겠는데? 너, 그런 못된 버릇 어디서 배웠냐? 카오스한테 배웠냐?"

머리 위에서 한 번도 들은 적 없는 유쾌한 소리가 들려왔습니다.

"너, 넌 뭐야, 이 새끼야? 이, 이거 놓지 못해? 죽고 싶냐?"

당황한 빅의 목소리도 들렸습니다.

"너 말이다. 어린놈이 죽고 싶냐는 말 그렇게 함부로 하는 거 아냐. 죽음의 무게라는 게 얼마나 큰지 알기나 해?"

그 목소리는 새어머니보다 훨씬 다정하고 부드러워서 나도 모르게 고개를 돌려 목소리의 주인공을 훔쳐봤습니다.

아아, 저는 이 광경을 평생 잊지 못할 것입니다.

해를 등지고 선 그분은 참으로 멋진 사람이었습니다. 그분을 뒤에서 감싼 태양이 마치 그분을 위해 존재하는 것처럼 느껴졌습니다.

"이거 놔! 야, 이 새끼 죽여버려!"

빅은 그분이 겁나지도 않는지 주위에 우물쭈물 서 있는 아이들을 향해 외쳤습니다. 아이들이 와아 하고 덤벼들었지만 결국 아무 짓도 하지 못했습니다.

그분의 옆에 서 있는 키 작은 분이 엄청나게 커다란 도끼를 꺼내들었기 때문입니다.

"아, 짜증 나. 덤벼봐, 새끼들아."

"진정해, 루빈."

왕자님처럼 생긴 분께서 작은 분을 말렸습니다. 작은 분의 이름이 루빈 님인가 봅니다.

"놔, 후딘. 저런 놈들은 본때를 보여줘야 돼. 무기도 없는 애 한 명을 여러 명이서 괴롭히잖아."

그러면서 루빈 님은 거대한 도끼를 훅훅 흔들었습니다. 제 눈이 이상한 건지는 모르겠지만 도끼에서 불이 뿜어져 나오는 것 같았습니다.

"우, 우아아아악!"

"괴물이다!"

동네 아이들은 비명을 지르며 흩어졌습니다.

"야, 누가 괴물이라는 거야! 괴물은 이쪽이거든?"

루빈 님은 옆에 서 있던 빨간 머리의 남자를 가리켰습니다.

"지금 이 카오스 님을 괴물이라고 하는 거냐? 삼켜지고 싶 냐, 애송이?"

카오스 님은 무서운 분이셨습니다. 외모는 아름답지만 성이 난 듯 찌푸린 표정과 이글이글 타는 듯한 눈동자는 꼭 이 세상 사람이 아닌 것처럼 보였습니다.

저는 감히 일어나지도 못하고 오들오들 떨고 있었습니다.

"일어나라. 사내 녀석이 엎드려서 벌벌 떨다니, 보기 흉하 다."

냉랭한 음성에 고개를 들었습니다. 검푸른 긴 머리카락의 남자가 서 있었습니다. 허름한 옷을 입고 있지만 어딘지 귀족적인 분위기가 흘렀습니다.

"레이, 그렇게 무섭게 말하지 마."

라며 처음에 절 도와주신 멋진 분께서 다가오셨습니다. 그분은 미천한 저의 옆에 쭈그리고 앉아 절 향해 씩 웃었습니다.

저는 그제야 그분의 얼굴을 제대로 볼 수 있었습니다.

장난스러워 보이지만 한없이 강한 눈빛을 가진 분이었습니다. 검붉은 눈동자가 보석처럼 반짝거렸습니다.

"안녕. 난 비제이라고 해. 넌?"

"저, 저는…… 저는…… 잘트……."

"좋아, 잘트. 이 녀석들이 널 왜 괴롭히는 거야?"

"저…… 그건……."

"그 새끼, 미친놈이야! 가까이 가면 병 옮아! 너도 미쳐버릴 거라구!"

빅이 외쳤습니다. 그러고 보니, 빅은 누가 잡고 있는 걸까요? 혼자서 허공에 떠 있는 걸까요? 아니면 빅 뒤에 있는 저 커다란 집이 붙잡고 있는 걸까요?

"미친놈은 너야, 이 자식아! 짜증 나게 빽빽거리지 말고 닥치고 있어!"

루빈 님이 버럭 성질을 냈습니다.

"펀치, 한 방 먹여버려!"

"그래도 될까요?"

헉!

지, 집이 말을 했습니다.

아니, 가만히 보니 사람입니다. 굉장히 크지만, 굉장히 무서운 얼굴을 하고 있지만, 사람입니다.

"관둬, 펀치. 네가 때리면 애 죽어."

후딘 님의 말이 꽤 타격이었는지 빅의 얼굴이 하얗게 질렸습니다. 확실히 펀치 님의 주먹은 빅보다 커 보였습니다.

"우욱! 이, 이거 놔! 놔줘! 으아아앙! 혀, 혀어어엉!"

자경단장 제코는 할 일도 없는 사람인가 봅니다. 빅의 부름에 당장 나타났으니까요. 아마 주위를 순찰하고 있던 중이겠지요.

"너, 너희들 뭐냐? 내 동생한테 무슨 짓을 하는 거야?"

제코의 뒤에는 자경단에서 실력이 1, 2위로 꼽히는 찰스와 헨이 있었습니다. 특히 찰스는 아카데미에 다닌 적도 있는 인재였습니다. 실력이 대단합니다. 오크랑 싸운 적도 있다는 소문이 돌 정도니까요.

"혀, 혀엉! 혀엉! 이 자식들이 날…… 여기 지나가고 있는데 날…… 으아아아앙!"

제코의 표정이 험상궂게 일그러졌습니다.

하지만 어째서일까요? 그 무섭던 제코의 화난 표정도 카오스 님보다는 안 무섭게 보였습니다. 카오스 님은 특별히 화난 표정을 지은 것도 아닌데 감히 얼굴도 볼 수 없을 정도니까요.

"그 새끼들이 널 때렸냐? 널 괴롭혔어, 빅?"

"으응! 형, 살려줘! 이 사람들이 내 돈을 뺏으려고 해!"

말도 안 되는 소립니다.

찰스가 굳은 표정으로 검을 뺐습니다.

큰일입니다. 이러다 절 도와주신 고마운 분들이 다치기라도 하면 어떻게 하나요.

저 때문입니다. 제가 약하기 때문입니다.

그래도 이분들을 다치게 둘 수는 없습니다. 어차피 미천한 목숨이니 이분들을 지키다가 죽는다면 그걸로 좋습니다.

저는 벌떡 일어나 찰스와 고마운 분들의 사이로 달려갔습니다. 하지만 두 걸음 내딛기도 전에 목덜미를 잡혔습니다.

"어린애는 어른들 일에 끼어드는 거 아니다."

후딘 님이었습니다. 후딘 님은 자경단원들을 앞에 두고도 여유로워 보였습니다.

소란을 눈치챈 다른 자경단원들도 하나둘씩 몰려들어 어느새 반대쪽엔 열 명이 넘는 자경단원들이 서게 되었습니다.

"호오, 머릿수로 밀어붙이겠다는 건가?"

후딘 님이 싱글싱글 웃었습니다.

"다 찢어주랴?"

카오스 님이 물었습니다. 그러자 비제이 님이 씩 웃습니다.

"아니, 됐어. 이런 놈들은……"

그리고 비제이 님의 모습이 사라졌습니다.

도대체 어디로 간 걸까요?

저도, 자경단원들도 너무나 놀랐지만 고마운 분들은 놀란 표정이 아니었습니다.

"이렇게 해주면 된다구."

사라진 비제이 님의 목소리는 자경단원들 뒤에서 들려왔습니다.

"쯧쯧, 저 자식은 사내놈 몸뚱이에 볼 게 뭐가 있다고. 그런 거 보여줄 거면 차라리 아름다운 여성분들에게 해."

후딘 님이 혀를 찼습니다.

"그건 범죄다. 뭐, 저것도 범죄겠지만."

레이 님의 무뚝뚝한 말에 무슨 소린가 싶어 자경단원들을 돌아볼 때였습니다.

후둑, 후두두둑.

자경단원들의 바지가 일제히 벗겨진 것은.

자경단원들도, 저도 돌처럼 굳어버렸습니다. 태어나서 저렇게 끔찍한 것은 본 적이 없습니다. 머리만 남기고 뜯어 먹혔다는 시체들도 지금 저것처럼 끔찍하진 않겠지요.

마을의 건장한 남자들이 모두 바지를 홀라당 벗고 하체를 드러낸 모습은…… 정말이지, 꿈에 나타날까 무서운 모습입니다.

"으, 으아앗!"

“이게 뭐야!”

“으악!”

자경단원들이 비명을 지르며 바지를 추켜올렸습니다.

“푸하하하하, 원래 인간은 발가벗고 태어난다구. 좀 벗는 게 어때서 그래? 남자끼리.”

“두, 두고 보자!”

자경단원들이 바지를 추스르며 도망쳤습니다.

“예, 예. 두고 봅지요.”

비제이 님이 조롱했습니다.

“저, 비제이 님. 얘는 어쩔까요?”

“아, 걔도 놔줘.”

빅은 누구보다도 강했던 형에게 일어난 일을 믿을 수 없는 듯 휘청거리며 제코의 뒤를 따라 사라졌습니다.

저는 믿을 수 없는 이 상황에 입만 쩍 벌리고 바보 같은 모양새로 멍하니 서 있었습니다. 이 얼마나 흉한 꼴인가요. 고마운 분들께 감사 인사도 하지 못하고.

“어디 가는 길이었지? 다친 데는 없나?”

비제이 님이 바짝 다가와 제 얼굴을 들여다보셨습니다. 저는 부끄러워져서 얼른 고개를 숙였습니다.

“이마도 다치고, 어깨도 다쳤네. 어디, 등도 다쳤잖아? 뭐야, 저놈들. 정말 못된 것만 배웠네.”

비제이 님의 손길은 다정했습니다. 저는 눈물이 흐를 것만 같아 더욱 깊이 고개를 떨어뜨렸습니다.

"상처에 좋은 약이 있어. 이거 바르면 금방 나을 거야."

"저, 괘, 괘, 괜찮습니다. 익숙한 일이고."

"어깨 펴."

옆에서 차가운 목소리가 들려왔습니다.

"사내 녀석이 고개 숙이고, 어깨 움츠리고. 보기 흉하다. 고개를 꼿꼿이 들고, 어깨를 펴."

"네? 아, 네. 죄, 죄송합니다."

"사과는 정말 잘못했을 때만 하는 거다. 일일이 사과할 거 없어."

"이야, 레이. 무섭다, 야. 검술 선생님 보는 것 같은데?"

"시끄러."

"타고 났어? 탐나는 인재야?"

"시끄러."

저는 레이 님의 말대로 고개를 들었지만 고마운 분들이 너무 반짝반짝 빛이 나서 똑바로 마주 볼 수가 없었습니다.

"비쩍 말랐는데? 얘, 뭐 좀 먹어야 하는 거 아냐?"

루빈 님이 걱정스러운 듯 말씀하셨습니다. 저보다 조금 더 큰 루빈 님은 굉장히 어른스러운 눈동자를 갖고 계셨습니다.

"그러네. 우리 저 음식점에 갈 건데, 너도 같이 가자. 뭐 먹어야겠다, 너."

비제이 님이 한없이 고마운 제안을 해주셨습니다. 하지만 비제이 님이 가리키신 음식점은 제가 일하는 가게였습니다.

　아, 그러고 보니 저는 심부름을 가던 길이었지요.

　"저, 저는 심부름을 해야 돼서요."

　"말 더듬지 마!"

　레이 님의 불호령에 저는 저도 모르게,

　"네!"

　하고 큰소리로 대답하고 말았습니다. 제 눈의 착각인지 모르겠지만 순간 레이 님이 빙긋 웃는 것처럼 보였습니다.

　"그럼 가보겠습니다. 고맙습니다."

　비제이 님이 부르는 소리가 들렸지만 저는 서둘러 뛰어갔습니다.

*　　*　　*

　"야, 레이. 네가 무섭게 구니까 도망치잖아. 아무리 탐나도 그렇지."

　"탐나는 거 아냐."

　"하지만 네가 그렇게 가르치듯이 말하는 건 별로 못 봤는데? 어때? 괜찮아 보여?"

　"뭐, 좋은 몸을 가지고 있더군. 그런 몸을 가지고 왜 저렇게 맞고 사는지는 모르겠지만."

　"아무튼 그 썩을 놈들은 버릇을 고쳐줬어야 됐어."

루빈이 이를 아득아득 갈았다.

"아니, 도대체 어떻게 애 하나를 놔두고 막 때려? 못된 놈들."

"너도 애다, 루빈."

"시끄러, 후딘! 아, 그런데 저 애, 좀 이상한 냄새가 나더라."

"너도 냄새나. 젖비린내."

"죽을래? 아, 진짜! 비제이, 얼른 밥 먹으러 가사."

"그래. 밥 먹고 한숨 자야지. 괜찮은 여관은 없어 보이는데."

"이 마을은 처음이냐?"

"응, 이쪽 길로 가는 건 처음이니까. '부르는 여자 석상' 이이 근처에 있지 않았으면 앞으로도 올 일 없었을 거야. 너무 작은 마을이잖아."

"하긴, 저런 놈들이 자경단원이라고 설치는 걸 보면. 그래도 비제이, 앞으로 사내놈들 바지 벗기는 건 자제해라. 나는 좀 더 아름다운……."

"변태 같은 소리 좀 하지 마, 후딘!"

루빈이 빽빽 악을 썼다.

그들이 음식점에 들어가자 사람 좋아 보이는 주인이 벌떡 일어나 그들을 맞이했다.

"어서 오십시오! 수사국에서 오셨습니까?"

"네? 아닌데요."

"아, 그러세요."

　주인의 표정이 눈에 띄게 달라졌다. 주인은 방금 전의 정중한 태도를 버리고, 퉁명스럽게 구석을 가리켰다.

　"저기 앉으쇼. 곧 귀한 손님들이 오시니까 서둘러 먹고 가쇼."

　"저 인간 놈이 날 우습게 여기는 건가?"

　"진정해, 카오스. 먹혀서 그런 걸 거야."

　비제이가 카오스의 팔을 툭툭 치며 구석 자리로 향했다.

　"아무래도 덴저 트레저는 주위에 영향을 주기도 하니까. 원래 성격이 저런 걸지도 모르고."

　대우 같은 건 아무래도 좋다는 듯 행동하는 비제이를 보며 카오스는 콧방귀를 뀌었다. 인간 놈의 기분 따위 신경 쓸 이유는 없지만, 며칠 전에 끝없는 탑에서 타이진을 향해 울부짖던 비제이의 모습이 생각나 함부로 대하기 어려웠다.

　애초의 예정은 탑의 숲 근처에 있는 마을인 스타비에서 하루 머문 후 키리반으로 돌아가는 것이었다. 예정이 바뀐 건 스타비 여관으로 찾아온 검은 독수리 때문이었다.

　검은 독수리는 정보국의 전언을 가지고 왔다.

　"머리만 남은 시체랬지?"

　"정확히 말하자면 머리만 남기고 아래쪽을 다 뜯어 먹은 시체지."

　"벌써 1년이나 됐는데 아직 범인의 형태도 파악할 수가 없고."

"수사국에서 개입해 마을 주위에 경비를 섰는데도 아무것도 나오지 않았다더군. 몬스터라면 몬스터의 흔적이라도 남아 있어야 하는데 배설물도, 발자국도 없었고."

"그래서 의심을 하게 된 거지. 트레저가 아닐까 하고. 일단 인육을 먹는 트레저는 많지만, 그런 식으로 살을 다 뜯어 먹는 건 얼마 없어. 그중의 하나가 부르는 여자."

"옛날에 타이진이 길드에 등록한 트레저지."

"응, 맞아. 문제는 그걸 누가 갖고 있느냐야. 누가 갖고 있을 것 같아?"

"나도 이 마을 처음 온 거다."

"주문하시겠수?"

주인이 다가와 퉁명스럽게 묻는 바람에 대화가 끊겼다. 주인은 기다리는 손님이라도 있는지 계속 입구를 흘끗흘끗 쳐다보며, 성의 없는 태도로 주문하기를 기다렸다.

"뭐가 맛있어요?"

비제이는 기분 나쁘지도 않은지 싱글싱글 웃으며 물었다. 그런 태도가 주인이 더 무시하게 만들었다. 주인은 불퉁거리듯 대꾸했다.

"거, 아무거나 드슈."

카오스가 벌떡 일어나 호통을 치려했지만, 비제이가 한 손으로 카오스의 허벅지를 꾹 눌러 앉혔다.

"소고기 안심 구이 각자 하나씩, 갓 구운 빵 두 개씩. 스프는 뭐가 있죠?"

"옥수수 스프가 있긴 한데, 하루 지난 거라 맛이 괜찮을지는 모르겠수."

"그럼 옥수수 스프도 한 그릇씩 가져다주세요. 이 정도면 되겠지?"

"그래, 뭐. 배를 채우려고 온 것도 아니니."

주인은 뭐라 대답하지 않고 주방으로 가버렸다. 루빈이 도끼눈을 하고 주인의 뒷모습을 노려봤다.

"뭐 저런 게 다 있어? 왜 참는 거야, 비제이?"

"루빈, 어른이란 말이다, 가끔은 참을 때도 있어야 하는 법이란다."

"아, 진짜! 성인식 좀 치렀다고 잘난 척하지 마!"

비제이 일행이 주문한 음식은 놀랍도록 빨리 나왔다. 스프이면서도 버석거릴 것 같은 옥수수 스프야 어제 만들었다고 쳐도, 소고기 구이와 빵은 갓 구운 것으로 시켰는데 둘 다 만든 지 꽤 된 것 같았다. 빵은 말라 비틀어져 딱딱하고, 소고기 구이는 질겼다.

루빈은 도저히 손이 안 가는지 깨작깨작 빵 끄트머리를 잘라냈다.

"아, 이런 마을은 정말 싫다. 난 작은 마을은 인심 좋고 넉넉한 곳인 줄 알았는데."

"작은 마을이 더 빡빡하게 구는 데가 많아. 아무래도 외부인에게 폐쇄적이 되거든. 어쩔 수 없어, 루빈. 이번 일 해결하기 전까지는 이런 거 먹고 지내야 돼.”

“씨이, 얼른 키리반으로 돌아가고 싶어. 왕립 아카데미 학생 식당에서 파는 음식이 그리워.”

“전엔 거기 음식 맛없다고 투덜거리더니. 이래서 어린것들이란.”

“죽을래?”

비제이와 루빈이 티격대고 있을 때, 가게 문이 조심스레 열리며 잘트가 들어왔다. 잘트가 들어오자마자 가게 주인의 호통이 떨어졌다.

“이놈의 자식아! 왜 이렇게 늦었어? 어디서 농땡이 피다 온 거야? 엉?”

느닷없이 들려오는 호통소리에 루빈이 깜짝 놀라 뜯고 있던 빵을 떨어뜨렸다.

“죄, 죄송합니다.”

잘트가 더듬거리며 고개를 푹 숙였다.

퍼억.

이번엔 비제이도 입을 쩍 벌렸다.

잘트는 또래 소년들에 비해서 뼈가 굵긴 했지만 못 먹어서 비쩍 말랐다. 가게 주인처럼 뒤룩뒤룩 살이 찐 남자가 마른 소년에게 주먹을 날리는 건 보기 좋은 모습이 아니었다.

“이 새끼! 어디 돈이라도 떼먹고 온 거 아냐? 미친놈을 받아

줬더니 일 하나 제대로 못 해? 우리 같은 음식점에선 빠릿빠릿
움직이는 게 생명이라는 거 몰라?"

한 번으로 끝날 줄 알았던 주먹질은 두 번, 세 번으로 이어
졌다. 퍽, 퍽. 둔탁한 소리가 날 때마다 루빈은 자기가 맞은 것
처럼 인상을 찌푸렸다.

"적당히 하시지."

보다 못한 후딘이 일어났다.

가게 주인이 벌겋게 달아오른 얼굴로 후딘을 노려봤다. 가
게 주인과 눈이 마주치는 순간 후딘은 찔끔했는데, 그건 무섭
기 때문이 아니었다. 가게 주인의 눈은 트레저를 다룰 줄 모르
는 후딘이 보기에도 뭔가에 쓰인 것처럼 번들거리고 있었다.

*　　　*　　　*

고마운 분들이 아직도 음식점에 계실 줄은 몰랐습니다. 혹
여 고마운 분들의 폐라도 될까 싶어 일부러 늦장을 피웠기 때
문입니다.

가게에 들어갔을 때만 해도 고마운 분들의 모습을 찾지 못했
습니다. 워낙 구석에 앉아 계셨던 데다가, 주인아저씨에게 맞
을 게 두려워 벌벌 떨고 있었기 때문입니다.

아니나 다를까, 들어가자마자 쏟아지는 주먹질에 고통을 견
디며 끅끅거리고 있는데 후딘 님의 목소리가 들려왔습니다.

"적당히 하시지."

퍼뜩 놀라 고개를 들자 가게 가장 구석에 앉아 계신 고마운 분들의 모습이 보였습니다.

주인아저씨는 마을 사람들의 신망이 두터운 데다가, 자경단장 제코의 삼촌이었기 때문에 함부로 건드리면 안 되는 사람입니다. 주인아저씨에게 무슨 일이라도 생겼다가는 제코가 자경단원을 모두 끌고 달려오거든요.

게다가 고마운 분들은 아까 절 돕기 위해 자경단원들에게 그런 행동을 하셔서 이제 큰일이구나 싶었습니다.

"남의 가게 일에 신경 끄고 얼른 밥이나 들고 가슈."

다행히 주인아저씨는 고마운 분들이 손님이란 생각은 있었는지, 후딘 님에게 퉁명스럽게 말하는 걸로 끝을 냈습니다. 하지만 후딘 님은 끝낼 생각이 없는 듯 보였습니다.

"그렇게 때리면 건장한 남자도 며칠 앓아. 댁도 맞으면 아프단 거 알고 자랐을 텐데, 뭘 어린애를 그렇게 때려?"

후딘 님의 말에 주인아저씨의 주먹 위로 푸른 핏줄이 돋았습니다. 주인아저씨가 화났다는 증거입니다.

"여행자들이지? 그럼 괜히 나서지 말고 조용히 있다가 떠나. 안 그래도 마을도 흉흉한데, 댁들 같은 여행자들 반겨주는 사람 없거든."

저는 후딘 님에게 눈짓을 보냈습니다. 그만하시라고요. 후딘 님과 눈이 딱 마주쳤기에 저는 얼른 고개를 저었습니다.

'괜찮습니다, 후딘 님. 저는 익숙해서 괜찮아요.'

후딘 님은 제 마음을 알아주셨는지 일행을 향해 고개를 돌렸습니다.

"야, 쓰인 거 맞지? 눈이 번들거리는데?"

"흐음, 단지 눈이 번들거린다고 해서 다 쓰였다고 볼 순 없어. 근데 좀 의심스럽긴 하다."

비제이 님과 후딘 님은 알 수 없는 말을 주고받았습니다.

주인아저씨는 두 분이 우리 일에 간섭할 생각이 없다는 걸 알았는지 다시 저를 때리기 시작했습니다. 맞는 것에 익숙하긴 하지만, 역시 맞으면 너무 아픕니다.

눈물이 찔끔 나오려고 할 때였습니다.

"그만."

주인아저씨의 움직임이 딱 멈췄습니다. 무슨 일인지 궁금했지만 고개를 들 수가 없었습니다. 아까 다쳤던 등을 또 맞아서 허리를 펼 수가 없었기 때문입니다.

오늘 맞은 게 평소보다 심했는지 머리가 어질어질했습니다. 쓰러질 뻔한 저를 부축해준 분은 비제이 님이었습니다. 그리고 비제이 님과 주인아저씨 사이에는 레이 님이 서 계셨습니다. 검을 주인아저씨 목에 겨누시고요.

허리를 곧게 세우고 검을 겨눈 레이 님의 모습은 아카데미에서 수학했다는 찰스보다 훨씬 멋있었습니다. 굉장히 강해 보이는 그 모습을 넋 놓고 쳐다보다가 하마터면 침을 흘릴 뻔했습니다.

"남의 가게 일에 신경을 끄고 싶지만, 어린아이를 때리는 모습은 두고 볼 수가 없군. 보아하니 노예 아이도 아닌 것 같은데, 때리다가 죽이면 그대도 사형을 당하게 되리라는 걸 몰라서 하는 짓인가? 아니면……."

레이 님의 검푸른 눈동자가 차갑게 빛났습니다.

"죽인 후에 조용히 은폐라도 할 생각이었나?"

"무, 무슨……."

주인아저씨는 날카로운 검과 레이 님의 눈빛에 겁을 집어먹은 것처럼 보였습니다.

"이, 이거…… 이게 뭔 짓이야? 우, 우리 마을에서 이런 짓 했다가는……."

"했다가는 어찌 되나? 마을 사람들이 작당을 하고 여행자들을 죽여 뒷산에 묻기라도 하나?"

더없이 냉랭한 어조에 주인아저씨의 얼굴이 파랗게 질렸습니다. 지금까지 주인아저씨가 이렇게까지 덜덜 떠는 건 처음 봤습니다.

그때였습니다.

벌컥 문이 열리며 자경단원들이 들이닥쳤습니다. 손에 무기를 하나씩 들고요.

우려하던 일이 벌어지고 말았습니다.

크지 않은 마을이긴 하지만 마을 젊은이들이 대부분 속해 있는 자경단은 그 수가 꽤 많은 편입니다. 모두 모으면 서른 명도 훨씬 넘습니다.

게다가 몇 명은 검술 실력이 굉장히 뛰어나서 어쩌면 기사단에 들어갈지도 모른다는 소문이 있는 사람도 있습니다. 찰스와 제코도 그런 사람들 중 하나입니다.

가게로 들이닥친 자경단원들 중에는 당연히 찰스와 제코도 끼어 있었습니다. 자경단원들은 작정을 하고 온 듯 눈에 살기가 가득했습니다.

아아, 어쩌면 좋을까요?

제게 고마운 분들을 도울 수 있는 힘이 있으면 좋을 텐데요. 그러면 이 한 몸 바쳐서라도 고마운 분들이 도망칠 수 있도록 시간을 벌 수 있을 텐데요.

"괜찮아."

비제이 님이 제 어깨를 툭툭치는 바람에 저는 제가 비제이 님께 기대어 있었다는 걸 깨달았습니다.

"죄, 죄송합니다."

얼른 몸을 똑바로 세우자 비제이 님은 싱긋 웃으며 저를 옆에 있는 의자에 앉혔습니다.

"어지러운 것 같은데 앉아 있어. 이따 같이 밥 먹자."

혹시 비제이 님은 눈이 보이지 않는 걸까요?

가게 안으로 들어온 저 많은 자경단원이 보이지 않는 걸까요?

저는 비제이 님이 웃는 모습을 보며 불안에 떨었습니다.

"제, 제코! 제코, 마침 잘 왔다! 이, 이 미친놈들이 갑자기 나를……."

"삼촌, 괜찮으세요?"

"내가 무슨 짓을 했다고 이러는 건지, 원……."

제코가 레이 님을 노려봤습니다.

"당장 우리 삼촌을 놔주지 못해?"

"흐음."

레이 님도 겁에 질리신 모양입니다. 레이 님은 두말하지 않고 검을 집어넣었습니다. '흐음.' 하면서 흘린 미소가 마음에 걸리긴 했지만, 아마 너무 무서워서 나온 헛웃음이겠지요.

저는 덜덜 떨리는 무릎을 두 손으로 꾹 눌렀습니다.

어떻게 해야 좋을까요?

어떻게 해야 고마운 분들이 도망칠 수 있도록 도울 수 있을까요?

"제코, 저 검 좋아 보이는데?"

찰스가 레이 님의 검에 눈독을 들였습니다.

그러고 보니, 레이 님의 검은 허름한 옷과는 달리 굉장히 반짝반짝 빛났습니다. 검집을 장식한 보석도 눈부시게 아름다워서 도적 무리의 사냥감이 되기에 충분해 보였습니다.

"호오, 그러네. 이봐, 너. 그래, 너, 푸르딩딩한 머리. 너, 그 검 어디서 훔쳤냐?"

레이 님은 대답하지 않았습니다.

"보아하니 어디 떠도는 검사 같은데, 네놈이 우리들한테 한 짓은 잊지 않았겠지?"

"그건 이놈이 한 짓이다."

이번에 레이 님은 정확하게 비제이 님을 지적했습니다. 비제이 님이 킬킬 웃었습니다.

"이거 참 쑥스럽구먼."

비제이 님은 조금 이상한 사람 같습니다.

"지금 그딴 말을 하는 게 아니잖아! 네놈이고, 네놈 일행이고 손 좀 봐줄 생각이었는데. 뭐, 좋아. 오늘은 마을에 일도 생겼고 하니, 그 검만 넘긴다면 조용히 보내주지. 그 검 이리 내라."

"그래, 레이. 사랑하는 친구를 위해 그런 검 따위는 줘버려! 그 검보다 내가 더 소중한 거 맞지?"

비제이 님은 많이 이상한 사람 같습니다.

"멍청한 소리. 네놈이 더 소중할 리가 없지."

레이 님이 한숨을 쉬었습니다. 어째서인지 레이 님의 마음을 이해할 수 있을 것 같기도 했습니다. 저 같은 미천한 것이 레이 님 같은 분을 이해할 수 있을 리 없지만요.

"이 새끼들이! 우리가 지금 장난치는 건 줄 알아?"

제코가 버럭 성질을 내며 가까운 곳에 있는 비제이 님을 향해 달려들었습니다. 그러나 비제이 님께 손을 댈 수는 없었습니다. 어느새 검집에서 빠져나온 레이 님의 검이 제코의 심장을 겨누고 있었기 때문입니다.

도대체 언제 저 검을 뺀 걸까요? 저는 아무것도 보지 못했는데요.

자경단원들도 마찬가지인지 눈을 휘둥그레 뜨고 있었습니다.

"이 이상 가까이 가면 죽인다."

"꺄아! 레이 오라버니! 멋져요!"

"비제이, 넌 좀 이따 죽여주지."

제코는 당황한 것 같았습니다. 아카데미에서 수학한 찰스조차도 이렇게 빠르게 검을 빼진 못합니다.

"너, 너…… 차, 찰스……."

제코는 레이 님의 눈을 똑바로 볼 수 없는지 더듬거리며 찰스를 불렀습니다. 찰스가 정신을 차리고 자경단원을 돌아보자, 자경단원들이 들고 온 무기를 단단히 잡았습니다.

검, 창, 몽둥이, 도끼.

참으로 위협적인 모습입니다. 전 벌벌 떨며 고개를 숙였습니다.

"찢어주랴?"

뒤에서 들려오는 카오스 님의 음성에 저는 움찔하고 말았습니다. 이상하게도 카오스 님의 목소리는 무섭게 느껴집니다. 그건 다른 자경단원들도 마찬가지인 듯, 자기들이 훨씬 더 유리한 입장이면서도 주춤 뒤로 물러났습니다.

"안 돼, 카오스. 조용히 있다가 가기로 했잖아."

비제이 님은 그런 카오스 님이 무섭지도 않은지 장난스럽게 말씀하셨습니다.

가게 안에 흐르는 긴장감이 제 육체를 조여왔습니다. 지금 껏 이런 상황을 경험해본 적은 한 번도 없기에, 저는 어찌해야 좋을지 알 수 없었습니다.

누구 하나는 죽어야 끝날 것 같은 상황. 가게 바깥이 시끌벅 적하다는 것도 깨닫지 못했습니다.

"가게에 왜 이렇게 사람이 많은 거지?"

"오늘 무슨 날인가? 마을은 조용한 것 같은데……."

"저거 여기 자경단원들 같은데? 무슨 일 일어난 거 아냐?"

"설마 그 사건 때문인가?"

조사를 마치고 돌아오던 수사국 나리들이었습니다.

자경단원이 몰려 있는 걸 수상하게 여긴 수사국 나리들이 가 게 안으로 들어왔습니다. 수사국 나리들을 보자 자경단원들의 표정이 밝아졌습니다.

수사국에서 조사차 나온 나리들은 실력이 뛰어난 분들이 많 습니다. 그중에 한 분은 오러까지 사용하실 수 있다고 들었습 니다.

그런 분들이 오셨으니 자경단원들은 환영할 일이지요. 최근 의 사건으로 인해 자경단원들은 수사국 나리들과 꽤 친해졌습

니다. 수사국 나리들께 도움을 받을 수 있다고 생각했을 것입
니다.

이거 정말 큰일입니다. 일이 점점 커지고 있습니다.

이 모든 일이 저 때문에 생긴 것 같아서, 저는 죄송스러운
마음뿐이었습니다.

"어이구! 나리님들, 오셨습니까?"

주인아저씨가 수사국 나리들을 환영했습니다.

"이게 다 무슨 일이냐?"

"나리님들, 저희도 도대체 뭐가 뭔지 모르겠습니다. 갑자기
불한당 같은 놈들이 쳐들어와서는……."

찰스의 말에 수사국 나리들이 인상을 찌푸렸습니다. 요새
일어난 사건들 때문에 어쩌면 고마운 분들을 의심하게 될지도
모르겠습니다.

저는 변명을 하기 위해 일어나려 했지만 비제이 님이 제 양
쪽 어깨를 꾹 누르셨습니다. 아무 말씀도 없으셨지만 가만히
있으라는 뜻 같아서 입을 다물었습니다.

"불한당? 대체 어떤 놈들이기에……?"

그 후에 벌어진 일은 앞으로 평생 제 기억 속에서 사라지지
않을 것입니다.

"나리, 나리. 저 좀 살려주십시오."

제코의 외침에 고개를 돌린 수사국 나리께서 입을 열려고 할
때였습니다.

"가이안 수사국 직원인가? 이번 사건을 조사하러 왔나?"

레이 님께서 먼저 질문을 하셨습니다. 느닷없는 하대에 불쾌한 듯 인상을 구기고 레이 님을 쳐다본 수사국 나리의 표정이 묘하게 변했습니다. 수사국 나리들은 잠시 말없이 레이 님을 쳐다보다가 '헉!' 하고 낮은 신음을 흘리더니 고개를 숙였습니다.

"헤, 헤레이스 백작님."

"헤레이스 백작님."

동시에 고개를 숙이는 수사국 나리들의 모습에 저는 숨이 턱 막혔습니다.

도대체 이게 무슨 일일까요? 왜 수사국 나리들께서 레이 님을 '헤레이스 백작님' 이라고 부르며 고개를 숙이는 걸까요?

설마…… 정말 레이 님이 백작님인 걸까요?

그렇다면 레이 님에게 흐르던 기품도 이해가 됩니다. 레이 님이 허름한 옷을 입고 계시긴 했지만, 아무리 봐도 저 같은 것이 똑바로 쳐다볼 수 없을 만큼 기품이 넘쳤으니까요.

이 일에 놀란 것은 저뿐만이 아니었습니다.

주인아저씨와 자경단원들도 어안이 벙벙한 듯 입을 헤에 벌리고 그 광경을 바라봤습니다. 지금 일어나는 일을 받아들이기 힘들어하는 표정이었습니다.

"그간 안녕하셨습니까?"

"인사는 됐다. 이번 사건 정황에 대해서 듣고 싶군."

"아, 물론 보고드려야지요. 백작님께서 계시니 한결 든든합
니다."

레이 님께서 제코의 목을 겨누고 있던 검을 거두었습니다.
하지만 제코는 움직이지 못했습니다. 주인아저씨도, 자경단원
들도 돌이 된 것처럼 굳어 있었습니다.

그들은 이제야 깨달은 것입니다.

지금까지 자신이 상대해온 인물이 얼마나 고귀한 분이었는
지를.

백작.

저희 같은 평민의 목을 댕강 잘라버리고도 무사할 수 있는
위치에 계신 분입니다. 저희가 굽실거려야 하는 수사국 나리
들까지도 고개를 숙일 만큼 위대한 분입니다.

자경단원들은 그런 귀한 분께 자신들이 한 행동을 깨닫고는
새파랗게 질린 얼굴로 후들후들 떨기 시작했습니다.

"그런데 이자들이 혹시 백작님께 무슨 일이라도……?"

수사국 나리 중 한 분이 자경단원들을 노려봤습니다. 자경
단원들은 찔끔 몸을 움츠렸습니다. 저러다가 오줌이라도 지릴
것 같습니다.

"흐음."

레이 님께서 의미심장한 미소를 짓고 자경단원들을 돌아봤
습니다.

"으, 으어어어."

"죄, 죄송합니다."

"죽을죄를 지었습니다."

"제, 제발 목숨만 살려주십시오."

"잘못했습니다. 잘못했습니다."

자경단원들이 일제히 무릎을 꿇었습니다. 주인아저씨까지도 덩달아 무릎을 꿇고 고개를 조아렸습니다.

레이 님은 과연 저들에게 어떤 벌을 내릴까요? 백작이신 레이 님께 무기를 들이댔으니 분명 목이 날아가겠지요.

하지만 레이 님께서는 귀하신 만큼 마음이 넓으셨습니다.

"시끄럽게들 하지 말고 나가라."

"네?"

"저, 정말 그래도……?"

"요, 용서해주시는…… 건……가요?"

자경단원들은 믿을 수 없다는 듯 슬쩍 고개를 들며 물었습니다.

"당장 나가라는 소리 안 들리나? 어서 나가!"

소리를 친 사람은 수사국 나리였습니다.

자경단원들은 그 말이 신호라도 된 듯 벌떡 일어나 가게 밖으로 도망쳤습니다. 가게 안에 남은 것은 주인아저씨 혼자였습니다. 주인아저씨는 이러지도 저러지도 못하고 무릎을 꿇은 채 벌벌 떨고 있었습니다.

저 역시 주인아저씨와 같은 심정이었습니다. 허락도 없이 일어날 수도 없어서 의자에 가만히 앉아 있는데, 비제이 님이 어깨를 톡톡 쳤습니다.

"이제 일어나도 돼."

저는 벌떡 일어나 비제이 님의 앞에 무릎을 꿇었습니다.

"저, 죄, 죄송합니다."

"어? 뭐가? 왜 무릎 꿇지? 일어나. 백작은 저 녀석이지, 내가 아니거든."

"하, 하지만……."

레이 님께 스스럼없이 대한다면 비제이 님도, 그리고 같이 계신 분들도 전부 귀족이라는 뜻입니다.

"아, 비제이 경도 계셨군요."

수사국 나리께서 아는 척을 하셨습니다.

비제이 님은 기사인가 봅니다. 처음부터 굉장한 분일 거라고는 생각했었는데, 기사라는 것을 알게 되니 더욱 존경스럽습니다.

"여, 안녕들 하십니까? 오랜만에 뵀었는데 노래라도 한 곡?"

비제이 님께서 귀족답지 않은 어투로 말씀하셨습니다.

"아, 아니요. 그건 좀……."

"사, 사양하고 싶은데."

수사국 나리들이 당황했습니다. 당연합니다. 비제이 님같이 귀한 분의 노래를 아무나 들을 수 있는 건 아니니까요. 저 같은 평민 앞에서 비제이 님이 노래하시는 걸 막고 싶으셨던 거겠지요.

"일단 좀 앉지. 이야기는 식사하면서 천천히 듣고 싶군."

"네, 백작님. 이봐, 주인장. 이제 그만 일어나서 자리 좀 확보해라."

"네, 네. 금방 준비해드리겠습니다."

주인아저씨는 해야 하는 일이 생겨서 그런지 얼른 일어나 평소보다 재빠르게 움직였습니다.

"잘……."

저를 부르려던 주인아저씨는 레이 님과 눈이 마주치자 흠칫하며 혼자서 테이블을 옮기는 등 수선을 떨었습니다. 간간이 저에게 무서운 시선을 던지셨지요.

"잘트, 이제 그만 일어나도 돼."

저는 잠시 우물쭈물하다가 일어나서 주인아저씨를 돕기 시작했습니다.

"제일 최고급이어야 돼. 알겠지? 제일 최고급!"

주인아저씨는 주방으로 들어가자마자 주인아주머니께 다급하게 말했습니다.

"알겠어요. 그런데 아까 그런 식으로 대해서 벌이라도 내리면 어쩌죠?"

주방에서 상황을 살피고 있었던 주인아주머니는 평민인 줄 알았던 비제이 님 일행 분들이 사실은 귀족이었단 것 때문에 아직도 떨고 있었습니다.

“그러니까 이 여자야! 최고급 요리로 저분들 기분을 풀어드려야 한다구! 야, 잘트! 넌 거기서 뭘 하고 있어? 나가서 손님들께 술이라도 따라드려!”

“에, 예에.”

저는 얼른 코론네서 사온 술을 들고 손님들께 다가갔습니다. 비제이 님들은 수사국 나리들과 대화를 나누고 계셨는데, 술을 따라드리다 보니 듣지 않으려고 해도 그분들의 대화가 들려왔습니다.

“일 년쯤 전부터 일이 발생했다고 했죠?”

“네, 그때는 몬스터라고 생각하고 가볍게 주위를 순찰하기만 했습니다. 이 마을 자경단이 꽤 잘 조직되어 있어서 몬스터 정도라면 간단히 상대할 수 있을 거라고 생각했죠.”

“그런데 몬스터는 보이지 않았고요?”

“몬스터라면 흔적이라도 있어야 하는데, 흔적을 전혀 찾아볼 수가 없어서. 게다가 계속 되풀이해서 일어났구요.”

“이번에 당한 사람들은 누구죠?”

“작은 상단이었습니다. 이런 일이 생기면서 상단들이 이쪽 길을 잘 안 다니게 됐는데, 아무래도 최근에 생긴 상단이라 정보가 별로 없었던 모양입니다. 이 길이 조용하고 몬스터도 별로 없는 편이라서 자주들 지나다녔거든요.”

“흐음.”

“아무리 주위를 둘러봐도 흔적도 찾을 수 없고 범인의 윤곽도 알 수 없어서, 혹시 트레저랑 관련된 일이 아닌가 싶어 트레저 헌터 길드 쪽에 의뢰를 한 참이었습니다. 그런데 이렇게 비제이 경을 만나게 돼서 한시름 놨습니다. 좀 부탁드려도 될까요?"

"물론이죠. 일단 우리도 그 사건 때문에 여기로 온 거고. 우와, 이 술 맛있네."

비제이 님이 저를 보며 환하게 웃으셨기 때문에, 전 마치 제가 술을 만든 사람처럼 으쓱한 기분이 되었습니다.

"잘트, 이리 와서 좀 도와라!"

주인아저씨의 부름에 저는 술병을 내려놓고 주방으로 향했습니다. 크지 않은 가게였기에 주방 근처에 서 있어도 비제이 님의 목소리를 들을 수 있었습니다.

어쩌면 제 귀가 좋은 탓인지도 모르겠습니다. 어릴 적부터 꽤 먼 곳의 소리도 잘 들을 수 있었거든요.

"그런데 저기 잘트라는 애, 왜 저렇게 구박을 받는 겁니까?"

제 이름이 들려와서 저는 숨을 죽였습니다.

혹시 마을에 떠도는 저에 대한 소문을 듣고, 비제이 님의 눈빛이 경멸로 바뀔 것이 두려웠습니다. 하지만 그래도 괜찮습니다. 지금까지 넘치도록 도움을 받았으니까요.

하지만 역시 비제이 님의 미움을 받고 싶지 않아서, 수사국 나리께서 제발 좋게 이야기해주시기를 바랐습니다.

"딱한 아이죠. 저 애 어미는 일찍 죽고, 아비는 술주정뱅이에 횡포가 대단한 사람이라고 들었습니다. 저 애가 어릴 적부터 일해서 자기 아버지 술값과 생활비를 벌어다 준 거죠."

"그럼 똑똑하고 건실한 아이네요."

"네, 그런데 딱하게도 정신이 살짝 이상해진 모양입니다. 너무 어릴 적부터 고생을 한 거죠."

"정신이요? 멀쩡해 보이던데."

"그게…… 자꾸 자기가 엄마가 있는 것처럼 말한다고 하네요."

"엄마가 그리우면 그럴 수도 있는 거죠."

"처음엔 사람들도 그런 줄 알고 딱하게 여겨서 잘해줬다고 하는데, 그게 이상할 정도인가 봐요. 꼭 지금 자기 어미랑 같이 사는 것처럼 말하고 다닌대요."

"같이 사는 것처럼?"

"네. 마을 사람들도 처음엔 그러려니 하면서 들었는데, 나중엔 좀 무서워져서 애를 피하게 됐나 봐요. 게다가 요새 마을 주위에서 끔찍한 사건도 많이 일어나니…… 여기 마을 사람들이 좀 괴팍해졌어요."

가슴에서 울컥 무언가 흘러나올 것 같았습니다. 이젠 비제이 님도 저를 피하게 되시겠지요. 어쩌면 다른 사람들처럼 발로 걷어찰지도 모르겠습니다.

하지만 아직도 이해할 수가 없습니다.

왜 마을 사람들은 우리 새어머니를 인정하지 않는 걸까요?

참으로 아름답고 다정한 분이신데.

마을 사람들에게 해코지를 당할까 두려워 새어머니께서도 마을에 내려가시질 못하십니다. 하지만 마을 사람들이 새어머니를 대해본다면 얼마나 좋은 분인지 알게 될 겁니다.

요리는 훌륭했습니다. 주인아주머니의 요리 솜씨는 원래 뛰어나서 마을에 평판이 자자했습니다. 그런 주인아주머니가 실력을 발휘했으니 분명 비제이 님들도 만족하실 겁니다.

그러나 사건 이야기에 심취해서인지 그렇다 할 칭찬은 없었습니다. 하긴, 백작님과 기사님이신데 이런 곳에서 먹는 것보다 훨씬 훌륭한 요리를 드시면서 지내셨겠지요.

귀족의 저택을 먼발치에서도 본 적이 없는 저로선 비제이 님들이 어떤 생활을 하셨을지는 상상조차 할 수가 없습니다.

"잘 먹었다. 그럼 사건 장소로 가볼까요?"

"네, 부하들을 시켜서 지키게 해뒀으니 사건 현장은 그대로 보존되어 있을 겁니다. 스크롤로 당시 영상도 각인시켜놨구요."

"잘하셨습니다."

비제이 님 칭찬에 수사국 나리들이 기뻐했습니다.

레이 님께서 계산을 하시는 동안, 비제이 님은 카운터 뒤에 서 있는 저를 물끄러미 쳐다보셨습니다. 비제이 님과 똑바로 눈을 마주칠 수 없어서 고개를 숙이고 있는데 비제이 님이 말씀하셨습니다.

“잘트, 난 지금부터 사건 현장에 가볼 건데 너도 같이 갈
래?”

“네?”

생각지도 못한 제의였습니다.

“주인장, 데리고 가도 되죠?”

주인아저씨가 안 된다고 할 리가 없습니다.

“무, 물론입니다요. 헌데 그 녀석은 쓸모가 없어서…….”

“있을지 없을지는 두고 볼 일이죠. 같이 갈 거지?”

비제이 님의 제안에는 거부할 수 없는 힘이 있었습니다. 만
약 제가(이런 생각은 하면 안 되겠지만) 귀족이었다 하더라도 비
제이 님의 제안을 거절하지는 못했을 것입니다.

그래서 저는 비제이 님 일행과 동행하게 되었습니다.

*　　*　　*

사건 현장은 마을에서 30분쯤 떨어진 거리에 있었습니다.
수사국 나리들이 가장 앞에 서서 길을 안내했고, 저와 비제이
님은 맨 뒤에 나란히 서 있었습니다.

“어머니가 계시다고?”

비제이 님은 단도직입적으로 물었습니다. 저는 순간 거짓말
을 해버릴까 하는 고민에 빠졌습니다. 비제이 님께 이상한 아
이로 낙인찍히고 싶지 않았기 때문입니다.

하지만 새어머니를 없는 사람 취급할 수는 없었습니다. 누구보다도 곱고 다정하신 분이시니까요.

그래서 저는 솔직하게 대답했습니다.

"새, 새어머니가 계세요."

"새어머니? 흐응, 그래?"

비제이 님은 제 얼굴을 빤히 쳐다봤습니다.

"언제부터 같이 살기 시작했어?"

"한 일 년쯤 되었어요."

"일 년이라…… 새어머니가 몇 살이지?"

"확실히는 모르겠지만 굉장히 젊으세요. 정말 아름다우시고요, 아주 다정하신 분이에요. 그런데 마을 사람들이……."

"마을 사람들이 왜? 너네 새어머니를 미워해?"

"받아들여 주질 않아요. 그래서 새어머니는 마을로 나가질 못하세요."

"왜 안 받아들여 줄까? 누가 그런 말을 했어?"

"그야 물론 새어머니께서……."

새어머니가 처음 저희 집으로 오셨을 때, 새어머니는 한동안 밖에 나가질 않으셨습니다. 제가 일하는 가게에 맛있는 음식을 드시러 오시라고 하자 새어머니는 그러마고 약속했습니다.

그러나 약속한 날에도 새어머니는 오지 않으셨습니다. 왜 오지 않았냐는 질문에 새어머니는 가려고 마을까지 내려갔는데, 마을 사람들이 못살게 구는 바람에 도망치고 말았다고 하셨습니다.

그 후로도 새어머니는 마을 사람들이 무서운지 마을에 내려오질 못하셨습니다.

제가 그 일에 대해 설명하자 조용히 듣던 비제이 님이 고개를 끄덕이셨습니다.

"그럼 잘트, 넌 일하느라 매일 집을 비우나?"

"네, 아침에 나와서 밤까지 일을 해요. 집에 돌아가면 해가 떨어진 후예요."

"한 번도 집에서 쉰 적 없고?"

"네, 아버지께서 편찮으셔서……."

"편찮으셔?"

"네, 몇 달 전부터 앓아누우셔서 일어나시질 못해요. 그 좋아하는 술도 못 드시고."

"그래, 너 참 훌륭하구나."

그리고 비제이 님은 제 머리를 쓰다듬어주셨습니다. 그 손길이 어찌나 따뜻한지 저는 눈물을 흘릴 뻔했습니다.

떠들썩할 줄 알았던 사건 현장은 조용했습니다.

수사국 나리들 몇 분이 상단 마차 근처에 서 있었고, 상단 사람들이 지친 얼굴로 여기저기 흩어져 앉아 있었습니다. 상단 사람들의 얼굴은 공포와 슬픔으로 가득 차 있어서 보는 제가 다 가슴이 아팠습니다.

"시체는 어디에 있지요?"

비제이 님이 질문하셨습니다.

"저기, 덤불 속에 있습니다."

수사국 나리는 오른쪽 길가에 있는 덤불을 가리켰습니다. 나지막한 덤불 사이엔 시체를 지키는 듯 수사국 나리 한 분이 서 있었습니다.

저는 시체를 본다는 생각만으로도 다리가 후들후들 떨렸지만 비제이 님의 발걸음은 가벼웠습니다.

"상단은 바로 저기서 쉬고 있었던 건가요?"

"네, 그렇다고 합니다."

"왜 그랬을까요? 마을이 코앞인데."

"갑자기 잠이 쏟아져서 견딜 수가 없었다고 하더라구요."

"잠이 쏟아져요? 흐음."

비제이 님은 더 이상 아무것도 묻지 않았습니다.

저는 시체를 보는 게 무서웠습니다. 그래서 가까이 가고 싶지 않았지만, 비제이 님 일행들은 모두 아무렇지도 않게 그곳으로 향했기에 우는 소리를 할 수 없었습니다. 저랑 비슷한 연배의 루빈 님마저도 거리낌이 없었습니다.

"처참하군요. 아니, 깨끗하다고 해야 하나?"

비제이 님은 덤불 아래의 시체를 살펴보며 담백하게 말씀하셨습니다. 저의 눈엔 아직 시체가 보이지 않았지만 가까이 계신 루빈 님의 얼굴은 하얗게 질렸습니다. 루빈 님도 시체에 익

숙하진 않으신 모양입니다. 그런데도 용기를 내서 가까이 간
것을 본받아 저 역시 한 걸음 앞으로 내디뎠습니다.

아아.

시체는 정말이지 참혹했습니다.

처음에 보인 것은 머리였습니다. 평온한 표정. 마치 사랑하
는 연인을 만나는 것처럼 황홀한 표정이었습니다. 피 한 점 튀
기지 않아서, 저는 이런 시체라면 봐도 괜찮을 것 같다는 생각
이 들었습니다.

그러나 끔찍한 것은 그 다음이었습니다. 시체의 머리 아래
로는 뼈만 남아 있었습니다. 살점이 하나도 남지 않은 뼈. 육
체를 지탱해야 할 뼈만이 하얗게 빛을 뿜어내고 있었습니다.

그 그로테스크한 모습에 저도 모르게 토악질을 하고 말았습
니다.

"우웩! 우욱!"

핀치 님이 커다란 손으로 제 등을 톡톡 두드려주셨습니다.
아니, 손가락으로 두드렸다고 해야겠네요.

저는 폐가 된다는 걸 알았지만 몸의 반응을 자제할 수가 없
었습니다.

"꽤 젊어 보이는데 안됐네."

후딘 님이 시체를 향해 가볍게 말하며 제 코앞에 작은 병을
가져다 댔습니다. 향긋하면서도 시원한 향기에 구토증이 가라
앉았습니다.

“그러게. 아무래도 우리 예상이 딱 들어맞은 것 같지?”

“어쨌든 그것도 봉인에서 풀렸으니 타이진이 갖고 있었겠지. 앞뒤가 맞는 것 같군.”

비제이 님과 레이 님이 작은 목소리로 주고받는 대화가 들렸습니다. 저는 죄송스러운 마음에 귀를 틀어막고 싶었지만 그럴 수도 없는 노릇이라 어떻게 해야 좋을지 알 수 없었습니다.

그 후, 비제이 님은 상단 사람들과 한참 대화를 나눴습니다. 어젯밤에 뭔가 본 것은 없느냐, 기척은 없느냐, 갑자기 잠이 쏟아졌느냐, 죽은 남자는 뭘 하는 사람이냐, 이상한 기색은 없었느냐 하는 등의 질문이었습니다.

“이제 가셔도 좋습니다. 장례는 여기 마을에서 치르실 건가요?”

“가이안 수도까지는 가서 치르려고 합니다. 시신을 거두어도 괜찮은 건가요?”

상단 우두머리가 조심스럽게 물었습니다. 비제이 님은 흔쾌하게 허락했습니다.

상단이 시신을 마차로 옮기는 동안, 비제이 님은 또 레이 님과 작은 목소리로 이야기를 나눴습니다.

“너도 대충 알겠지?”

“응.”

“그럼 어쩔까? 바로 치면 상처가 깊을지도 몰라.”

“그렇겠지. 딱한 사정이 있으니.”

"호오, 헤레이스 경. 제자를 받을 생각이 드는 건가?"

"그런 생각 없다. 네놈 하나로도 벅차."

"후후후, 난 이제 홀로서기가 가능하니 다른 제자를 들여도 외로워하지 않겠어."

"쯧."

"그럼 설득을 해야겠네."

"그래. 괜히 장난치지 말고."

"남들이 들으면 오해할 소리하지 마. 성실하고 진지한 남자 한테."

"하아."

대화를 마친 후, 비제이 님은 제 쪽으로 빙글 몸을 돌리셨습니다.

"잘트, 집이 어디야?"

"지, 집이요? 저희 집 말인가요?"

저는 비제이 님이 저희 집을 알고 싶어 할 리 없다고 생각했기 때문에 혹시 잘못 들은 게 아닐까 싶어 되물었습니다. 이런 버릇없는 행동에도 비제이 님은 미소를 지으며 친절하게 대답하셨습니다.

"응, 너네 집. 한번 가보고 싶은데 괜찮을까?"

"네, 네. 물론이지요."

저는 앞장서서 걷기 시작했습니다.

낮에 집으로 돌아가는 것은 처음이었기 때문에 조금 두근거렸습니다. 햇빛 아래 서 있는 새어머니의 모습이 얼마나 아름다울지 기대됐습니다.

비제이 님 일행도 새어머니를 보게 된다면 분명 마음에 들어 하실 겁니다. 새어머니는 가이안에서 아니, 라트 대륙에서 가장 아름다운 분일 테니까요.

"잘트, 요새 아버지 건강이 안 좋다고 했지? 그럼 새어머니가 간호를 하나?"

"네, 만약 새어머니가 안 계셨다면 아버지는 벌써 돌아가셨을지도 몰라요. 그리고 저도."

"너도? 왜?"

저는 전에 제코에게 맞아 죽을 뻔한 일에 대해 말했습니다. 비제이 님은 제 이야기를 가만히 들으시다가 물었습니다.

"그때 새어머니가 네 병간호를 했다고? 그게 정말이야?"

"네? 네, 네에. 정말 다정하게 돌봐주셔서……."

"피 흘린 걸 닦아주기도 했고?"

"네."

저는 비제이 님이 왜 이런 걸 물으시는지 알 수 없었습니다. 혹시 마을에서 새어머니에 대한 안 좋은 소문을 듣기라도 하신 걸까요? 그래서 새어머니가 그런 친절한 행동을 할 수 없다고 생각하신 걸까요?

"이런…… 그건 좀 이상한데?"

"저, 비제이 님. 새어머니는 정말 좋은 분이세요. 마을에 안 좋은 소문이 돌지도 모르겠지만…… 정말 저에게 잘해주세요. 요리도 아주 잘하시고…… 저희 가게 주인아주머니보다 더 맛있는 요리를 해주시곤 해요."

"요리를 해준단 말이지."

제가 새어머니의 칭찬을 하면 할수록 비제이 님의 표정이 굳어졌습니다. 화가 났다기보다는 당혹스러운 표정이었습니다.

비제이 님은 잠시 걸음을 멈추고 레이 님을 불렀습니다.

"아닐지도 모르겠어."

"일단 가서 확인하지."

"하아, 만약 아니면 넌 범인 잡을 때까지 남을 거야?"

"그래야겠지. 희생자가 더 나오게 할 순 없으니."

"알겠어. 일단 가보고, 아니면 우린 바로 길을 떠날게."

"그래."

뭐가 아니라는 걸까요?

대화가 들리기는 해도 이해를 할 수 없으니, 전 참으로 아둔한가 봅니다.

저희 집은 마을 중심보다 조금 높은 지대에 있었습니다. 왕래가 거의 없는 길이라 잘 포장되지 않아 돌과 자갈 때문에 걷기 불편했습니다. 하지만 비제이 님들은 아무 불평 없이 그 길을 올라왔습니다.

집이 가까워질수록 비제이 님의 표정이 점점 굳어졌습니다. 비제이 님뿐 아니라 비제이 님 일행 분들의 표정도 굳었습니다.

루빈 님이 코를 막았습니다.

"악! 이게 뭔 냄새야?"

"내, 냄새요?"

저는 당황했습니다.

집은 항상 깨끗하게 청소를 합니다. 새어머니가 청결한 걸 좋아하시거든요. 게다가 화단도 가꾸고 있어서 저는 집에 가면 늘 상쾌한 기분을 느끼곤 합니다.

그런데 루빈 님은 그렇지 않은 듯 자그마한 얼굴을 잔뜩 일그러뜨리고 후딘 님의 옷깃을 잡았습니다.

"으윽. 지독해, 후딘."

"이런 건 참아야 어른이다, 루빈."

후딘 님의 말에 루빈 님이 발끈하더니 씩씩하게 걸어 올라갔습니다.

"아이고야, 어쩌면 내 예상이 맞을지도 모르겠고."

비제이 님은 곤란하다는 표정으로 중얼거렸습니다. 예상이 맞는 건데 왜 곤란해하시는 걸까요?

집에 도착했습니다.

"어머니, 제가 왔어요. 귀한 분들이 오셨어요, 어머니."

제가 문을 열며 외쳤습니다.

"으……."

문을 여는 순간, 뒤에서 나직한 신음소리가 들렸습니다. 후딘 님과 핀치 님이 낸 소리입니다.

“어머, 귀한 분들이라니…… 누가 오셨는데?”

앓아누우신 아버지를 위해 요리를 만들고 계셨나 봅니다. 집 안엔 향긋한 풀죽 냄새가 가득했습니다.

“백작님이랑 기사님께서…… 오늘 제가 제코한테 당할 뻔한 걸 도와주셨어요.”

“어머, 어머, 어머. 배, 백작님이라고? 정말이니?”

새어머니가 후다닥 밖으로 달려나오셨습니다. 요리를 하다 나오셨지만 새어머니의 차림새에는 흐트러짐이 없었습니다.

새어머니의 아름다운 모습에 비제이 님 일행도 놀란 듯 눈을 크게 뜨고 있었습니다. 고마운 분들을 향해 저는 자랑스레 새어머니를 소개했습니다.

“저희 새어머니세요.”

*　　*　　*

“저희 새어머니세요.”

잘트의 말에 비제이 일행은 할 말을 잃었다.

사실 아까 잘트의 집에 가까이 왔을 때부터 말할 겨를이 없긴 했다. 잘트의 집으로부터 풍겨오는 지독한 냄새 때문이었다. 루빈은 구토증을 간신히 참고 있었다.

“그쵸? 저도 처음엔 너무 놀랐어요. 하지만 정말 좋은 분들이에요. 네, 감사 인사는 했어요, 어머니.”

잘트는 혼자서 이야기하고 있었다. 누군가와 대화를 하고 있는 듯 보였지만, 잘트의 옆엔 아무도 서 있지 않았다. 누군가가 눈에 보이지 않는 존재가 아니라면, 잘트는 환상을 보고 있는 것이다.

"음…… 잘트, 새어머니가 어디 계셔?"

보다 못한 비제이가 물었다.

잘트는 의아하다는 듯 고개를 갸웃하며 자신의 옆을 가리켰다.

"여기, 이분이 새어머니세요. 정말 젊으시죠?"

"흐음……."

루빈이 뭔가 말하려 하자 후딘이 얼른 루빈의 입을 막아 말렸다.

비제이는 조용히 잘트를 응시했다. 잘트는 자신을 향한 비제이의 시선이 부담스러운지 눈을 아래로 깔았다.

"뭐, 뭔가…… 마음에 안 드시는 점이라도……?"

잘트가 떨리는 음성으로 물었다.

"아니, 그건 아닌데. 집에 좀 들어가 봐도 될까?"

비제이의 질문에 잘트가 새어머니를 돌아보는 시늉을 하며 물었다.

"어머니, 집에…… 아, 네. 안 그래도 청소를 해두셨대요. 다행이네요. 지저분한 집에 귀한 분들을 모실 수가 없어서 걱정했는데……."

잘트는 새어머니(비제이 일행 눈에는 안 보이지만) 앞이라 그런지 마을에 있을 때보다 행동거지가 밝았다.

"난 안 들어갈래. 못 들어가겠어."

루빈이 비제이의 옷을 잡으며 속삭였다.

"뭔가…… 있을 것 같아. 난 그런 거 못 봐."

"알아, 루빈. 괜찮으니까 핀치랑 같이 밖에서 기다려."

"으응. 저, 조금 떨어져 있어도 될까?"

"그래."

비제이의 허락이 떨어지자마자 핀치와 루빈은 기다렸다는 듯 집에서 멀리 떨어진 곳으로 달려갔다.

비제이 역시 그 안에 무언가 있다는 것을 느낄 수 있었다. 그리고 그 무언가의 정체도 대충은 짐작하고 있었고, 그것은 참 슬픈 일이었기에 마음이 착잡했다.

집은 좁았다.

방이 나뉘어 있지 않고, 칸막이로만 생활공간을 구분한 집이었다. 흔히 볼 수 있는 가난한 평민들의 집이다.

빛이 별로 들어오지 않는 구조라서 어두웠고, 굉장히 지저분했다. 몇 달 아니, 거의 일 년은 청소를 하지 않은 것처럼 보였다. 여기저기 널려 있는 더러운 옷가지와 쓰레기, 썩은 음식물, 그리고 썩은 시체.

집에서 떨어진 곳까지 풍기던 냄새는 바로 이 냄새였다.

시체 썩는 냄새.

"아버지는…… 어디 계셔?"

잘트가 왼쪽 칸막이를 가리켰다.

"이쪽이 부모님 공간이긴 한데…… 아버지가 많이 편찮으셔서 일어나지 못하실 수도 있어요."

"괜찮아. 가서 봐도 될까?"

"어머니…… 아버지 상태는……? 아, 전보다 더 좋아지셨대요. 지금 일어나 계신다니 다행이네요."

"일어나 있대?"

"네, 이유 없이 앓아누우셔서 굉장히 걱정했거든요."

"그래."

비제이는 잘트의 머리를 쓰다듬으려다 관두고 칸막이 안으로 들어갔다.

나무로 대충 만들어놓은 침대가 정면에 보였다. 질 나쁜 천으로 만든 얇은 이불은 거뭇거뭇하게 변색되었다. 안에서 뭔가 흘러나와 적신 채 굳어진 것 같았다.

이불은 시체의 어깨까지 덮여 있었다. 이불 밖으로 드러난 시체의 상태로 봐서는 죽은 지 몇 개월은 지난 것 같았다. 살은 새까맣게 썩었고, 눈과 코, 입엔 구더기가 가득했다.

윙윙 날아다니는 소리는 파리 떼의 소리였다.

이런 곳에서 병에 걸리지 않고 살아남은 잘트는 운이 좋다고밖에 생각할 수 없었다.

비제이는 얼굴에 들러붙는 파리를 떨쳐내며 침대 가까이 다가갔다. 그리고 거칠게 이불을 들춰냈다. 썩어서 허물어진 시신이 드러났다.

"이야, 굉장하구만. 이건 아무리 나라도 못 참겠는데?"

후딘이 담배를 물었다. 레이는 후딘이 담배를 피면 멀리 떨어지는 편이지만, 지금은 담배 냄새로라도 역겨움을 달래고 싶어 후딘의 곁에 그대로 서 있었다.

"잘트, 아버지 일어나 있어?"

"네? 아…… 죄, 죄송해요. 아버지가 아직 완전히 회복된 게 아니라서…… 침대에서 내려오실 수는 없나 봐요."

잘트는 비제이의 질문을 왜 아버지가 벌떡 일어나 인사하지 않느냐는 호령으로 오해한 듯 더듬더듬 말했다. 비제이는 참담한 심정으로 잘트와 시체를 번갈아 봤다.

저 정도면 중증이다.

잘트에게서 시선을 돌리던 비제이는 침대 아래쪽에 있는 석상을 발견했다. 부르는 여자의 석상이었다.

마을에서 벌어진 사건은 부르는 여자의 석상이 한 짓이 틀림없다. 하지만 지금 잘트의 상태는…….

'지금 데리고 나가는 게 좋으려나? 아니면……?'

"회복의 여지는 있는 것 같군."

카오스가 잘트의 얼굴을 빤히 쳐다보며 중얼거렸다.

"애초에 정신력이 강한 녀석이야. 이 정도로 허물어지진 않아."

"하지만 지금 상태가…….

"인간은 나약하잖아. 네놈도 한번 마물이 될 뻔했었지."

"그렇긴 해."

비제이는 수긍했다.

사실 지금 같은 상황에선 잘트에게 좋은 것이 그저 이대로 살아가는 것인지, 아니면 진실을 알려주고 잘트에게 보이는 현실을 깨뜨리는 것인지 확신을 내릴 수 없었다.

잘트는 환상을 보고 있었다.

부르는 여자의 석상이 보여주는 환상이 아니다. 다른 트레저가 보여주는 환상도 아니다.

긴긴 고달픔에 지친 잘트는 자신의 마음이 만들어낸 환상 속에서 살아가고 있었다.

일단 잘트를 놔두고 비제이 일행은 여관으로 돌아왔다. 여관까지 오는 도중에도 몸에 배인 지독한 냄새는 사라지지 않았다.

"으윽! 샤워부터 해, 샤워부터! 냄새나!"

멀리 떨어져서 기다리고 있었던 루빈이 불평을 터뜨리자 카오스가 으르렁거렸다.

"처음부터 못 보겠다고 도망친 녀석 주제에 불평은 많군! 찢어지고 싶냐?"

"아씨! 너, 그런 걸로 협박 좀 하지 마! 지혜의 드래곤이라면서?"

"흥! 우리 씻는 동안 나가서 오리고기 통째로 구운 거나 사와라. 아까 그 가게 요리가 맛있더군."

"아까 그렇게 많이 먹었으면서 또 먹게?"

"크르릉."

카오스가 이를 드러내자 루빈이 입술을 비쭉 내밀고 후다닥 뛰어나갔다.

"마음이 만들어낸 환상이라. 트레저가 보여준 것일 리는 없고?"

목욕을 하고 다시 모였을 때, 레이가 머리에 묻은 물기를 닦아내며 물었다.

"부르는 여자의 석상은 환각을 보여주진 않아. 주위에 다른 트레저의 영향이 끼친 것 같지도 않았고."

"그럼 부르는 여자의 석상과 전혀 관계없이 그 애가 그렇게 됐다는 건가?"

"전혀 관계가 없진 않겠지. 아마 걔네 아버지가 석상을 갖고 왔을 거야. 타이진한테 받았겠지? 그때부터 걔네 아버지는 석상에 사로잡혀 서서히 죽어가기 시작했을 거야. 그 애는 그동안 아버지 뒤치다꺼리를 하느라 많이 힘들었지. 그럴 때 아버지가 가지고 온 석상을 보고 사람이라고 생각했을지도 몰라. 부르는 여자의 석상은 살아 있는 것처럼 보이기도 하고, 굉장히 아름다우니까."

"그럼 그 애는 그 석상이 움직이고, 말을 하고, 집안일도 한다는 환상을 계속 보고 있는 건가? 게다가 자기 아버지가 죽었다는 것도 모르고?”

“이미 한번 환상을 만들어내기 시작하니, 피하고 싶은 것이 생기면 계속해서 환상을 만들어내게 되는 거겠지. 아무리 술주정뱅이라도 가족 없는 잘트에겐 소중한 존재일 테니까.”

그래서 잘트는 현실을 보지 않았다. 잘트의 눈에 보이는 것은 아버지와 아름다운 새어머니였다.

“부르는 여자의 석상은 밤이 되면 움직여. 일단은 마을에 깔린 게 남자고, 여행자도 종종 찾아오는 곳이니까 머리 좀 굴린 거야.”

“트레저 주제에?”

“사념이니까. 가장 효율적으로 먹어치우는 방법을 사용한 거지.”

가장 쉬운 방법은 잘트를 고려하지 않고 부르는 여자의 석상을 없애는 것이다. 하지만 그랬다가는 잘트의 정신이 완전히 부서질지도 모르기에 망설여졌다.

“어떻게 할래?”

후딘이 물었다. 비제이는 잠깐 고민을 하다가 말했다.

“역시 난 잘트가 부서지는 걸 보고 싶진 않아.”

“하지만 그런 상황에서 살아남는 게 과연 그 애한테 좋을까? 어쩌면 그냥 아무것도 모르고 죽는 게 나을지도 모르잖아.”

루빈이 반박했다. 비제이는 루빈을 향해 싱긋 웃었다.

"넌? 루빈 너라면 그러고 싶겠어?"

"난 원래 호기심이 많잖아! 진실을 아는 게 중요해!"

"그래. 분명 잘트도 그럴 거야. 강압적으로라도 현실을 보여 줘야겠어. 그 후의 선택은 잘트가 하겠지."

＊　　　＊　　　＊

"이렇게 일찍 돌아와서 가게 주인이 널 혼내지 않겠니? 나야 우리 잘트랑 같이 있을 수 있어서 좋지만……."

"비제이 님이 데리고 나온 거라서 아마 아무 말도 못 할 거예요. 어머니도 보셨어야 돼요. 레이 님이 사실은 백작님이라는 게 알려졌을 때, 제코가 오줌이라도 싸는 줄 알았다니까요."

"후후, 짓궂기는."

새어머니는 가게에서 있었던 비제이 님들의 이야기를 들으며 즐거워하셨습니다.

"어머, 우리 잘트 배고프겠구나."

"아, 그리고 보니 점심도 못 먹고 있었어요."

"기다려보렴. 아침에 해놓은 음식이라 좀 식었는데. 괜찮겠니?"

"네, 주세요! 어머니 음식은 식어도 맛있어요."

새어머니가 부엌에서 음식을 가지고 나왔습니다. 식긴 했지

만 맛있어 보이는 산나물 조림이었습니다. 제가 먹기 위해 포
크를 들 때였습니다.

"잘트. 나야, 비제이. 문 좀 열어줘."

비제이 님이 찾아오셨습니다.

저는 놀라 황급히 문을 열었습니다. 비제이 님은 이번에도
햇살을 등지고 서 계셨습니다. 반대쪽으로 기우는 태양이 비
제이 님의 실루엣을 황금색으로 물들였습니다.

"뭐해?"

"점심을 못 먹어서……."

비제이 님은 제 어깨 너머로 식탁을 흘끗 보시더니,

"썩은 거잖아."

하고 중얼거리셨습니다. 제가 놀라서 눈을 크게 뜨자 비제
이 님이 말씀하셨습니다.

"일단 나가자. 할 이야기가 있어."

"하, 할 이야기요?"

"그래, 나가자."

"네, 네."

제가 비제이 님의 명령을 거부할 수는 없습니다. 저는 뒤돌
아 새어머니께 '다녀오겠습니다.' 하고 인사를 한 후 비제이
님을 따랐습니다.

비제이 님과 함께 마을 중심으로 내려가다가 자경단원들과
마주쳤습니다. 자경단원들은 비제이 님의 모습을 보더니 화들

짝 놀라며 굽실거렸습니다. 비제이 님은 그들을 무시하고 아까 상단 사람의 시체가 있던 길로 나갔습니다.

"저, 어디를……?"

저는 실례라는 걸 알지만 조심스럽게 물었습니다.

"그냥, 뭐. 사람이 없는 곳이면 충분해. 여기가 좋겠다."

그냥 길가였습니다. 마땅히 앉을 곳도 없었지만 비제이 님은 길목에 털썩 앉았습니다. 기사답지 않은 행동이었습니다. 하지만 그 행동조차도 비제이 님의 기품을 떨어뜨리진 못했습니다.

저는 어쩔까 하다가 비제이 님의 앞에 무릎을 꿇고 앉았습니다.

"편하게 앉아. 아, 괜찮아. 편하게 앉으래두?"

제가 편하게 앉자 비제이 님은 제 얼굴을 뚫어져라 쳐다봤습니다. 제 얼굴에 뭐가 묻기라도 한 걸까요? 손으로 얼굴을 훑어보았지만 묻어나오는 것은 없었습니다.

비제이 님은 한동안 제 얼굴만 살피실 뿐 말씀이 없으셨습니다. 비제이 님의 검붉은 눈동자는 다정하지만 똑바로 주시할 수 없는 힘이 있었습니다. 매번 저를 때리는 빅이나 빅의 형제코, 주인아저씨도 이런 위압감을 갖고 있지 않습니다.

아아, 저는 비제이 님의 눈동자를 보는 순간 그것이 세계를 돌아다니는 위대한 영웅의 눈빛이라는 것을 실감할 수 있었습니다. 그래서 그간 궁금했던 것을 여쭈었습니다.

"비제이 님께선…… 트레저 헌터이신가요?"

"응, 트레저 헌터야."

저 같은 것의 질문에도 비제이 님은 명쾌하게 대답을 해주셨습니다. 저는 비제이 님의 행동에 용기를 얻었습니다.

"그럼 많은 곳을 돌아다니시겠네요."

"응. 많은 곳을 돌아다니고, 많은 것을 보고 있어. 너도 그러고 싶어?"

"그러고 싶긴 하지만…… 저는 아버지와 어머니를 모셔야 하는걸요. 하지만 정말 굉장해요, 비제이 님. 여행을 하는 건 많이 위험하지 않나요? 늘 친구 분들과 함께 다니시는 건가요?"

"같이 다닐 때도 있고, 혼자 다닐 때도 있지. 거의 대부분은 혼자 다녀. 아, 빵 먹을래?"

"네, 감사합니다."

저는 사양이라는 것도 모르고 빵을 받아들었습니다. 빵은 아직도 따뜻해서 입안에 살살 녹았습니다.

"부모님께서 굉장히 자랑스러우시겠어요."

허겁지겁 빵을 먹으면서 바보 같은 말을 내뱉고 말았습니다. 비제이 님은 그런 저를 보며 싱긋 웃으셨습니다.

"글쎄. 이미 돌아가셔서 자랑스러워하실지, 아닐지 잘 모르겠는걸?"

"네? 아…… 저, 저 죄송합니다."

"그게 왜 죄송하지? 나는 괜찮아. 가족이 없어도 친구들이 있으니까."

비제이 님은 제 머리를 쓰다듬어주셨습니다.

"세상엔 참 많은 것들이 있어. 살다 보면 잃는 것도 있고, 또 얻는 것도 있지. 하지만 잃는 것에 연연하여 현실을 똑바로 직시하지 않으면 아무것도 얻을 수 없게 돼. 내가 얻을 수 있는 건 늘 내 앞에 있는데, 잃은 것을 보느라 얻을 것을 놓치는 거지."

비제이 님의 말씀은 저같이 아둔한 놈이 듣기엔 너무 어려웠습니다.

"잘트, 지금 바로 눈앞에 얻을 것이 없다고 해서 현실을 외면해선 안 되는 거야. 외면하면 정말로 아무것도 얻을 수 없게 되어버려."

저는 아둔하여 뜻을 이해할 순 없었지만, 비제이 님이 하시는 말씀의 무게감은 느낄 수 있었습니다. 그리고 그럴 리는 없겠지만, 어째서인지 비제이 님께서 저를 걱정하는 것처럼 느껴졌습니다.

비제이 님은 거기서 말씀을 멈추셨고, 저는 묵묵히 빵을 뜯어 먹었습니다. 빵의 맛이 별로 느껴지지 않았습니다.

얼마나 오래 앉아 있었는지 모르겠습니다. 해는 완전히 저물어서 주위가 어두워졌습니다.

비제이 님은 무섭지도 않은 걸까요? 바로 어젯밤에 여기서 무서운 사건이 일어났는데 말이죠.

제가 불안한 듯 몸을 움직이자 비제이 님이 제 어깨에 팔을 둘렀습니다. 따뜻했습니다.

"비제이 님은 굉장히 다정한 분이세요."

제 말에 비제이 님은 놀란 듯 눈을 크게 떴습니다.

"넌 내가 안 무서워?"

"네? 아, 물론 기사님이시지만…… 그래도 절 구해주셨고, 다정하셔서……."

"아아, 그래. 그렇구나."

제가 실례되는 말을 한 걸까요? 기사이신 비제이 님께 무섭지 않다고 말하면 안 되는 것이었을까요?

어쩔 줄 몰라 하는 제게 비제이 님이 말씀하셨습니다.

"잘트, 넌 거짓 속에서 살아가는 게 좋아, 아니면 괴로운 현실이라도 그걸 똑바로 마주 보는 게 좋아?"

당연히 현실을 마주 봐야 한다고 생각합니다. 하지만 섣불리 대답할 수가 없었습니다. 비제이 님의 표정이 차갑게 가라앉았기 때문입니다. 자칫 잘못하면 두려운 현실을 마주 봐야 할 일이 생길 것 같았습니다.

무서울 이유가 없는데도 손이 땀으로 축축하게 젖었습니다.

"저는…… 저는……."

입술을 달싹거리며 대답을 하려고 할 때 비제이 님이 말씀하셨습니다.

"네 아버지는 죽었어, 잘트. 그리고 너에겐 새어머니가 없어."

마을 사람들에게 심술궂은 말을 들을 때와는 다른 느낌이었습니다. 더없이 다정한 그 음성은 차가운 얼음 칼이 되어 제 심장에 박혔습니다. 고요한 어둠이 일렁거리고, 선선한 바람이 매섭게 몰아치는 느낌이 저를 감쌌습니다.

일어나 도망치고 싶건만 몸이 움직이지 않았습니다.

"너는 현실이 아닌 환상을 보고 있어. 네가 만들어낸 환상. 나는 네 집에 갔을 때 네 아버지의 오래된 시체와 지저분한 집을 봤어. 하지만 네 새어머니는 보지 못했어. 너는 네가 만들어낸 행복한 환상 속을 걷고 있어. 혼자라는 현실을 견디고 싶지 않아서."

비제이 님이 제 양쪽 어깨를 꽉 붙잡았습니다.

"잘트, 현실을 봐. 너에겐 가족이 없어."

"아……."

"나에게 가족이 없듯이."

아니라고 악을 쓰며 도망치려던 저는 비제이 님이 덧붙인 말에 입을 다물었습니다. 그 말을 한 비제이 님의 눈빛이 너무도 쓸쓸했기 때문인지도 모르겠습니다. 비제이 님처럼 강한 분에게도 쓸쓸함이 존재한다는 걸 몰랐습니다. 제가 아둔한 탓이겠지요.

비제이 님을 위로해드리고 싶은데 아무 말도 떠오르지 않았습니다.

"트레저 중에 부르는 여자의 석상이라는 게 있어. 사람을 홀리고 잡아먹는 석상이야. 네 집에 그게 있어. 넌 그걸 새어머니라고 착각했던 거야. 어쩌면 어느 정도 그 석상에게 먹혔을지도 모르겠어."

저는 무심코 제 팔을 내려다봤습니다.

"아니, 몸이 먹힌 게 아니야. 트레저는 사람의 마음을 먹어. 특히 부르는 여자의 석상은 상당히 강한 트레저라서 순식간에 사람 마음을 먹어치워. 상단 젊은이들도 석상에게 홀려서 자기 몸에 무슨 일이 일어났는지도 모르고 끌려가 죽었을 거야. 그 표정 봤지? 황홀하다는 표정. 하지만 넌 가까이 있으면서도 먹히지 않았어, 잘트. 그 이유가 뭔지 알아?"

"……."

"네 마음이 강하기 때문이야. 외로움이 환상을 만들어냈어도 너는 강해. 그래서 부르는 여자의 석상은 네 마음을 먹지 못했어. 지배당하지 마, 잘트. 환상 따위에 지배당해선 안 돼."

"거……짓말……이죠?"

"난 사기는 쳐도 거짓말은 하지 않아."

"우리…… 우리 새어머니를 싫어하셔서…… 그래서 그런 말씀을 하시는 거죠?"

"잘트."

"새어머니는 다정하신 분이에요. 그런 식으로 새어머니를 존재하지도 않는 것처럼 말씀하지 마세요! 비제이 님도……
비제이 님도 마을 사람들이랑 똑같아요!"

저는 비제이 님의 팔을 뿌리치고 도망쳤습니다.

붙잡으실 줄 알았던 비제이 님은 저를 따라오지 않으셨습니다.

저는 집으로 가는 동안 크게 울었습니다.

만난 지 하루밖에 안 된 귀족이 저를 이해해주기를 바란 것이 얼마나 어리석은 마음인지는 알고 있습니다. 그러나 비제이 님까지 저를 미친 아이로 생각하신다는 현실이 참으로 잔혹해서, 저는 한심하게도 계속 울고 또 울었습니다.

*   *   *

"잘 안 됐나 보군."

가까운 곳에서 지켜보고 있던 레이가 다가왔다.

"응, 잘 안 됐어. 잘 안 되는 게 당연하지. 난 주변머리가 없잖아."

"맞아."

"어이, 레이. 너무 딱 잘라서 수긍하면 나 상처받는다?"

비제이가 쿡쿡 웃으며 레이의 검을 가리켰다.

"나, 하더 왕의 검 좀 빌려줘."

　　집에 들어가기 전 눈물을 닦았지만 다정하신 새어머니는 제가 운 걸 알아챘습니다. 걱정하시는 새어머니께는 집으로 돌아오다가 넘어져서 그렇다고 변명을 했습니다.

　　자려고 누웠지만 잠이 오지 않았습니다.

　　이리저리 뒤척거리다가 간신히 잠이 들려고 할 때였습니다.

　　부스럭.

　　새어머니께서 집 밖으로 나가는 소리가 들렸습니다. 화장실이라도 가시는 거겠지요.

　　왠지 비제이 님이 하신 '부르는 여자의 석상' 이란 트레저가 떠올랐습니다. 다정하고 아름다운 새어머니가 그런 무서운 트레저일 리는 없습니다. 그런데도 생각이 나서, 저는 오들오들 떨며 이불을 한껏 뒤집어썼습니다.

　　한번 달아난 잠은 쉬이 찾아오지 않았습니다.

　　저는 이불을 뒤집어쓴 채 새어머니가 돌아오시기를 기다렸습니다. 화장실이 멀리 떨어져 있는 것도 아닌데 새어머니는 한참 동안 돌아오지 않았습니다. 그러자 더욱 무서운 생각이 들었습니다.

　　새어머니를 찾으러 나갈까 하는 생각에 이불을 들췄을 때, 끼익 문이 열리며 새어머니가 돌아왔습니다. 아른아른 흐르는 달빛에 새어머니의 모습이 어슴푸레 드러났습니다.

새어머니는 입가에 붉은 피를 묻히고 있었습니다. 하늘하늘 가느다란 손가락 끝에서도 피가 뚝뚝 떨어졌습니다.

깨어 있는 걸 들키면 죽는다!

그런 생각이 들어 눈을 감으려는 순간, 새어머니와 눈이 딱 마주쳤습니다.

새어머니의 입꼬리가 둥근 원을 그리며 올라갔습니다.

"봤구나."

눈을 질끈 감았는데 몸 위에 둔중한 느낌이 들었습니다. 눈을 뜨자 새어머니의 얼굴이 한 치 앞에 있었습니다. 새까만 눈동자가 탐욕스럽게 빛났습니다.

저는 비명조차 지르지 못했습니다.

"봤구나, 아이야. 네가 나를 봤구나."

새어머니가 제 뺨을 쓰다듬었습니다.

평소에는 따뜻하게만 느껴졌던 그 손이 너무나 차가웠습니다. 새어머니의 입에서 냉기와 함께 지독한 피비린내가 흘러나왔습니다.

"어, 어머니……."

"어머니? 이상하구나. 너는 왜 나를 어머니라 부르는 걸까? 나에게 마음을 주지도 않으면서. 하지만 지금은 날 받아들일 준비가 되었나 보구나."

새어머니는 제 목을 콱 움켜쥐었습니다.

"내 안으로 들어오렴. 아비도 없이 맞고만 사는 것보다 훨씬 행복할 테니까.”

고통스러웠습니다. 입을 벌리던 새어머니가 이상한 듯 고개를 갸웃했습니다.

“이유가 뭐지? 왜 너는 행복해하지 않는 거지? 나에게 먹힌다는 생각에 가슴이 뛰지 않는 거니? 황홀해지지 않는 거니? 왜 그렇게 고통스러운 표정을 하고 있는 거지?”

누구라도 목을 졸리면 고통스러운 게 당연합니다. 새어머니는 아니, 내 앞에 있는 괴물은 그런 당연한 것도 모르나 봅니다.

“그야 강하니까.”

저는 환청을 듣고 있는 걸까요?

괴물의 뒤에서 비제이 님의 음성이 들렸습니다.

“너 같은 괴물에게 먹히지 않을 만큼 강하니까 황홀하지도 않은 거야. 잡아먹힐 때 괴로운 건 당연한 거거든.”

비제이 님이 걸어왔습니다. 달빛은 비제이 님을 위해 존재하는 것이 분명합니다. 비제이 님을 보호하려는 듯 달빛은 비제이 님을 휘감았습니다. 이대로 달빛에 녹아 사라진다 해도 이상하지 않을 것입니다.

저는 이 아름다운 광경을 볼 수 있다는 사실에 황홀해졌습니다.

“오호, 먹잇감이 제 발로 걸어왔구나.”

비제이 님은 혼자였습니다. 혼자서 괴물을 앞에 두고 있는데도 전혀 두려워하지 않았습니다. 오히려 싱글싱글 웃고 있어서, 저는 제가 환상을 보는 게 아닌지 두려워졌습니다.

"널 먹어주마."

괴물이 제 목을 놓고 비제이 님을 향해 덤벼들었습니다. 하지만 괴물은 비제이 님에게 손가락 끝도 댈 수 없었습니다. 괴물이 저에게 했듯 비제이 님이 손을 뻗어 괴물의 목을 움켜쥐었기 때문입니다.

괴물은 몸을 버둥거렸습니다.

"나를 먹기에 넌 너무 약해."

우둑.

괴물의 목이 꺾이는 소리가 들렸습니다. 보통의 인간이라면 죽을 테지만 괴물은 괴물인 모양입니다. 괴물은 여전히 이를 드러내고 움직였습니다.

비제이 님은 씩 웃으며 명령했습니다.

"이제 그만 들어가라."

비제이 님이 어떤 힘을 사용했는지는 모르겠습니다. 저것이 바로 트레저 헌터가 갖고 있는 힘일까요?

살아서 날뛰던 괴물은 서서히 움직임을 멈추더니 석상으로 변했습니다. 너무도 아름다워 살아 있는 것 같지만, 만지면 차가울 것이 분명한 석상으로요.

비제이 님과 눈이 마주쳤습니다.

"자 봐."

비제이 님의 목소리가 딱딱하게 들렸습니다.

"이게 현실이야."

저는 아까부터 지독한 냄새를 맡고 있었습니다. 주위를 둘러보자 몇 개월은 청소하지 않은 것 같은 지저분한 집과 썩은 음식들이 보였습니다.

저는 서둘러 아버지의 침대로 달려갔습니다.

비제이 님의 말이 맞았습니다.

아버지는 이미 형태를 알아볼 수 없을 만큼 썩어 있었습니다. 눈도, 코도 찾아볼 수가 없었습니다. 가끔 술에 취하지 않았을 때에 제 머리를 쓰다듬어주던 커다란 손도 사라졌습니다.

침대에 다가가지 못하고 멍하니 서 있는 제 옆으로 다가오신 분은 레이 님이었습니다. 레이 님은 잠시 제 옆에 서 계시다가 물었습니다.

"나랑 함께 가겠나? 너에게 검술을 알려주지."

아버지의 시체는 집 밖에서 태웠습니다. 핀치 님은 더럽지도 않은지 아버지의 썩은 시체를 군말 없이 날라주었습니다. 그러고 보니 핀치 님은 낮에 봤을 때와 분위기가 많이 다릅니다. 좀 여성스럽다는 느낌이 듭니다.

카오스 님은 마법사인 모양입니다. 마법 주문을 외우지도 않았는데 아버지의 시체에 불이 붙었습니다.

　이미 태울 것도 없을 만큼 썩어버린 아버지의 시체는 붉은 불길 안에 갇혀 서서히 사라지기 시작했습니다.

　저는 아버지의 시체가 타는 것보다는 비제이 님이 마음에 걸렸습니다. 제가 아까 마을 밖에서 저지른 실례 때문인지 비제이 님은 저에게 말을 걸지 않으셨습니다.

　저는 비제이 님께 미움을 받고 싶지 않았기 때문에 사과를 하기 위해 비제이 님을 찾았습니다.

　비제이 님은 나무 위에 걸터앉아 밤하늘을 올려다보고 계셨습니다.

　"비제이는 걱정을 했어."

　안타까움에 올려다보는 제게 루빈 님이 말씀하셨습니다.

　"혹시 너에게 현실을 보여준 게 너를 불행으로 끌어들인 일이 아니었을까 싶어서. 환상 속에 살게 내버려두는 게 낫지 않았을까 싶어서."

　"……."

　"너에게 화가 난 게 아니야. 가족이 없다는 걸 깨달은 네가 많이 슬플까 봐 걱정을 하는 것뿐이야."

　"저는…… 저는 괜찮은데……."

　"응, 하지만 비제이도…… 가족을 잃은 슬픔이 어떤 건지 알고 있으니까."

　그러고 보니 비제이 님 역시 가족이 없다고 하셨습니다. 그런데도 절 걱정해주신다니.

　저는 비제이 님을 올려다봤습니다. 달빛을 받은 비제이 님은 이 세상 사람 같지 않게 아름다우셨습니다.

　저는 비제이 님을 위해서라면 목숨이라도 바칠 수 있을 것 같다는 기분이 들었습니다.

　그때 비제이 님께서 하프를 꺼내 연주를 하기 시작했습니다. 아름다운 선율에 맞춰 비제이 님의 노랫소리가 들려왔습니다.

　그것은 음정과 박자가 맞지 않는 엉망진창의 노래였지만 저의 귀에는 그 어떤 음유시인의 노래보다 아름답게 들렸습니다.

〈번외-부르는 여자의 석상 끝〉

그로스 언리미티드

주현성 판타지 장편소설

FANTASYSTORY & ADVENTURE

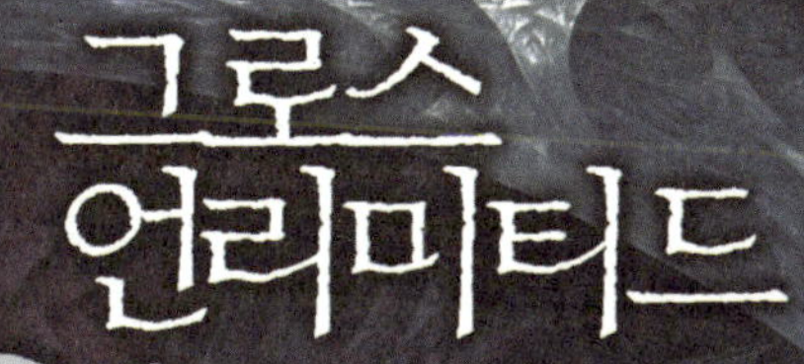

그로스Gross 내스티Nasty,
이제부터 그것이 자네의 이름이네
자네의 모습을 보니 그 이상 가는 이름은
찾을 수 없을 것 같군.

이름을 지어준 친우가 살해당한 그때,
무한한 잠재력을 지닌 괴물이 복수를 결심했다!

dream books
드림북스

블레이드 헌터

김정률 판타지 장편소설

FANTASYSTORY & ADVENTURE

『소드 엠페러』,『다크 메이지』,
『트루베니아 연대기』의 작가
김정률 판타지 장편소설

혼돈의 시대를 가로지르는 빛의 검이 되어라
『블레이드 헌터』

세계의 균형을 위협하는 빛나는 검의 출현!
마스터의 유지를 받들어 그 비밀을 밝힌다!

dream
books
드림북스

드래곤 나이트
DRAGON KNIGHT
박제후 판타지 장편소설
FANTASYSTORY & ADVENTURE
원수의 심장에 겨눈 불꽃의 검은 아직 타오르지도 않았으니,
눈보라에 섞여 들려오는 용의 고동 소리에 귀 기울여라!
박제후 판타지 장편소설
『드래곤 나이트』
갈증이, 갈증이 가시지 않는다.
핏줄을 타고 흐르는 용의 혈통을 일깨워
몰락과 소멸의 그림자 위에 복수의 불길을 피워 올리리라!
dream books
드림북스

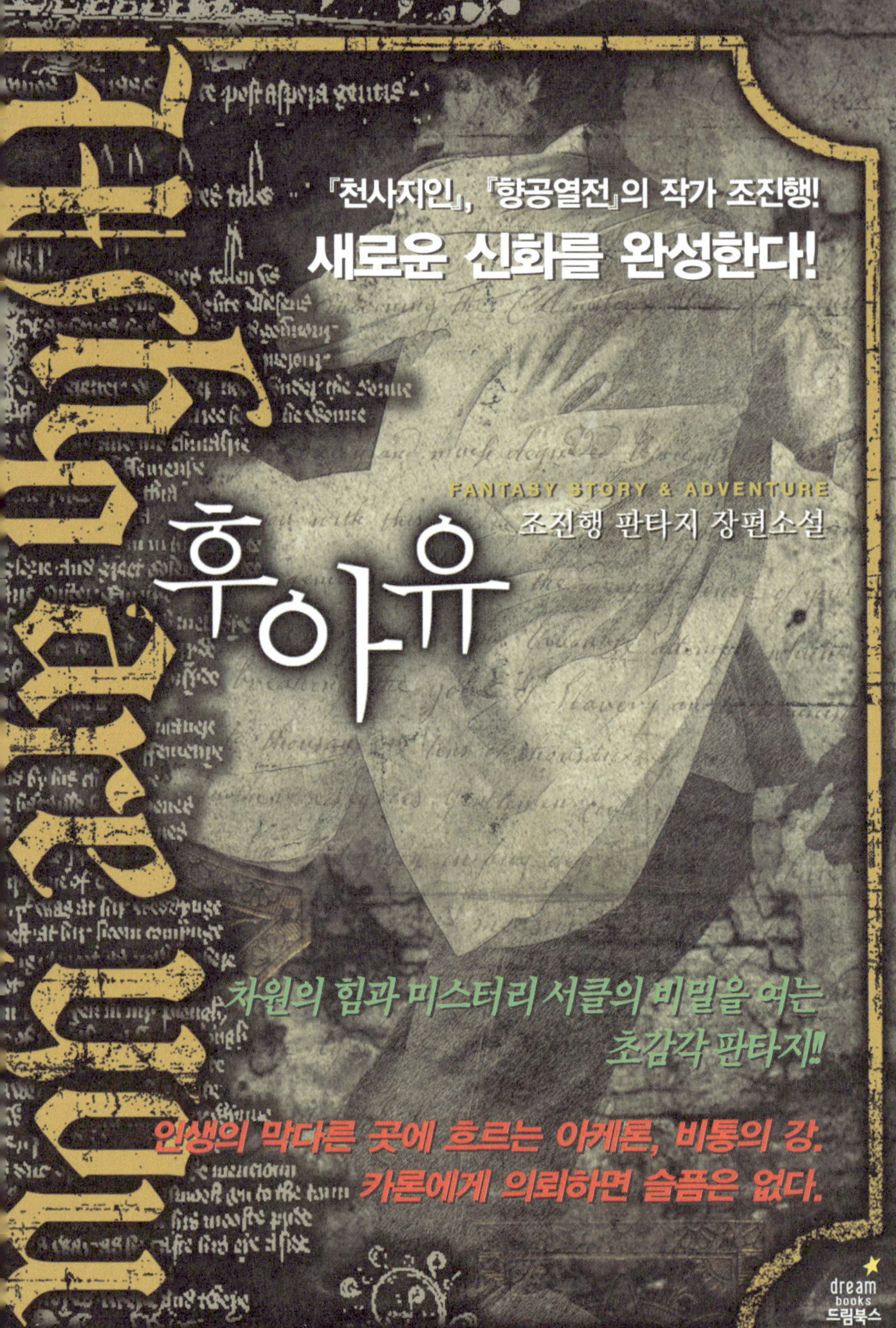

『천사지인』, 『향공열전』의 작가 조진행!
새로운 신화를 완성한다!
FANTASY STORY & ADVENTURE
조진행 판타지 장편소설
후아유
차원의 힘과 미스터리 서클의 비밀을 여는
초감각 판타지!!
인생의 막다른 곳에 흐르는 아케론, 비통의 강.
카론에게 의뢰하면 슬픔은 없다.
dream
books
드림북스